NIANLUN LI DE
DAJIA

刘亮程选本

刘亮程　著

新疆人民出版社
（新疆少数民族出版基地）

图书在版编目(CIP)数据

刘亮程选本 / 刘亮程著. -- 乌鲁木齐 : 新疆人民出版社(新疆少数民族出版基地), 2025.6

ISBN 978-7-228-21358-0

Ⅰ. ①刘… Ⅱ. ①刘… Ⅲ. ①中国文学—当代文学—作品综合集 Ⅳ. ①I217.2

中国国家版本馆CIP数据核字(2024)第073623号

刘亮程选本

LIU LIANGCHENG XUANBEN

出版人	李翠玲	策　划	李翠玲　可　木
出版统筹	孙　瑾	选　编	刘光宏
责任编辑	孙　瑾　何　卉	装帧设计	王　洋　杨世新
美术创意	饶力文　姚竣译	责任技术编辑	杨　爽
责任校对	刘泽成		

出版发行	新疆人民出版社(新疆少数民族出版基地)
地　址	乌鲁木齐市解放南路348号
邮　编	830001
电　话	0991-2825887(总编室)　0991-2837939(营销发行部)
制　作	一心印艺设计工作室
印　刷	北京富诚彩色印刷有限公司

开　本	787mm×1092mm 1/32
印　张	14.25
字　数	211千字
版　次	2025年6月第1版
印　次	2025年6月第1次印刷
定　价	88.00元

目　录

第二辑　只有故土

第三辑　春天的步调

第一辑

远路上的新疆饭

远路上的新疆饭

一

有一年，我们开车去阿勒泰，从天山脚下的乌鲁木齐出发，穿过茫茫准噶尔盆地，往天边隐约的阿尔泰山行进。原打算在黄沙梁吃午饭，那里的路边有几家卖拌面和大盘鸡的野店。所谓野店，就是前后不着村，饭馆的矮房子淹没在路边野草中，四周是沙梁起伏的荒漠。

那时这条穿越荒野的道路旁人烟少，饭馆更少，南来北往的人，行到这里早都饿了，都会停车吃饭。我们却没饿，行车到半中午时，见路边一片瓜地，便沿便道开车到瓜地边，想买个西瓜解渴。一地西瓜明晃晃熟在地里，却找不到看瓜人，没办法买，只好自己摘了吃，吃饱了在瓜皮下压了一块钱,算是付费。

这顿西瓜把我们的午饭耽搁了,到黄沙梁的野店时,都饱着,就说再往前赶,结果一直赶到了黄昏,车里人都饥肠辘辘。这时候的大漠落日,就像挂在天边永远吃不到嘴的圆馕。司机说,这段路上再不会有饭馆,也不会有西瓜地。我们穿过沙漠腹地已经到了更加干旱荒凉的阿尔泰山前戈壁。

这时,荒无人烟的路边突然冒出一间矮土房子,土墙上歪歪扭扭写着“沙湾大盘鸡”。赶紧刹车拐进去,车停在院子里。所谓院子,就是土屋前一小片修整平坦的戈壁,和屋旁辽阔起伏的戈壁滩连在一起。店里只一张桌子,七八个板凳。女店主的表情也跟戈壁滩一样漠然,不冷不热地说一句“你来了”,那语气像是认得你。你似乎也觉得认识她,只是记不起来。她提着大茶壶,给每人倒一碗茶,那茶仿佛泡了一天,跟外面的黄昏一般浓酽。

忐忑地要了一个大盘鸡,问多久炒好。说快得很,一阵阵。果然喝几碗茶工夫,做好的大盘鸡端上来了,那盘子占了大半个桌子,鸡块、土豆块、辣子满满堆了一大盘。四双筷子齐刷刷伸过去,没人说一句话，嘴全忙着啃鸡，忙着吃里面的皮带面。太阳什么时候落山的都不知道，小店里渐渐暗下来时，我们才从贪吃中抬起头来，彼此看看，谁学着女店主的腔冷冷地说了句“你来了”，大家都笑起来。

我全忘了坐在一桌的人是谁，我们因什么事踏上了去阿勒泰的这趟旅行，只记得吃着大盘鸡的瞬间，我侧脸看着窗外荒天野地里的彤红晚霞，地平线清晰地勾勒出大地的边沿，那是我在千里之外的小县城，时常看见的天边，我们开车跑了一整天，它还是那么远。仿佛比我在别处看见的更远。那一刻，一顿荒远的晚饭，就这样长久地留在了回味里。

多年后再走那条路，有意把时间磨到黄昏，想再坐在那小店的窗口，吃着大盘鸡看荒野落日，想再听那恍惚的一句“你来了”……沿路经过一个又一个路边饭店，一直把天走黑，那土房子却再也找不见。

二

大盘鸡是我家乡沙湾发明的一道大菜，说是

菜，其实也是饭。新疆饮食大多饭菜不分，拌面、抓饭、手抓肉都是饭里有菜，菜饭合一。大盘鸡也一样，主菜鸡，配料辣子、洋芋、葱、姜、蒜，外加特制的皮带面，搅拌在一起，结实耐饿，适合在路途中吃，也方便在偏远路边店炒制，剁一只鸡，配一把辣皮子，一只铁锅便能炒制出来。

大盘鸡发明那些年，我在沙湾城郊乡农机站当管理员，常被拖拉机驾驶员拽去吃大盘鸡。那些跑远路的司机，吃遍天山南北，还是觉得大盘鸡好吃。好在哪儿，可能就是盘子大，可以放开吃。不像那些小碟子小碗的吃法，都不好意思下筷子。那时大小酒桌上的主菜都是大盘鸡。一大盘子鸡肉摆在面前，红辣皮子青辣椒，白葱绿芹黄土豆，满满当当堆一盘，能让人胃口大开，平添大吃大喝的豪气。

沙湾大盘鸡在二十世纪九十年代沿公路传到全疆各地。

到现在，好吃的大盘鸡都在路上。后来大盘鸡传到城郊僻街陋巷，生意依旧红火。城里人纷纷开车来吃，城郊乱糟糟的环境能和大盘鸡相匹配。再后来大盘鸡进了城，乌鲁木齐繁华区开过许多大盘鸡店，没多久倒闭了不少。不是城市厨师手艺不好，大盘鸡本是一道乡间野路子大菜，在乡村饭馆和路边的简陋餐桌上，它一盘独大，其他菜都围着它转。到了城里的大餐桌上，七碟子八碗，大盘鸡失去了霸主位置，自然就寡味了。

有几年我们在和布克赛尔蒙古自治县做工程，常走呼克公路，早晨从乌鲁木齐出发，到黄沙梁那一片刚好中午，在路边沙包下的饭馆吃大盘鸡。那几家店我们轮换着吃过，味道都差不多，好不到哪儿去。只是那个环境，太适合吃大盘鸡了，屋外摆着永远擦不干净也支不稳当的圆桌，除了路，四周是沙漠荒野。有时刮起风，空气中呼呼啦啦地响，一阵沙尘草叶扬过来，大盘里的鸡肉也随之味道丰富起来。

我有一个亲戚，就在黄沙梁北边的沙漠里，开荒种了几千亩地，说了几次让我去他的农场玩。一次我路过黄沙梁，突然想去看看这个当“地主”的亲戚，打手机接不通，没信号，便驱车往沙漠里开，在岔路纵横的荒漠中凭感觉行驶了三个小时，最终盯着远远的一缕炊烟来到亲戚家的农场。那冒着炊烟的矮房子，坐落在一眼望不到边的棉花地边，女主人正在做午饭，见我来了，赶紧让小儿子骑摩托车去喊他父亲。

不一会儿，带着一身农药味的男主人回来了，说在开机子打农药。我说，耽误你干活儿了。亲戚说，让虫子多活半天吧，没事。说着扭头吩咐女人剁鸡，只听房后一阵鸡叫和扑腾声。又过了一阵子，一大盘鸡便做好端上来。男主人从床底下摸出两瓶沙湾苦瓜酒，我们边吃边喝边聊着棉花收成的事，五个男人，一会儿就把一瓶子酒喝光，第二瓶喝到一半时，主人喊小儿子去买酒，我说喝好了，还要赶路呢。小儿子不听我的，一脚油门，摩托车扬尘远去。

那半瓶酒喝完时，太阳已经西斜到棉花地里。主人看着空了的瓶子，不好意思地说酒很快买来了。我说不能再喝了，还要赶路。男主人说，你来了就不要想走。我说真的有事要走。主人说，你要再说走，我就开挖土机去把路挖断。

天色黄昏时，听见摩托车声，小儿子抱来一箱子苦瓜酒。我问去哪儿买的酒，说公路边的小商店，来回一百多公里。我们等了三四个小时，先前喝上头的酒劲儿都过去了，主人又吩咐剁鸡炒菜重新喝。我看天色已晚，哪都去不了了，只好任凭主人安排。

第二轮酒是在月亮底下喝开的，酒桌摆在沙

地上,白天的闷热过去了,凉风从西边徐徐吹来,月光下轮廓清晰的沙丘像在晃动,月亮也在天上晃动。不知何时,同来的三个人早已躺在沙地上睡着了,司机也在敞开门的车里呼呼大睡,剩下我和亲戚举杯对饮。

荒漠之中,明月之下,两个喝高了的人,嗓音高低不平地说着明早肯定会忘记的滔滔大话,那话随月亮升高,又随沙丘起落。

我就在那时听见屋后面的鸡叫,先是一只,接着三只五只,远远地,沙漠那边的鸡叫也传过来。我看着盘子里剩了一大半的鸡肉,突然嗓子发痒,我从自己一个接一个的打嗝声里,也听见了鸡叫。

三

在新疆,最方便在野外吃的还有手抓羊肉,一锅水,一只羊,煮熟了吃,做起来比大盘鸡还简单。

一次,我们到伊犁的马场游玩,中午约在山谷里一户哈萨克族牧民毡房吃煮羊肉。到了毡房,牧民说羊去后山吃草了,主人骑马去驮羊,结果一去半天。到太阳西斜,羊驮来了。招待我们的人说,羊远得很,山路也不好走。我们看着主人宰羊、剥皮，肉放进石头支起的大铁锅里，松树枝在炉膛慢慢烧着，我们耐心地等。

跟我们一起等待的还有在天空盘旋的一群老鹰，鹰在牧民马背驮羊下山时就盯上了，一直追踪到毡房前，看着羊宰了，煮进锅里，它们等着吃骨头。几条牧羊犬也等着吃骨头。还有远近草原上的牧民，他们看着在天空盘旋的老鹰，就知道鹰翅膀下面的毡房煮羊肉了，一匹匹的马儿，驮着主人朝着这边溜达过来。

羊肉煮熟端上来时天已经黑了，堆成小山的一盘肉里，仿佛已经煮入了牧民上山驮羊的时间、羊在山上吃草的时间、鹰在天空盘旋的时间，以及我们饥饿等待的时间。

那一餐，我们一直吃到半夜，肉吃了一块又一块，每人面前都堆了一堆羊骨头。酒也喝掉一瓶又一瓶，都没有醉的意思。仿佛我们等了大半天的饥饿，要用大半夜才能吃喝回来。

四

我的朋友刘湘晨说过他最难忘的一顿饭。

那年他在塔什库尔干拍纪录片，要下山买摄

像机的电池，站在村口等车，等到快中午，路上连个车影子都没有。就在这时，山坡上说说笑笑来了五个姑娘，在路边的平地上支起帐篷，用石头垒起一个炉灶，放上铁锅，便开始架火烧饭。我的朋友不知道姑娘们给谁做饭，也不便过去问，就老老实实坐在路边等。等得快睡着了，过来一个姑娘喊他，让过去吃饭。姑娘说，我们在村里看见你在这里等车，今天不一定会过来车，明天后天也不一定有车过来，我们给你搭了帐篷，做了饭，你住下慢慢等。

我的朋友常年在塔什库尔干拍片子，住在当地的塔吉克族人家，早已领略了塔吉克族人的热情好客。但这样的奇遇还是第一次。他感激地吃完姑娘们做的清炖羊肉，正打算在帐篷里住下，远远看见一辆运货的卡车开来。他多么不希望这辆车过来，最好明天后天也不要有车来，他就一直住在路边的帐篷里，每天看着五个姑娘在石头垒的炉灶上给他做饭，晚上躺在帐篷里，望着高原上的星星和月亮，做着美梦，等一辆永远不希望它过来的车。

他可能是塔什库尔干最幸福的路人了。

同样的幸福经历我也遇到过。

那次我们驾车去和布克赛尔蒙古自治县牛石头草原探路，那是一处远离县城的高山湿地夏牧场，没有正规道路，汽车走的都是羊道，羊群踩出的道大坑小坑，要把车颠散架似的。一百多公里的路，走了四个多小时。大中午时，一行人进到一户牧民毡房，男人放羊去了。我们给女主人说，能否给做点儿吃的，我们付钱。

女主人热情地招呼我们上炕坐下，很麻利地铺上一块白色单子，把烤馕和小油饼放在上面，沏上烧好的奶茶，让我们品尝。然后，女主人架着外面的炉子，开始煮风干牛肉。

我们出去游玩拍照。这里是一片高山湿地牧场，一块块的巨大石头，像卧在草原上的石牛，全头朝西，任由西风吹凿出头、身体和鼻子眼睛。草原上还有两个小湖泊，挨得不远，像两只望向天空的眼睛。我们玩得忘记时间，直到听见女主人站在一块大石头上高喊，声音高高地飘到天上又落在草地的大石头间。

那顿肉我们吃得很仔细，肉被风吹干，再煮熟，还是干硬的，只有小块地咀嚼，肉里有风的悠长干燥，有草从青长到黄的香，有石头的咸，有松枝烧柴的火气。一大盘子牛肉，细嚼慢咽地全吃光了。

临走时问主人需要多少钱。

“不要钱。”蒙古族阿妈说。

同行的朋友掏出五百元钱硬塞给阿妈。阿妈拗不过，就收下了。然后，她俏皮地笑着，一人一张把五百元钱塞给了我们一行五人。

像是塞给她的五个孩子。

五

好多年前，我和画家张永和在老奇台镇采风，中午坐在路边小饭馆门前吃拌面。过来三辆马车，车上堆着空麻袋，显然刚卖了麦子。赶车人把马拴在门口的杨树上，一伙人吵吵嚷嚷地在门口的大桌子旁坐下，我以为他们要大喝一场，粮卖了，人人口袋里装着钱。

可是，他们什么都没要。

其中一个人往里面高喊：“老板，来碗面汤，馍馍自带。”

他们从随身布袋里拿出馍馍，每人拿出的都不一样，有白面的、苞谷面的，有花卷，有馒头，摆在桌子上。老板从后堂抱来一摞子大瓷碗，一人面前摆一个，拿大水勺挨个地加满冒热气的面汤。

“谢谢啦，老板。”其中一个说。

“喝完了再加。”老板说。

他们用面汤泡馍馍很快吃完了，我和永和吃过拌面，喝着面汤看他们赶马车上路。

问老板他们咋喝个面汤就走了。老板说，今年天灾，粮食收得少，农民都舍不得吃拌面，就要一碗面汤对付了。

“不过，他们收成好的时候会过来好好吃一顿。”老板又说。

面汤是新疆最暖人的汤，不要钱。吃完拌面，最舒服的就是喝碗面汤了，汤里全是面的味道，略咸，喝一口下去，面汤烫烫地穿过刚入胃的拉面，那些香味又被勾回来。

有一个笑话，店小二给老板说：“一食客吃完拌面没付钱走了。”老板问：“喝面汤没？”小二说：“没喝。”老板说：“那就没事。”过了会儿，果然食客急匆匆回来，让老板上碗面汤。

我在沙湾金沟河乡农机站工作那两年，每天中午到乌伊公路边的饭馆吃拌面。一次，一位种棉花的农民坐在对面，和我一样要了拌面。菜和面端上来时，他先把一小半菜拌在面里，很快吃完，喊一声“老板，加面”。剩下的菜分一半到新加的面里，吃完再喊一声“老板，加面”。待面上来，把其余的菜全拌进去，菜盘子拿面擦干净，呼噜呼噜吃了，又喊一声“老板，面汤”。

我被他的吃法感染，也喊了声“老板，加面”，面加了却没吃完。

听老板说，附近种地的农民，天刚亮下地，中午没工夫回家做饭，就到饭馆结结实实吃一顿拌面，然后干到天黑才回家。那一份拌面，要把上半天耗尽的力气补回来，还要撑到天黑。出那么大劲儿，加几个面都不够的。

路边饭馆的常客多是跑长途的司机，这顿吃了，下顿在千里之外。拌面是最能扛饿的，饭量大的加两三份面，再喝一两碗面汤，弓腰进来，挺着肚子出去。吃拌面的人，吃到加面才是最香的，加面不要钱，最后那碗面汤也不要钱。这是新疆饭的厚道，管吃饱喝好。

进到新疆的大小饭馆，主人先倒一碗烫茶，再问你吃啥。茶水也是免费的。一个不产茶的地方，竟然免费给客人喝茶。

那几年，我常坐在路边饭馆喝茶。道路坑坑洼洼，汽车远去后，扬起的尘土缓缓落下来，像岁月一样，落在身上头上，我不管不顾地坐着。那时我年轻迷茫，看着远去的汽车会莫名伤感，仿佛什么被带走了，让我变得空空荡荡，又满眼惆怅。

多少年后我还喜欢在路边的小饭店吃饭，望着往来车辆，想找到年轻时的那份忧伤。我二十多岁时，在尘土飞扬的路边，想望见四十岁、五十岁的自己，到底走到了哪里。如今我年逾六十，知道已走在人生的远路上，此时回头，看见二十岁的自己还在那里。我在他远远的注视里，没有迷路，没有走失。

托包克游戏

图尔洪给我讲过一种他年轻时玩的游戏——托包克。游戏流传久远而广泛，不但青年人玩，中年人、老年人也在玩。因为游戏的期限短则二三年，长则几十年，一旦玩起来，就无法再停住。有人一辈子被一场游戏追逐，到老都不能脱身。

托包克游戏的道具是羊腿关节处的一块骨头，叫羊髀石，像色子一样有六个不同的面，常见的玩法是打髀石，两人、多人都可玩。两人玩时，你把髀石立在地上，我抛髀石去打，打出去三脚远这块髀石便归我。打不上或没打出三脚，我就把髀石立在地上让你打，轮回往复。从童年到青年，几乎每个人都拥有过一书包各式各样的羊髀石，染成红色或蓝色，刻上字。到后来又都输得精光，或丢得一个不剩。

另一种玩法跟掷色子差不多。一个或几个髀石同时撒出去，看落地的面和组合，髀石主要的四个面分为窝窝、背背、香九、臭九，组合好的一方赢。早先好赌的人牵着羊去赌髀石，围一圈人，每人手里牵着根绳子，羊跟在屁股后面，也伸进头去看。几块羊腿上的骨头，在场子里抛来滚去，一会儿工夫，有人输了，手里的羊成了别人的。

托包克的玩法就像打髀石的某个瞬间被无限延长、放慢，一块抛出去的羊髀石，在时间岁月中飞行，一会儿窝窝背背，一会儿臭九香九，那些变幻人很难看清。

图尔洪说他玩托包克，输掉了五十多只羊。图尔洪是库车城里有点儿名气的铜匠兼木卡姆歌手，常受邀演出木卡姆，接触过一些有脑子的人。他的托包克游戏，便是跟一个有脑子的人一起玩的。在他们约定的四十年时间里，那个跟他玩托包克的人，只给了他一小块羊骨头，便从他手里牵走了五十多只羊。

真是小心翼翼、紧张却有趣的四十年。一块别人的羊髀石，藏在自己腰包里，要藏好了，不能丢失，不能放到别处。给你髀石的人一直暗暗盯着你，稍一疏忽，那个人就会突然站在你面前，伸出手：拿出我的羊髀石。你若拿不出来，你的一只羊就成了他的。若从身上摸出来，你就赢他的一只羊。

托包克的玩法其实就这样简单。一般两人玩，请一个证人，商量好，我的一块羊髀石，刻上记号交给你。在约定的时间内，我什么时候要，你都得赶快从身上拿出来。拿不出来，你就输；拿出来，我就输。

关键是游戏的时间。有的定两三年，有的定一二十年，还有定五六十年的。在这段漫长的相当于一个人半生甚至一生的时间里，托包克游戏可以没完没了地玩下去。

图尔洪说他遇到真正玩托包克的高手了，要不输不了这么多。

第一只羊是他们定好协议的第三天输掉的，他下到库车河洗澡，那个人游到河中间，伸出手要他的羊髀石。

输第二只羊是他去草湖割苇子。那时他已有了经验，在髀石上系根皮条，拴在脚脖上。一来迷惑对方，使他看不见髀石时，贸然地伸手来要，二来下河游泳也不会离身。去草湖割苇子要四五天，图尔洪担心髀石丢掉，便解下来放在房子里，天没亮就赶着驴车去草湖了。回来的时候，他计算好到天黑再进城，应该没有问题。可是，第三天中午，那个人骑着毛驴，在一人多深的苇丛里找到了他，问他要那块羊髀石。

第三只羊咋输的他已记不清了。输了几只之后，他就想方设法要赢回来，故意露些破绽，让对方上当。他也赢过那人两只羊，当那人伸手时，他很快拿出了羊髀石。可是，随着时间推移，图尔洪从青年步入中年。有时他想停止这个游戏，又心疼输掉的那些羊，老想着扳本儿。况且，没有对方的同意，你根本就无法擅自终止，除非你再拿出几只羊来，承认你输了。有时图尔洪也不再把年轻时随便玩的这场游戏当回事儿了，甚至一段时间，那块羊髀石放哪了他都想不起来。结果，在连续输掉几只肥羊后，他又在家里的某个角落找到了那块羊髀石，并且钻了个孔，用一根细铁链牢牢拴在裤腰带上。图尔洪从那时才清楚地认识到，那个人可是认认真真在跟他玩托包克。尽管两个人的青年已过去，中年又快过去，那个人可从没半点儿跟他开玩笑的意思。

有一段时间，那个人装得好像不当回事儿了。见了图尔洪再不提托包克的事，有意把话扯得很远，似乎他已忘了曾经给过图尔洪一块羊髀石。图尔洪知道那人又在耍诡计，麻痹自己。他也将计就计，将髀石藏在身上的隐秘处，见了那人若无其事。有时还故意装得心虚紧张的样子，就等那人伸出手来，向他要羊髀石。

那人似乎真的遗忘了，一年、两年、三年过去了，都没向他提过羊髀石的事，图尔洪都有点儿绝望了。要是那人一直沉默下去，他输掉的几十只羊，就再没机会赢回来了。

那时库车城里已不太兴托包克游戏。不知道小一辈人在玩什么，他们手上很少看见羊髀石，宰羊时也不见有人围着抢要那块腿骨，它和羊的其他骨头一样随手扔到该扔的地方。扑克牌和麻将成了一些人的爱好，打托拉斯、跑得快、炸金花，看不吃自摸和。托包克成了一种登不了场面的隐秘游戏。只有在已成年或正老去的一两代人中，这种古老的玩法还在继续。磨得发亮的羊髀石在一些人身上隐藏不露。在更偏远的农牧区，靠近塔里木河边的那些小村落里，还有一些孩子在玩这种游戏，一玩一辈子，那种快乐和担惊受怕我们无法体会。

随着年老体弱，图尔洪的日子越来越不好过。儿子长大了，没地方去挣钱，还跟没长大一样需要他养活。而他自己，除了偶尔被人请去唱一场木卡姆，给个小红包，再就是花一星期时间打一只铜壶，卖几十块钱，也再没挣钱的地方了。

这时他就常想起输掉的那几十只羊，要是不输掉，养到现在，也一大群了。想起跟他玩托包克的那个人，因为赢去的那些羊，他已经过上好日子，整天穿戴整齐，出入豪华的场所，已经很少走进这些老街区，来看以前的朋友了。

有时图尔洪真想去找到那个人，向他说，求求你了，快向我要你的羊髀石吧，但又觉得不合时宜。人家也许真的把这件早年游戏忘记了，而图尔洪又不舍得丢掉那块羊髀石，他总幻想着那人还会向他伸出手来。

图尔洪和那个人长达四十年的托包克游戏，在一年前的秋天终于到期了。那个人带着他们当时的证人，一个已经胡子花白的老汉来到他家里，那是他们少年时的同伴，为他们做证时还是嘴上没毛的十六七岁的小伙子。三个人回忆了一番当年的往事,证人说了几句公正的话,这场游戏嘛就算图尔洪输了。不过,玩嘛,不要当回事,想再玩还可以再定规矩重新开始。

图尔洪也觉得无所谓了。玩嘛,什么东西玩几十年也要花些钱,没有白玩的事情。那人要回自己的羊髀石,图尔洪从腰带上解下来,那块羊髀石已经被他玩磨得像玉石一样有了光泽。他都有点儿舍不得给那人,但还是给了。那人请他们吃了一顿抓饭烤包子,算是对这场游戏圆满结束的庆祝。

为啥没说出这个人的名字,图尔洪说,他考虑到这个人就在老城里,年轻时很穷,现在是个有头面的人物,光羊就有几百只,雇人在塔里木河边的草湖放牧。而且,他还在玩着托包克游戏,同时跟好几个人玩。在他童年结束,刚进入青年的那会儿,他将五六块刻有自己名字的羊髀石,给了城里的五六个人,他同时还接收了别人的两块羊髀石。游戏的时间有长有短,最长的定了六十年,到现在才玩到一半。对于那个人,图尔洪说,每块羊髀石都是他放出去的一群羊,它们迟早会全归到他的羊圈里。

在这座老城，某个人和某个人，还在玩着这种漫长古老的游戏，别的人并不知道。他们衣裤的小口袋里，藏着一块有年有月的羊髀石。在他们年轻不太懂事的年龄，凭着一时半会儿的冲动，随便捡一块羊髀石，刻上名字，就交给了别人。或者不当回事地接收了别人的一块髀石，一场游戏便开始了，谁都不知道游戏会玩到什么程度。青年结束了，游戏还在继续。中年结束了，游戏还在继续。

生活把一同长大的人们分开，各奔东西，做着完全不同的事。一些早年的伙伴，早忘了名字相貌。青年过去，中年过去，生活被一段一段地埋在遗忘里。直到有一天，一个人从远处回来，找到你，要一块刻有他名字的羊髀石，你怎么也想不起来，他提到的证人几年前便已去世。他说的几十年前那个秋天，你们在大桑树下的约定仿佛是一个跟自己毫无关系的故事。你在记忆中找不到那个秋天，找不到那棵大桑树，也找不到眼前这个人的影子，你对他提出的给一只羊的事更是坚决不答应。那个人只好起身走了。离开前给你留了一句话:哎,朋友,你是个赖皮,亲口说过的事情都不承认。

你的自尊心受到了伤害。白天心神不宁,晚上睡不着觉,整夜整夜地回忆往事。过去的岁月多么辽阔啊,你差不多把一生都过掉了,它们埋在黑暗中,你很少走回来看看。你带走太阳,让自己的过去陷入黑暗,好在回忆能将这一切照亮。你一步步返回的时候,那里的生活一片片地复活了。终于,有一个时刻,你看见那棵大桑树,看见你们三个人,十几岁的样子,看见一块羊髀石,被你接在手里。一切都清清楚楚了。你为自己的遗忘羞愧、无脸见人。

第二天,你早早地起来,牵一只羊,给那个人送过去。可是,那人已经走了。他生活在他乡远地,他对库车的全部怀念和记忆,或许都系在一块童年的羊髀石上,你把他一生的念想全丢掉了。

还有什么被遗忘在成长中了,在我们不断扔掉的那些东西上,带着谁的念想,和比一只羊更贵重的誓言承诺。生活太漫长,托包克游戏在考验着人们日渐衰退的记忆。现在,这种游戏本身也快被人遗忘了。

夏尔希里

一

从山脚下盘山而上，道路悬在头顶，窄窄的单行道，石子路面，开车的蒙古族师傅眼皮耷拉着，没睡醒似的，用半只眼睛看路。我坐在他旁边，看一眼紧挨车轮的悬崖又看一看他的眼睛。这样险的路，他也没一点儿减速慢行的意思，而且还尽量让车靠着绝壁边缘行驶，把靠山壁的一边让出来。我担心地系上安全带。

到来之前，我对这一地区一无所知。甚至不知道有这样一个地方。同车的朋友介绍说，夏尔希里是中哈边界谈判中从哈萨克斯坦划归的一个山谷，里面的草可好看了，长得有一人高。

说实话我是被她所说的草吸引来的。在新疆

我已经多少年没见过长得有一人高的茂密野草了。来这儿的前一天,我们刚去了赛里木湖,这个传说中的水草丰美之地,湖边山坡上只剩下了密密的草根。风吹牛羊不见草。那些遍野的牛羊,等不到青草长高。在湖边我看见羊的嘴贴着地皮,艰难地啃食草皮,恨不得把嘴伸进土里,连草根都吃了。我对草的渴望甚至超过了牛羊。看见一棵青草我比羊还激动。

二

草陡然长满山坡。多少年的草,长在一起。去年前年的草枯黄了,低垂下身子,今年的青草长在上面。草摞草,每一年的草都在草地上,从没被羊啃、被人割。

夏尔希里在一个东西走向的狭长山谷里,阴坡长树,阳坡长草。草的种类繁多。除了混生杂长,每一种草都有自己的领地,转一个弯过一个坡,草地景色就大不一样。许多草的名字我叫不上,但我认识。它们是我不知道名字的熟人。从小到大,我在别处见过的所有草木,都长在这个山谷。仿佛一个记忆宝库。有些草,好多年不见,以为它绝种了,突然在一个地方看见了,那种亲切,不亚于与久别亲人的相见。

据说夏尔希里的植物种类之多之全让植物专家惊讶。它已作为草木基因库被保护起来。

长在夏尔希里的草是有福的,这里的每一棵草,都活出了草的自在样子。不像别处的草,春天刚发芽就被羊啃掉,草在一个春夏忙于发芽,忙到秋天依旧是草根。没有长出枝叶,没有开花,没有结果。夏尔希里的每棵草都开花,每朵花都结果,在漫长的西北风里,草木的种子远播到北疆广大的土地。

三

夏尔希里有一种伤心的美丽。它是牧人散失羊群中回来的一只美丽羔羊。它没有叫声,眼含凄美的忧伤。

我们来的时候是九月,草眼看要黄,却还有青的意思。草从青走到黄的路,是半个春天和一个完整夏天。草每年走相同的道路。春天来过夏尔希里的冬红说,那时候的花,从脚下开到山顶,从路边开到天边,各种颜色的花,像做梦一样。

那样的花开，也许不应该让人看见的。尤其不应该让女人看见。女人看见了会伤心。每个女人的内心都是一个春天的夏尔希里。花开正酣时，没人看见。

夏尔希里的花开从此要被人看见了。这块回来的土地，也回到人们的好奇目光里。一年四季的草色，都躲不过人的眼睛了。在两国争议的漫长年月昏睡的寂寞山谷，以后可能会被游人吵得再睡不着。

四

我们找一个停车歇息的地方。所有地方都被草木占着。

我担心路边草丛中有地雷，朋友说，夏尔希里山谷以前没发生过战争。没有布雷。我还是不敢往茂密的草丛中走。毕竟被别人占领了多少年，每一寸土都陌生，树在别人的国度里长粗，它里面的年轮还记得中国，外面的皮和枝条就不记得了。新长出的枝条和叶子，又是中国的了。只是树木知不知道这些事情呢。

在一个小桥边，我们停车吃自带的午餐。朋

友从车上卸下一张大地毯，铺在路边草地。丰富的午餐摆在上面，蓝天在上，草滩在右，山木在左，溪水在旁，美意在心。还有什么不在呢。

饭没吃完，走来两个士兵，让我们赶快收拾东西离开。说这里是军管地区，不是旅游区，不能随便停留。士兵说，那边的山上就是哈方哨所，我们的一举一动，早在人家的监视中。我们朝山上望，那里隐约有一个木头房子，有东西在反光，用照相机镜头看，果然看见那边木屋边也有举望远镜的人，望我们。

邀请两个士兵和我们一起用餐，被很严肃地拒绝。我们说，在自己的国土上吃顿野餐，有什么呢，他们看见就看见了。

士兵说，在这里要注意国际形象。

夏尔希里虽然回来了，但仍是一个特殊的军管地区，有着特殊的气氛和别处看不到的特殊风景。

开车的蒙古族师傅说，夏尔希里的意思是晚霞染红的山坡。

我们离开的时候没有晚霞，太阳西斜到邻国的天空上，像一张走远的脸向这里恋恋张望。上山的公路一样险，九曲十弯。当我们站在山顶回望,夏尔希里山谷浸在紫色的夕阳里,山路像一条白色巨蟒,盘绕在山体上。

站在边界旁我突然感到祖国多么小。小到伸手摸到她的边。抬脚跨过她的沿。小到能装到心里带走。

古尔班通古特沙漠

我在古尔班通古特沙漠边的一个小村庄长大。我还是少年时，喜欢坐在草垛上，向北看几眼沙漠，又朝南望一阵天山。我夹在这两个东西中间，有种被困住的感觉。玛纳斯河从我居住的地方，挨着沙漠向西北方蜿蜒流去，最终消失在沙漠中。它是沙漠和绿洲的分界河，早年树木葱郁的河岸平原，都变成了棉花田。我没有到达这条河的末端，我长大以后，这条河已经不似从前，在它的中上游，拦河而建的几座水库，把河截断。著名的玛纳斯河如今只留下一条宽河道，作泄洪之用。

古尔班通古特沙漠留给我的印象是一望无际的敞亮，我对它太熟悉了，几乎没办法说出它。我十几岁时，经常在半夜赶车进沙漠拉梭梭柴，牛车穿过黑黑的雪野，村子离沙漠有七八里路，夜晚连成一片的沙丘在雪野尽头隆起，感觉像走向一堵墙，到了跟前沙丘一座座错开，让开路，就像走进自己的村子。

进沙漠再走几十里，就可以停车装梭梭柴了。那时沙漠的植被还没有完全毁坏，原始梭梭林长满沙沟沙梁，车都过不去。我们进沙漠主要拉梭梭柴，红柳都看不上眼。半路经过一个红柳沟，原始红柳层层叠叠把沙包覆盖住，看不见沙子。还经过一条胡杨沟，沟里胡杨死树活树纵横交错，各种草木丛生其间，早先拉柴的人用火烧开一条路，车才过去。

装车前先要点一堆火，把自己烤热，壶里的水冻成冰了，馍馍也冻成冰疙瘩，我们用的铁水壶，直接扔到火里，水烧烫了提出来，馍馍用梭梭条插着，伸到火里烤，外表烧煳了，里面还是冰疙瘩，就边烤边吃，烤热一层啃一层。牛也在一旁吃草料，嚼草的声音很大。天就在火光里慢慢亮了。开始装柴火，装好柴已经到半中午，牛车慢慢悠悠往回赶，回去一路上坡，沙漠在准噶尔盆地腹部，尽管坡不大，但牛能感觉到。一般出了沙漠就黄昏了，人和牛也都没劲儿了，更缓慢地往村子挪，短短几里路，把天磨黑，眼看着村庄的房子模糊成一堆一堆,跟沙丘似的。

古尔班通古特沙漠是西北风的杰作,是无形的风在大地上的显形。由西向东,一场和沙漠等宽等长的西风,横躺在盆地。我曾沿217国道从奎屯向乌尔禾、和布克赛尔走过许多次,其间穿过的克拉玛依大戈壁,应该是古尔班通古特沙漠的起始地。漫长的西北风从这里开始吹沙堆丘。一座大沙漠的开头远没有想象的壮观,一望无际的戈壁上,看不见高大沙丘,只有零星的小沙堆,像一些孤兽,头朝东,刮风时感觉它们在奔走,风停下来还在原地。可能在原地的已不是以前的沙丘,它早跑远了。漫天满地的沙,就在这样的奔跑中,在不远处,堆成巨大无比的古尔班通古特。

而在西风刮到头的奇台县境内,风减弱沙子落下,这一片的沙丘比别处高大,与将军戈壁的丘陵相接,植被也繁茂,梭梭、红柳、沙米、骆驼刺、胡杨混生其上。沙米的种子人可食用,听说灾年有人靠沙米活命。几年前,我和画家张永和,奇台作家潘生栋、魏大林、马振国一行,从奇台桥子村出发,沿当年成吉思汗大军走过的沙漠古道进入古尔班通古特沙漠。我们在桥子村听一个哈萨克族牧羊人说,在沙漠里发现一片房屋废墟,地上满是瓦片。我们好奇,便在村子里雇了一辆骡车,备了铁锨和水,进沙漠了。这条大道的轮廓在沙漠中清晰可辨,几十万铁骑走过的地方,沙丘踩平,沙沟踏宽。路上我们不时看见陶瓷片,多是陶瓷碗碎片,可见这条路上走过多少吃饭的人。听说有个牧羊人发现一个大坛子,口封着,很沉,以为是一坛金子,坛子打烂后却是一个人的完整骨骼,蜷缩在里面。

我们走到半下午,人困骡子乏。路平的地方我们坐车,遇到沙包就下来帮骡子推车。赶车人爱惜牲口,一直走着。不时遇到回村的牲口群,牧人骑驴或马跟在后面。这条大道现今已变成一条牲口道,牧人由此将牲口赶到沙漠深处放牧,这片沙漠中的骆驼刺、沙米、芦苇都是牲口的好食物。我们没走到牧羊人说的有房子的地方,雇的骡子早走乏了,我们也失去前行的耐心和力气,便在路边一片废墟上停住,拿铁锨挖掘了一阵,一无所获。

西北风刮到将军戈壁,被中蒙边境的北塔山

挡住，转头向南，西风变北风，朝哈密方向吹，沙漠也由此向东南蔓延。这场刮过乌尔禾魔鬼城，吹过整个准噶尔盆地的风，在奇台将军戈壁转向后，刮向新疆另一个著名的魔鬼城——龙城，进入罗布泊。二〇〇三年十一月，我在罗布泊北岸，离楼兰故城遗址二十多公里的文物检查站，看见了这场转向的北风。看守楼兰故城遗址的检查站人员住在挖的地窝子里，铁皮筒子烟囱竖在地上，我注意到烟囱用一根铁丝从北边拉着，说明北风很大。烟囱南边满是黑黑的烟垢，北面却很干净，烟很少往北飘过。

从克拉玛依大戈壁，到奇台将军戈壁，我看到一座大沙漠的头和尾，看到一场西北风的起始和尽头。而我居住的沙湾县那一片，是古尔班通古特沙漠中部最成熟的一段，沙丘丰满均匀，而且稳定。常年的西北风使沙丘走势一律由西北向东南。这是很重要的沙漠知识，如果你在古尔班通古特沙漠迷了路，依靠沙漠的走向即可辨出南北东西。沙漠由西北往东南走，沙丘头向东南，尾向西北，站在一个大沙丘上就可辨清楚。在我们村西边的龙口，玛纳斯河拐了一个弯，抛下一摊野水,水以沙丘为岸,水边数万亩野生红柳林浩浩荡荡,红柳开花季节,从水边到天边,一片火红。这一片是著名的古北山驿,是清代从迪化(今乌鲁木齐)至阿勒泰的重要驿站和渡口。如今沙漠禁伐禁牧,植被逐渐恢复,黄羊、野驴、狼、野猪等动物成群出现,常来此饮水。湖西是哈萨克族人居住的龙口村。前几年,石油勘探队在沙漠腹地留下一条东西贯穿的沙漠路,一般越野车即可通行。这条路不像我们小时候拉柴火走的牛车路,绕着沙丘走。那些巨型卡车从不把沙丘放在眼里,横冲直撞,小沙丘一翻而过,太大的沙丘直接推一个豁口。所以,那条路看上去给古尔班通古特沙漠腹部开了一个重创的刀口,浑然一体的沙漠不再完整。

祖先坐的驴车

我离开库车时正是晚上十点，隔着火车窗口，看见灯红酒绿的库车新城，看见城外荒野上朝天燃烧的油气火炬，和遍野的灯光火光。这片古老的大地已经被石油点亮，老城是它最暗的部分，那些街巷里的平常生活，将越来越不被看见。

在库车的几个黄昏，我一个人走到龟兹古渡桥头。我不知道来干什么，仿佛在等一个人。又好像要等的人都来了，全走在街上，坐在街边，却又一个都不认识。我眯着眼睛，等夕阳的光线弱下来，不再耀目，我有一种莫名的怅然，又觉得内心充盈，被一个馕填得满满。在夕阳对老城的最后一瞥里，一个人的目光也迟缓地移过街道。什么都不会被照亮。看见和遗忘，是多么地一样。街上只有我一个人，我背着相机，却很少去拍什么，只是慢慢地走、看、闻，走累了蹲在路边，和那些老人们一溜儿蹲着，听他们说话。在他们眼里，我肯定是一个无家可归的流浪人，天黑了还没找到去处，在街上乱转呢。

记得上次和古丽去热斯坦麻扎（墓地）旁的民居采访，麻扎就堆在头顶，有半个老城大的一片，和民居紧挨在一起。古丽问麻扎边玩耍的孩子，那里面埋着死人，害怕吗？说不怕。为啥不怕？说死人没劲儿了。死人没劲儿了，这是孩子对死亡的看法。库车老城还活着，但它也快没劲儿了。

老城是活的历史。仅有大峡谷、烽火台、苏巴什的库车，是僵死的没有灵魂的。老城里保留着依然鲜活存在的古老生活。一个有老城的城市是幸福的，就像一个有爷爷奶奶的家庭。而老城如果没有了满街的毛驴车，其魅力也会逊色。我这次来，看到老城街上的毛驴车明显少了，取而代之的是一种电瓶三轮摩托车。问知情人，说这是政府提倡的，许多农民也情愿接受。因为三轮车的价格三千多元，不太贵，跑得又快，当地人也愿意坐。不用的时候，停在院子里，不像毛驴，用不用都让人养，如今喂毛驴的饲料都贵，人都养不起毛驴了。

但是，还有好多人家习惯养着毛驴，三轮车再好，停在院子也是一个死东西，不像毛驴，会叫，会向主人打招呼，会用眼睛看人。还有，赶毛驴车不要执照，不用操心驾驶，躺在车上睡着了，毛驴也会把车拉回家。三轮摩托能这样吗？乌恰乡一个农民，开新买的三轮摩托，在公路上打了个盹，就把命送掉了。再说，毛驴会生小毛驴，不断繁衍。三轮车会生小三轮车吗？

老城之老、之旧、之落后、之乱糟糟，也许正是老城的魅力和财富。老城人有必要坐着三轮摩托去追赶这个时代吗？已经追不上了，不如坐在毛驴车上慢悠悠地等，等满世界的毛驴车都换成了汽车，等人们把汽车飞机都坐烦了，等驴和驴车成了这个世界上的珍贵事物。事实上，许多到老城的人，都想坐一坐毛驴车，没有哪个游客对三轮摩托感兴趣。驴车是我们千年前的祖先坐的车，我们还能坐在上面，真是福分。但愿我们不要失去这已经稀有的福分。

开满窗户的山坡

县上给村里拨了拔廊坊保护款，每家补贴一万八千元，要求把旧窗户门都换成塑钢的，否则不给钱。村里半数人家住拔廊坊，这种早期住居的老房屋，因为廊檐往外拔出来一两米，有立柱支撑，形成廊，取名拔廊坊。住拔廊坊的人家得了补贴，好多旧木窗木门被拆了，扔在一边。换了塑钢门窗的人家，当年冬天就后悔了，说塑钢门窗太单薄，不保暖，也不好看。到第二年有些人家看顺眼了，说新换的塑钢门窗好，玻璃大，屋里亮堂。也有人家把拆掉的木门窗又换回来。

我们连买带捡收集了好多旧木门窗，堆在书院。

我最先的打算是用这些旧木门窗，把书院朝马路的那段院墙围起来。原来的院墙一段是干打垒土墙，一段是红砖垒的，都残缺不整，到处是豁口和窟窿。我想把破院墙拆了,做一个最别致的院墙,名字叫村庄纪念墙。我在记事本上画出草图,大概方案是,收来的每家的旧门窗,用墙垛单独隔一个单元,门朝外,门楣上有这家的姓名和来历。每个门上配一把锁,钥匙发给那家人,什么时候他们想进书院,或是想进自己家的老门了,拿钥匙来打开。

几十户人家的门窗连成一个长长的墙,看过去户挨户住了许多人家,每户人家的门窗都不一样,大小不一样,漆色不一样,漆掉光后木头的老旧还是不一样。

我给村里这些人家留了一扇门,这样书院就成了全村人的。他们可能也不会来开那个已经扔掉的门,那扇门里再没有他们的一样东西。但也不一定,在某个夜里,某人被月光喊醒,穿鞋出门,拿着我给的钥匙,梦游似的行到书院墙根,找到镶嵌在院墙上他家的旧木门,开锁,推门,却怎么也推不开。他不知道我从里面也上了锁,那锁的钥匙在我这里。他推窗户,也推不开,窗户从里面销住。他趴在窗户上往里望,一院子的月光树影。

我这样想的时候,仿佛在替另一个人做梦。一定有人会做这样的梦。如果我真的把这些旧门窗做成院墙立在路边，全村人都会因它而做梦。我也会一个一个地梦见他们。每个窗户都曾经是一家人的眼睛，他们趴窗户往外看时，他们在村庄的内部。我有可能从这些旧门窗里窥见他们的生活，在有月光的夜晚，那些从来关不严实的门缝、变形的窗框里走掉的人声，仿佛又回到屋里。我在每一个窗户后面停下来，趴着窗户朝外望，我会看见这一户人家曾经长达几十年上百年的张望。我会看见他们所看见的，把他们遗忘的再一次遗忘。

这个想法让我激动了半个冬天和一个春天，我想等夏日天长了动手做这件事情。那时候，从天亮到天黑，有十七个小时，足够人把好多想法变成现实。可是，没等到夏天，我的这个想法被另一个想法取代了。

一日，沟上头的老郭来书院找自己的旧木窗，我们五十块钱买他的，他要买回去。我说，你自己找去吧。老郭在摞了一大堆的门窗下面，认出自己家的旧窗户，他围着那堆破烂转过来转过去，蹲下，手伸过去摸见自己家窗户的边，想拉出来，怎么可能呢，他的窗户上面，压着一村庄人家的破门烂窗户，他只有把上面的窗户和门全移开，才能拿出自己的窗户。老郭爬到破烂堆上，试图搬开上面的门窗。那些沉重的老木头窗户,他连一个都搬不动。我袖着手,没有过去帮他。我也搬不动。

我问老郭,你把这个破窗户拿回去干啥?

老郭说,他在山坡上挖了一个洞,做猪窝,想在洞顶上装一个窗户,这样猪就能看见太阳了。

这样猪也能看见星星了。我随口说了一句。

我知道老郭挖猪窝的那片山坡,就在他家对面,坡上黑洞洞地开着好几个猪窝,外面暴热时,猪躲在洞里乘凉。晚上猪在洞里睡觉。老郭和别人不一样,竟然想给猪洞安一个窗户。

他的想法启示了我,我突然想到用这些收购来的窗户,把一座山上安满窗户。

那个山坡下原是一所废弃的小学,房顶被扒了,留半个破墙圈,靠山面水。山坡上是麦田,麦子翻过山从西边的坡下到沟里,又上坡,翻山越岭生长向远方。我的计划是在小学原址上盖一院房子,做客栈。小河湾里种菜、养鸡,一条木栈道伸到山根那排矮榆树下面,往上就是麦田了。我上下远近地打量这座山,想着把它用旧窗户镶嵌起来该多有意思。我无法把整座山镶起来,我收集的窗户也不够,我只是把山的下部用窗户一层层镶起来，镶到几十层，窗户里装上灯，从河对岸看，整个山坡的麦地开满窗户。到夜晚，整座山因为亮着的窗户而悬空起来，看上去仿佛许许多多的人家住在半空。我会把这些窗户主人的名字留在窗框上，有一天他们从地里回来，找不到门，或者门锁的钥匙丢了，他们找到窗户，朝里看，全是厚厚的土，是麦子扎的根须。

这个想法也破产了，原因是我根本干不了多少事情，建设书院就把我所有的精力和财力都耗了进去。想想刚来这个村庄时我有多大的心劲儿啊，开车走遍沟沟梁梁，每个山梁上都有机耕道，沟里有拖拉机路。我把车开到每条路的尽头，然后步行到漫坡金黄的麦地尽头。那时候我想，我要看看这个村庄，到底有多少让我惊讶的风景藏在沟底坡顶。

我到菜籽沟那年，和村里签有七十年的独家旅游开发经营权，作为乙方的我，承诺在村里建一座书院，用收购的几十个老宅院，邀请艺术家入住做工作室，建成菜籽沟艺术家村落，利用自己和艺术家们的知名度，让这个不为人知的村庄成为新疆乃至中国的名村。而作为甲方的菜籽沟村委会，则把村庄七十年的独家旅游经营权给乙方，再不收取任何费用。菜籽沟村长二十公里，宽五公里，面积约一百平方公里。这么大一块地方的七十年独家旅游经营权，就归我所有了。那时我五十刚出头，想在这个村庄干一番大事。但是仅仅过了几年，那个开发村庄做旅游的打算便被我忘记了。那份合同也早扔到一边。无论是我，还是村委会，都想不起曾经签过这样一份合同了。

现在，山坡下那块地方仍荒着，村里把地卖给一个老板，说是投资开客栈，合同签了，还没动工。或许明年后年也不会动工。老板怎么会把钱投在这个一百年也收不回本钱的项目上呢。只有我这样的人，会为一个梦投资，为一个天真的想法和冲动投入。我已经把自己的四年时间丢在菜籽沟，算是掉进沟里了。四年前我五十一岁，人过五十了，心还在四十岁，时常冲动地用四十岁的心驱动五十岁的身体。住进书院的第二年，养了两条狗，要自己垒狗窝。我年轻时盖过大房子的，这点小工程算啥。靠院墙平好地基，和泥巴，搬砖，一会儿满头大汗，只垒了两层砖没劲儿了，正好有来书院要工钱的村民，我说，给你一百块钱，把狗窝盖好。村民说,这么点活儿要啥钱,把上次干活儿的钱给我结了就行了。

垒一个小狗窝的劲儿,也许早在多少年前,我在沙湾城郊村给自己盖结婚用的大院子时,就已经用完,早在我们家从老沙湾搬到元兴宫,在一块荒地上打土墙上房泥时就已经用完。

但我五十多岁的时候又来劲儿了。

我心里有建一个书院的劲儿。在那个山坡上开满窗户的劲儿,也一直在心里攒着。窗户也在书院院墙边攒着,风吹雨淋,一年年腐朽。等它们朽到窗框散架,完全不能用,这要不了多少年。那时我散步走过它们身边时,会作何感想呢?

我确实是一个适合想事情的人,我想的许多事情写成了书。

在我想过的所有事情中,在菜籽沟一座山上开满窗户这件事,在我心里早已经无数次地完成了。某日天色渐暗时我开车路过,朝河那边的山坡望,看见满山的窗户依次地亮起来,从山根一直亮到山顶。

那个曾经想在山坡上开满窗户的我,已经远去。仅仅过了四年,许多事情便不用去实现了。其实这是多好的事。

喀纳斯灵

风流石

景区主任盯着这块石头看了好多年。他在这一带长大，小时候他看这块石头会害羞脸红，长大以后他觉得石头的姿势美极了，拍了好多张石头的照片，最美的一张是黄昏时分，抱在一起的男女石头人，在布满霞光彩云的山坡上做着天底下最美的事。

景区主任说，这个石头叫风流石，也有人叫情侣石。

我说，叫风流石好。风流自然。石头的模样本来就是风流动造化的，风是这里的老住户，山里的许多东西是风带来的。

我们在山谷里找两块石头的传说。这样绝妙

造化的石头不可能没有传说。以前我在新疆其他地方,也干过类似的活儿。这里的游牧人,自古以来,用文字写诗歌,却很少用它去记时间历史。时间在这里是一笔糊涂账,有的只是模糊的传说。

传说有两种方式:口传和风传。

口传就是口头传说,从一张嘴传到另一张嘴。一个故事传几代几十代人,或者传走调,或者传丢掉。

传走调的变成另一个故事,继续往下传。传到今天的传说,经过多少嘴,走了几次样,都无法知道。有时一个传说在一条山谷的不同人嘴里,有不同说法。在另外的地方又有另外的说法。俗话说,嘴是两张皮,咋说咋有理。又说,话经三张嘴,长虫也长腿。长虫就是蛇,蛇经过三张嘴一传,就长出腿了。传到今天的传说,大多是长了无数腿的长虫。

风传是另一种隐秘的传递方式。口传丢的东西,风接着传。这里的一切都在靠风传。风传播种子,扬起尘土,传闲话、神话。风从一个山沟到另一个山沟,风喜欢翻旧账,把陈年的东西翻出来,把新东西埋掉。风声是这里最老的声音,所有消失的声音都在风声里。传说是那些消失的声音的声音。

我把头伸进风里。

这个山谷刮一种不明方向的风，我看天上的云朝东移，一股风却把我的头发往南吹。可能西风撞到前面的大山上，撞晕了头。我没在山里生活过，对山谷的风不摸底。我小时候住在能望见这座阿尔泰大山的地方。那是准噶尔盆地中央的一个小村庄，从我家朝南的窗户能看见天山，向北的后窗望见阿尔泰山。山都远远地蹲在天边，一动不动。我那时常常听见山在喊我，两边的山都在喊我。我一动不动，待在那里长个子，长脑子。那个村庄小小的，人也少。我经常跟风说话。我认得一年四季的风。风说什么我能听懂。风里有远处大山的喊声，也有尘土树叶的低语。我说什么风不一定懂，但它收起来带走。多少年后，我听到自己的声音，它走遍世界被相反的一场风刮回来。

长大后我终于走到小时候远远望见的地方。再听不见山的呼唤，我自己走来了。

传说能对风说话的人，很早以前走失在风中。风成了孤独的语言，风自言自语。

在去景区半道的图瓦人村子，遇见一个人靠在羊圈栏杆上，仰头对天说话。我以为见到了和风说话的人。

翻译小刘说，他喝醉了。

一大早就喝醉了？我说，你听听他说什么。

小刘过去站了一会儿。

小刘说，他在说头顶的云。他让它“过去、过去”。云把影子落在他家羊圈上，刚下过雨，他可能想让羊圈棚上的草快点儿晒干吧。

风流石的传说是我在另一个山谷听到的。我们翻过几座山，到谷底的贾登峪时，风也翻山刮到那里。云没有过来，一大群云停在山顶，好像被山喊住说啥事情。我看见山表情严肃，它给云说什么呢。也听不清。

我把头伸进风里。

湖　怪

湖怪伏在水底，我们不知道它是什么。它也不知道我们是什么。它偶尔探出水面，望望湖上的游艇和岸边晃动的人和牛马。它的视力不好，可能啥都看不清。可它还是隔一段时间就探出来望一望。它望外面时,自己也被人望见了。人的视力也不好,看见它也模模糊糊。我们走访几个看见湖怪的人,都描述着一个模糊的湖怪样子。这个模糊样子并不能说明湖怪是什么。

在喀纳斯,看见湖怪的人全成了名人。好多人奔喀纳斯湖怪而来,他们访问看见湖怪的人。没看见湖怪的人默默无闻,站在一旁听看见湖怪的人说湖怪。

牧民耶尔肯就没看见过湖怪,他几乎天天在湖边放牧,从十几岁放到五十几岁,湖怪是啥样子他没见过。他的邻居巴特尔见过湖怪,经常有电视台记者到巴特尔家拍照采访,让他说湖怪的事。每当这个时候,没看见湖怪的耶尔肯就站在一旁愣愣地听。听完了原到湖边去放牧。他时常痴痴地望着喀纳斯湖面。他用一只羊的价钱买了一架望远镜,还随身带着用两只羊的身价买的数码照相机。他经常忘掉身边的羊群,眼睛盯着湖面。可是,他还是没有看见湖怪。湖怪怪得很,就是不让他看见。比耶尔肯小十几岁的巴特尔,在湖边待的时间也短,他都看见好多次湖怪了,耶尔肯却一次也看不到。

水文观察员很久前看见湖怪探出水面,他太激动了,四处给人说。有一天,当他把看见湖怪的事说给湖边一个图瓦老牧民时,牧民盯着他看了好一阵,然后说:“你这个人怪得很,看见就看见了,到处说什么。”水文观察员后来就不说了,别人问起时直摇头,说自己没看见湖怪,胡说的。

但图瓦老牧民的话被人抓住不放。这句话里本身似乎藏着什么玄机。图瓦老人为什么不让人乱说湖怪的事。湖怪跟图瓦老人有什么关系?湖怪传说的背后,似乎隐藏着一个更大的怪。这个怪是什么呢?

我们去找那个不让别人说湖怪的图瓦老人。只是想看看他,没打算从他嘴里知道有关湖怪的事。一个不让别人说湖怪、生怕别人弄清楚湖怪的人,他的脑子里藏着什么怪秘密?

可惜没找到。家里人说他放羊去了。

“那些说自己看见湖怪的人,一个比一个怪。不知道他们以前怪不怪,他比别人多看见了一个东西。这个东西是多少人想看见但看不见的。他也许没想看见,但一抬头看见了。看见了究竟是个什么？又描述不出来。只说很大，离得远。有多远？没多远。就是看不清。有人说自己看清楚了，但说不清楚。”景区主任说。

景区主任领导着这些看见湖怪和没看见湖怪的人。他当这里的头儿时间也不短了，湖怪就是没让他看见过。

我们坐游艇在湖面转了一圈，一直到湖的入口处，停船上岸。那是一个枯木堆积的长堤。喀纳斯湖入口的水不大也不深。湖就从这里开始，湖怪也应该是从这里进来的吧。如果是，它进来时一定不大，湖的入口进不来大东西。而喀纳斯湖的出口，也是水流清浅。湖怪从出口进来时也不会太大。那它从哪儿来的呢？那么巨大的一个怪物，总得有个来处。要么是从下游游来，在湖里长大；要么从山上下来，潜进水里。以前，神话传说中的巨怪都在深山密林中。现在山变浅林木变疏，怪藏不住，都下到水里。

潜在湖底的怪好像很寂寞，它时常探出头来，不知道想看什么。它的视力不好。人的视力肯定比它好，但水面反光，人不容易看清楚。游艇驾驶员金刚看见湖怪的次数最多，在喀纳斯也最有名，他的名字经常在媒体上和湖怪连在一起。他也经常带着外地来的记者或湖怪爱好者去寻找湖怪，但是没有一次找到过。尽管这样，下一批来找湖怪的人还是先找到金刚，让他当向导。金刚现在遇到小报记者问湖怪的事，都不想回答，让人家看报纸去，金刚和湖怪的事都登在报纸上。

我们返回时湖面起风了，一群浪在后面追。喀纳斯湖确实不大，一眼望到四个边。这么小的湖，会有多大的怪呢？快靠岸时，景区主任很遗憾地说，看来这次看不到湖怪了。他希望湖怪能被我们看见。他认为让作家看见了可能不一样。作家也是人里面的一种怪人。作家的脑子是一片深不见底的大湖，湖底全是怪。作家每写一篇东西，就从湖底放出一个怪。我们这个世界，还有那么多人对作家的头脑充满好奇，像期待湖怪出水一样期待作家的下一个作品。他们也很怪，盯住一个作家的头脑里的事情看，看一遍又一遍，直到作家的头脑里再没怪东西冒出来。天底下的怪和怪，应该相互认识。景区主任想看看作家看见湖怪啥样子，喊还是叫，还是见怪不怪。可能他认为湖怪让作家看见，算是真被看见了。作家可以写出来。其他看见湖怪的人，只能说出来。而且一次跟一次说的不一样。好像那个湖怪在看见它的人脑子里。那些亲眼看见湖怪的人,对别人说一百次,最后说得自己都不相信了。好像是说神话和传说一样。

我是相信有湖怪的,我没看见是因为湖怪没出来看我。它架子大得很。它不知道我是什么东西。我的名字还没有传到水里。我脑子里的怪想法也吓不了湖里的鱼。但我知道它。如果我在湖边多待些日子,我会和它见一面。我感觉它也知道我来了。它要磨蹭两天再出来。可我等不及。我离开的那个中午,它在湖底轻轻叹了口气,接着我看见变天了。

回来后我写了一首《湖怪歌》。

湖怪藏在水底下
人都不知道它是啥
它也不知道人是啥

有一天,湖怪出来啦
它也不知道它是啥
人也不知道人是啥

就几句,套进图瓦歌曲里,反复地唱。这是唱给湖怪的歌,也是湖怪唱的歌:它不知道人是啥。

灵

我闻到萨满的气味。在风中水里,在草木虫鸟和土中。这里的一切被萨满改变过。萨满把头伸进风里,跟一棵草说话,和一滴水对视,看见草叶和水珠上的灵。那时候,灵聚满山谷和湖面。萨满走在灵中间。萨满的灵召集众灵开会。萨满的灵能跟天上地上地下三个层面的灵交往,也能跟生前死后来世的灵对话。

树长在山坡,树的灵出游到湖边,又到另外的山谷。灵回来时树长了一截子。灵不长。灵一直那样。它附在树身上,树不长时灵日夜站在树梢呼唤,树长太快了它又回到根部。灵怕树长太高太快。长过头,就没灵了。有的动物把灵跑丢,回到湖边来找。动物知道,灵在曾经待过的地方。灵速度很慢,迟缓,不急着去哪儿。鸟知道自己的灵慢,飞一阵,落到树上叫,鸟在叫自己的灵,叫来了一起飞。灵不飞。灵一个念头就到了远处,另一个念头就回到家。有人病了,请萨满去,萨满也叫，像鸟一样兽一样叫。病人的灵被喊回来，就好了。有的灵喊不回来，萨满就问病人都去过哪儿，在哪儿待过。丢掉的灵得去找。一路喊着找。

民间传说，古代游牧骑兵去打仗的时候，灵就守望在出发的地方。骑兵跑得太快，灵跟不上。但骑兵带着会召集灵的萨满。出征的游牧骑兵其实是两支队伍，一支是骑兵，一支是萨满招引的灵。这支灵的部队一直左右着骑兵。敌人没看见骑兵的灵，灵太慢了，跟不上飞奔的马蹄。骑兵打了两年仗了，灵的部队才迟迟翻过阿尔泰山，走到额尔齐斯河谷的喀纳斯湖。

灵走到这里就再不往前走。骑兵最终能打到哪里是灵决定的。那些跑太远的骑兵感到自己没魂了，扔下没打完的仗赶紧往回走。回来的路跟出去的一样漫长。

喀纳斯是灵居住的地方。好多年前，灵聚在风里水里。看见灵的萨满坐在湖边，萨满的灵也在风里水里。萨满把灵叫“腾”。打仗回来的骑兵带着他们的“腾”走了，过额尔齐斯河回到他们的老家。没回来的骑兵的“腾”留在这里。灵也有岁数。灵老了以后就闭住眼睛睡觉。好多灵就这样睡过去了。看见灵的眼睛不在了。召唤灵的声音不在了。没有灵的山谷叫空谷。喀纳斯山谷不空。灵沉睡在风里水里,已经好多年,灵睡不醒。

来山谷的人越来越多,人的脚步嘈杂唤不醒灵。灵不会这样醒来。灵睡过去,草长成草的样子,树长成树的样子,羊和马长成羊、马的样子。人看喀纳斯花草好看,看树林好看,看水也好看。一群一群人来看。灵感到有的人是空的,来的都是身体,灵被他们丢在哪里了?灵害怕没有灵的人。没有灵的人啥都不怕。啥都不怕的人最可怕,他们脚踩在草上不会听到草的灵在叫,砍伐树木看不见树的灵在颤抖。

一只只的羊被人宰了吃掉。灵不会被人宰了吃掉。灵会消失,让人看不见。

灵在世界不占地方。人的心给灵一个地方,灵会进来居住。不给灵就在风里。人得自己有灵,才能跟万物的灵往来。萨满跟草说话,靠在树干上和树的灵一起做梦。灵有时候不灵,尘土一样,唤不醒的灵跟土一样。

神是人造的,人看出每样东西都有神,人把神造出来。人造不出灵。灵是空的。空的灵把世俗的一切摆脱干净,呈现出完全精神的样子。灵是神的精神。人造神，神生灵，灵的显象是魂。灵以魂的状态出现，让人感知。人感知到魂的时候，灵在天上，看着魂。人感知的魂只是灵的影子，灵是空的，没有影子。灵在高处，引领精神。人仰望时，神在人的仰望里，而灵，在神的仰望里。通灵先通神，过神这一关。也有直接通灵的，把神撇在一边。萨满都是通神的。最好的萨满可通灵。

山

在自然界中，山最不自然。从我进阿尔泰山那时起，就觉得山不自然。它的前山地带没一座好山，只是一堆堆山的废料。山造好了，剩下的废料堆在山前。堆得不讲究。有些石头摞在别的石头上，也没摞稳，随时要坠下来的样子。有的山和山，挨得太近，有的又离得太远，空出一个大山谷。好在山和山没有纠纷，不打架。高山也不欺负矮山。山沟与山沟靠水联系。山没造好，水就乱流，到处是不认识的河谷。

有的山看上去没摆好姿势，斜歪着身子，不知道它要干啥。是起身出走，还是要倒头睡下。这些大山前面的小山，一点儿没样子。而后面的大山又太大，地太小，山只能趴在那里。阿尔泰山就这样趴着，它站起来头和身子都没处放。坐下也不行，只能趴着。像山这么大的东西，可能趴下舒服一些。我从远处看阿尔泰山是趴着的，走进山里，山在头顶，仍然看见它是趴着的。它站起来头会顶到天外面去。可能天外面也没地方盛放它。我们人小，站起趴下都在它的怀抱里。

山的怀抱是黑夜。夜色使山和人亲近。山黑黝黝地蹲在身旁，比白天高了一些，好像山抬了抬身体，蹲在那里。

在喀纳斯村吃晚饭时，我一抬头，看见对面的山探头过来，一个黑黢黢的巨大身影。天刚黑时我看山离得还远，坐下吃饭那会儿，看见山近了，旁边的两座山在向中间的那座靠拢，似乎听见山挤山、相互推搡的声音。前面的山黑黑地探过头，像在好奇地听我们说山的事情，听见了扭头给后面的山传话，后面的又往更后面的传，一时间一种哗哗哗的声音响起来，一直响到我们听不见的悠远处。在那里，山缓慢停住，地辽阔而去，地上的田野、道路和房子悠然展开。

山这么巨大的东西，似乎也心存孩子般的好奇。我感到山很寂寞。我们凑成一桌喝酒唱歌，山坐在四周，山在干什么。如果山也在聚餐，我们就是它的一碟小菜。可能它已经在品尝我们的味道，它嫌我们味道不足，让我们多喝酒。酒是它添加给我们的佐料，酒让我们自己都觉得有味了。山把有酒味的人含在嘴里，细细品尝，把没酒味的人一口吐出来，拨拉到一边。

早晨起来，我看见昨晚凑在一起的山都分开了。昨晚狂醉在一起的人，一个瞪着一个，好像不认识似的。

月 亮

月亮是一个人的脸，扒着山的肩膀探出头来时，我正在禾木的木屋里，想象我的爱人在另一个山谷，她翻山越岭，提着月亮的灯笼来找我，轻敲木门。我忘了跟她的约会，我在梦里去找她，不知道她会来，我走到她住的山谷，忘了她住的木屋，忘了她的名字和长相。我挨个地敲门，一山谷的木门被我敲响，一山谷的开门声。我失望地回来时，满天星星像红果一般在落。

就是在禾木的尖顶木屋里，睡到半夜，我突然爬起来。

我听见月亮喊我，我推窗出去，看见月亮在最近的山头，星星都在树梢和屋顶，一伸手就能够着它们。我前走几步，感觉脚离地飘起来，月亮把我向高远处引，我顾不了许多。

我童年时，月亮在柴垛后面呼唤我，我追过去时它跑到大榆树后面，等我到那里，它又站在远远的麦田那边。我再没有追它。我童年时有好多事情要做，忙于长个子、长脑子，做没完没了的梦。现在我没事情了，有整夜的时间跟着月亮走，不用担心天亮前回不来。

夜色把山谷的坎坷填平，我的脚从一座山头一迈，就到了另一座山头。太远的山谷间，有月光搭的桥，金黄色的月光斜铺过来，宽展的桥面上，只有我一个人。

我高高远远地，蹲在那些星星中间，点一支烟，看我匆忙经过却未及细看的人世。那些屋顶和窗户，蛛网一样的路，我从哪条走来呢？看我爱过的人，在别人的屋檐下生活。这样的人世看久了，会是多么陌生，仿佛我从未来过，从我离开那一刻起，就没有来过，以前以后，都没有过我。我会在那样的注视中睡去。我睡去时，满天的星星也不会知道它们中间的一颗熄灭了。我灭了以后，依旧黑黑地蹲在那些亮着的星星中间。

我回来时月亮的桥还搭在那里，一路下坡。月亮在千山之上，我本来可以和月亮一起，坐在天上，我本来可以坐在月亮旁边的一朵云上，我本来可以走得更高更远。可是，我回头看见了禾木村的尖顶房子，看见零星的一点儿火光，那个半夜烧火做饭的人，是否看见走在千山之上的我？那样的行程，从那么遥远处回来，她会为我备一顿什么样的饭菜呢？

从月光里回来我一定是亮的，我看不见我的亮。

木屋窗户敞开着，我飘然进来，看见床上睡着一个人，面如皓月。她是我的爱人。我在她的梦里翻山越岭去寻找她。她却在我身边熟睡着。

牧　游

牧　道

在新疆塔城塔尔巴哈台山和托里玛依勒山之间，隐藏着一条长达三百多公里的牛羊转场道路。每年春秋季节，数百万牲畜浩浩荡荡走在这条古老牧道上。一群一群的牛羊头尾相接，绵延几百公里。这条时而与公路并行的牧道，多少年来默默承载着牛羊转场，它没有名字，只是一条牛羊走的路，跟地上的蚂蚁老鼠路一样，谁会操心它通向哪里？二〇〇九年的一天，一个叫方如果的作家，突然发现了它。这之前方如果曾多少次走过这条路，路旁牛羊转场的场面也早已熟视无睹。可是那一天，就在奔驰的汽车里，他一扭头，看见公路旁缓缓移动的羊群，和羊脚下密密麻麻的路，他让车停住，下路基走到羊群后面，发现深嵌土中的一条条小羊道组成的宽阔大牧道，蜿蜒穿过山谷草地。他为自己的发现激动不已，一会儿跑上公路，往下看羊的路，一会儿又站在羊的路上反复看人的路。随后的几个月里，他沿这条牧道走到远远近近的山谷和草原。一条世间罕见的有着数千年固定转场历史的游牧大道在他头脑里逐渐完整。他为这条牧道起名：塔玛牧道。

风 道

手绘地图上的塔玛牧道，像一棵枝杈丰茂的大树和它的根部，树干部分是老风口牧道，那些分岔到塔尔巴哈台山和玛依勒山各沟谷的牧道，在老风口汇聚成一条主干。老风口是进出玛依勒山区冬窝子的唯一通道，也是塔城盆地和准噶尔盆地气候交流的孔道。在这条不算宽阔的山谷地带，风要过去，四季转场的牛羊要过去，东来西往的人要过去。风过的时候人和羊就得避开。风是这条路上的最早过客，后来是羊和其他动物，再后来是人。

自从有了人,老风口变得不一样了。因为人想把风挡住,自己先行。

史书记载清代官方曾用一百张牛皮缝起来,竖在老风口,说是要把风的嘴缝住。还建风神庙祭祀。古人有古怪办法治风。事实证明毫无作用。

二十世纪九十年代,塔城地区投巨资在老风口植十万亩防风林,树木成林后老风口冬季的风明显小了,但风口北边额敏县城的风据说大了。风要过去,谁也挡不住,缝牛皮也好,植树造林也好,都不能阻止风过去。人造的十万亩防风林,确实比一百张牛皮管用,但它仍然无法把风的嘴缝住。风被树林挡了一下,往北侧了侧身,向村庄田野和额敏县城刮过去。

远近牧场的羊,在老风口的主牧道汇集。在到达老风口前的一个月里,羊群就排好了队,一群挨一群过去。刮风时停下避风。遇山洪停下避水。羊道比公路拥挤。人的路坏了修修了坏,羊道从来不坏。羊的四只蹄子不会走坏自己的路,只会越走越深,越走越远。人修路挖坏或侵占了羊道,羊就走公路。一些狭窄山谷只容一条路通过,有人的就没羊的。羊只好与人争路。羊群一拥上公路，世界就慢下来，跑再快的车也得慢悠悠跟在羊群后面。一群羊让人瞬间回到千年前的缓慢悠长里。

老风口呜呜吼叫的风声，在顺风几百里的地方都能听见。

那时羊群都躲在洼地避风，耐心等风停。羊不着急，牧羊人也不急。被堵在风口两边的人着急，他们都有急事，赶着外出或回去。风把人的大事耽搁了。有些事耽搁不起，就有人冒险闯风口，结果丧命。他不知道风的事更大更急。羊和牧羊人早都知道，此刻天底下最大最急的事情就是刮风。风不过去，谁都别想过去。羊在哪儿候着都有一口草，一个白天和晚上。堵在风口两边的人，也在烦人的风声里学会安静下来，等待一场一场的风刮停。

鸟　道

从塔城到托里，并行的牧道和公路上面，还有一条黑色鸟道。

成群的乌鸦和众多鸟类，靠公路养活。乌鸦

是叫声难听的巡路者，一群群的黑乌鸦在路上起起落落。乌鸦群飞在公路上空是一条黑压压的路。落下来跟柏油路一个颜色，难分辨。塔城盆地是北疆大粮仓，往外运粮的车队四季不绝。乌鸦就靠运粮车队生活。鸦群在行驶的汽车上头叫，开车人受不了乌鸦"哑哑"的叫声，想快快走开。乌鸦趁机落在粮车上，啄烂车厢边的麻袋，麦子、苞谷、黄豆、葵花子在汽车的颠簸中撒落一路。鸦群沿路抢食。麻雀和黄雀也跟着乌鸦享福。老鼠也安家在路旁，忙着搬运撒落马路的粮食。

早年，运粮汽车上坐一个赶鸟的人，乌鸦飞来了就"哑哑"地叫。赶鸟人挥动白衣服赶。乌鸦怕白。这个不知谁传下来的可笑说法，竟被当真用了。乌鸦若怕白就不敢在白天飞了。后来运粮车上蒙了厚帆布，乌鸦啄不烂，就到别处谋生活去了。一些飞到城市，跟捡垃圾收废品那些人搭伙。乌鸦有脑子，飞到哪儿都能过上好日子。

在南北疆，见到最多的就是乌鸦。乌鸦把靠路生活的办法传给更多的鸟。它们离不开路了。连野鸽子和鹞鹰，都是公路上的常客。老鼠更是打定主意世世代代在公路边安家。路上那么多车过往，总会有可吃的东西撒落下来。尽管每天有老鼠被车轮碾死，有鸟被车撞死。

还有靠公路谋生的人，背一个口袋走在路边，见啥捡啥，矿泉水瓶、酒瓶、易拉罐，秋天散落路边的棉花，风刮落的大包小包，运气好时还有飘出车窗的钱票子。和乌鸦一样聪明的人，在蚂蚁老鼠和鸟迁到路旁之后，跟着就赶来了，远远近近的公路都被人占领，路被一段段瓜分，三十或五十公里就有一个巡路的，里程清楚，互不相犯。在五十公里的马路边拾的东西，养活五口之家没一点问题。

鸟在人的道路开通前，早已学会靠羊道生活，鸟在高空眼睛盯着牧道，羊群来了就落下来，站在羊背上找食物。粘在羊毛上的草籽，藏在羊毛里的虫子，都是好吃食。每群羊头顶上，都有一群鸟。鸟是牛羊的医生和清洁工。牛背上的疮，全靠鸟时刻清理蛆虫，直到痊愈。羊脊背痒的时候，就扭身子，往天上望。鸟知道羊身上有虫子了，飞来落在羊背上，在厚厚的绒毛里啄食。

鸟很依赖羊。有的鸟老了，飞不动，站在羊背上，搭便车。从春牧场到夏牧场，再回来，就差没在羊毛里做窝下蛋。

转　场

同一张皮里，羊瘦十次胖十次。到春天又瘦了。

春天是羊难过的季节。转场开始了。牧民收起过冬的毡房。羊群自己调转头，跟着消融的冰雪往上走。雪从羊度过漫长冬季的冬窝子，一寸寸往远处山坡上消融。那是一条羊眼睛看见的融雪线。深陷绒毛的羊眼睛里，一个雪白世界在走远。羊的一天是从洼地到山坡那么长，一年则是一棵草长到头那么短。看不见下一个春天的羊，会在一个春天里遇见所有春天。这个人羊疲乏的季节，羊耳朵里装满雪线塌落、冬天从漫山遍野撤退的声音。

雪消到哪儿，羊的嘴跟到哪儿。大雪埋藏了一冬的干草，是留给羊在泥泞春天的路上吃的。羊啃几口草，喝一口汪在牛蹄窝里的雪水。牛蹄窝是羊喝水的碗，把最早消融的雪水接住，把最后消融的雪水留住。当羊群走远，汪过水的牛蹄窝长出一窝一窝的嫩草，等待秋天转场的牛羊回来。羊蹄窝也汪水，那是更小动物的水碗。

转场对牧人来说是快乐的事，毡包拆了搭，搭了拆，经过一片又一片别人的草地，赶着自己的羊，吃着别人的草，哼着悠长的歌。一切都是天给的。羊动动嘴，人动动腿，就啥都有了。

洼地的冬窝子寂寞了。芦苇、芨芨草、碱蒿、骆驼刺，不受打扰地长个子，长叶子，结草籽，这些在冬天不会被雪埋住的高个子草，是留给羊回来过冬的。一般年份，盆地的雪不会深过羊腿，牧人在白茫茫的雪地上放牧。羊嘴笨，不会伸进雪中拱草吃。羊有自己的办法，前面的羊会为后面的羊蹚开雪，牛和马也是羊过冬的好伴儿，牛马走过的雪地上，深雪被蹚开，雪下的枯草露出来。当然，最好的帮手是风，一场一场的大风刮开积雪，把地上的干草递给羊嘴。

遇到不好的年成，大雪托住羊肚子，羊在雪地上寸步难行。所有的草被埋没，牛和马都找不到草吃，牧民也束手无策，这就是雪灾了，只有等政府的人来救助。一旦困在大风雪中，牧人唯一能做的事就是等待张望，牛羊跟着人张望等待。有时候，果真望见有推雪机开路过来，后面装着干草的汽车开到羊圈旁，一捆一捆的干草扔下来。面和清油卸下来。羊和人都得救了。

节　绕

夏牧场的青草是给活到夏天的羊吃的。总有一群一群的羊走到夏天。夏牧场，在哈萨克语里叫“节绕”，有节日和喜庆连连的意思。一年四季的转场，就为转到花开草青的夏牧场。转到夏牧场，就是胜利。

新疆的春天从四月开始，七月到九月才是夏天。从春牧场开始，羊踏着泥泞走，追着草芽走，草长半寸，羊走十里，前面羊啃秃的草，又被后面的羊啃秃。一棵草被啃秃十次长出十次，就没有希望长老了。别处的草开花结果了，它还在努力地长叶子，一直长到草头伸到风中，看见最后的羊群走远，牧人驮在马背上的毡包转过一个山弯，再看不见。

走到夏牧场的羊，是幸福的，所有的青草被羊追赶上。皮包骨头的羊，在绿油油的草场上迅速吃胖。羊发愁吃胖。这个牧羊人知道。一场一场的婚礼排成队，赛马、姑娘追、阿肯弹唱排成队。羊在一旁啃着草侧耳听人热闹。羊和人早就商量好了，牧人给羊干活儿：搭羊圈、帮羊配种、接生、剪羊毛、起羊粪、喂草、看病。人给羊干的最后一个活儿是把羊宰了吃了，这也是羊唯一给人做的。羊知道被人养的这个结果。知道了就不去想，吃着草等着，等剪掉的毛长起来，等啃短的草长长，等毡房旁熄灭的炊烟又升起来，等到一个早晨牧人走进羊群，左看右看，盯上自己，伸手摸摸头，抓抓背上的膘，照胖嘟嘟的尾巴拍一巴掌。时候终于到了。回头看看别的羊，耳朵里满是别的羊在叫。自己不叫，只是回头看。

托里萨子湖，那片被称为贵族草原的美丽夏牧场，是远近牛羊迁徙的目的地，尽管很多牛羊在这里被宰掉，但还是争相前往。在羊的记忆里，那片有湖泊湿地的山谷牧场，是天堂。每只羊都知道去萨子草原的路。知道去塔尔巴哈台和玛依勒牧场的路。塔城四个县的羊群汇聚在萨子湖。牧人说，羊夏天不吃一口萨子湖的草，会头疼一年。所有的羊都往萨子湖赶。羊一心要去的地方，谁能挡住。羊有腿还有道呢。牧人只是跟在羊群后面，走到水草丰美的夏牧场。当天气转凉，在草木结籽牛羊发情的九月，膘肥体壮的羊交了欢怀了羔，转身走向回家之路。牧人依旧跟在羊群后面。夏牧场是羊夏天的家。冬窝子是冬天的窝。

回到低洼的避风处，去年冬天吃秃的草，今年又长高了。草远远望见羊群回来，草被羊吃掉，就像羊被人吃掉一样自然。

牧 游

塔玛牧道的发现和命名，只是一个开始。这个叫方如果的作家，一心想把这条牧道推出去，让世人知道它的价值，他写了长达十万字的纪实散文《发现塔玛牧道》，还针对塔玛牧道发明了一种新的旅游方式：牧游。是将游牧倒过来读，从“牧”的尽头往回“游”，这是一种全新的旅游理念。它的模式是由政府或公司负责培训管理牧户，让牧民在保持其原生态文化生活的基础上，具备一定的旅游接待能力。旅行社直接将游客导入牧民毡房，让游客在欣赏草原美景的同时，随牧民转场放牧，跟着羊群去旅游，羊走到哪儿，人跟到哪儿。过一把草原游牧生活的瘾。

牧游的路线就是牧道。在天山和阿尔泰山中，隐藏着一条条千年不变的古老牧道，有的长几十公里，有的几百上千公里，每条牧道都堪称隐秘绝美的旅游景观带，从冬牧场的山前平原丘陵，通往大山深处水草丰美的夏牧场。牧游是引导人们离开平坦大路，去走羊的崎岖小道。走羊的通天牧道。看羊眼睛里的草青花红，日出日落，听羊耳朵旁的风声水声，虫鸣鸟鸣。过前世里约定的草原游牧生活。

这种让游客直接进入牧民生活的体验旅游，也是让牧民直接受益的民生旅游。它的更大意义是，牧游的创生，将打破新疆现有的被景区主导的旅游格局，让有牧民转场的山谷，有牛羊放牧的草场都变成景区。靠一条条风光无限的转场牧道，和牧道上原生态的游牧生活，将整个天山、阿尔泰山、伊犁河谷、塔城盆地，全变成游客自由出入的旅游景区。

在距塔玛牧道二百多公里的和布克赛尔谷地，牧游试点在那里开始。随着草场退化和严重萎缩，以及牧民安居工程的落实，四季转场的游牧生活业已走到尽头。游牧时代就要结束了。牧游，在这时被创始出来。它是对古老游牧文明的一场回望和挽留。

在这个世界上，人在走路，羊也在走路。羊的路走向哪里。你不想去看看吗？

最后的铁匠

铁匠比那些城外的农民们,更早地闻到麦香。在库车,麦芒初黄,铁匠们便打好一把把镰刀,等待赶集的农民来买。铁匠赶着季节做铁活儿,春耕前打犁铧、铲子、刨锄子和各种农机具零件。麦收前打镰刀。当农民们顶着烈日割麦时,铁匠已转手打制他们刨地挖渠的坎土曼了。

铁匠们知道,这些东西打早了没用。打晚了,就卖不出去,只有挂在墙上等待明年。

吐尔洪·吐迪是这个祖传十三代的铁匠家庭中最年轻的小铁匠。他十三岁跟父亲学打铁,今年二十四岁,成家一年多了,有个不到一岁的儿子。吐尔洪说,他的孩子长大后说啥也不让他打铁了,教他好好上学,出来干别的去。吐尔洪说他当时就不愿学打铁,父亲却硬逼着他学。打铁太累人，又挣不上钱。他们家打了十几代铁了，还住在这些破烂房子里，他结婚时都没钱盖一间新房子。

吐尔洪的父亲吐迪·艾则孜也是十二三岁学打铁。他父亲是库车城里有名的铁匠，一年四季，来定做铁器的人络绎不绝。那时的家境比现在稍好一些，妇女们在家做饭看管孩子，从不到铁匠炉前去干活儿。父亲的一把锤子养活一家人，日子还算过得去。吐迪也是不愿跟父亲学打铁，没干几天就跑掉了。他嫌打铁锤太重，累死累活挥半天才挣几块钱，他想出去做买卖。父亲给了他一点钱，他买了一车西瓜，卸在街边叫卖。结果，西瓜一半是生的，卖不出去。生意做赔了，才又垂头丧气回到父亲的打铁炉旁。

父亲说，我们祖祖辈辈就是干这个的，我们虽没挣到多少钱，却也活得好好的。只要一代一代把手艺传下去，就会有一口饭吃。我们不干这个干啥去。

吐迪就这样硬着头皮干了下来，从父亲手里学会了打制各种农具。父亲去世后，他又把手艺传给四个弟弟和一个妹妹。他们又接着往下一辈传。如今在库车老城，他们家族共有十几个打铁的。吐迪的两个弟弟和一个侄子,跟他同在沙依巴克街边的一条小巷子里打铁,一人一个铁炉,紧挨着。吐迪和儿子吐尔洪的炉子在最里边,两个弟弟和侄子的炉子安在巷口,一天到晚炉火不断,铁锤叮叮当当。吐迪的妹妹在另一条街上开铁匠铺,是城里有名的女铁匠,善做一些小农具,活儿做得精巧细致。

吐迪说他儿子吐尔洪打坎土曼打得可以,打镰刀还不行,欠点儿功夫。铁匠家有自己的规矩,每样铁活儿都必须学到师傅满意了,才可以另立铁炉去做活儿。不然学个半吊子手艺,打的镰刀割不下来麦子,那会败坏家族的荣誉。吐迪是这个家族中最年长者,无论说话还是教儿子打镰刀,都一脸严肃。他今年五十六岁,看上去还很壮实。他正把自己的手艺一样一样地传给儿子吐尔洪。从打最简单的蚂蟥钉,到打坎土曼、镰刀,但吐迪知道,有些很微妙的东西,是无法准确地传给下一代的。铁匠活儿就这样,锤打到最后越来越没力气。每一代间都在失传一些东西。比如手的感觉,一把镰刀打到什么程度刚好。尽管手把手地教,一双手终究无法把那种微妙的感觉传给另一双手。

还有，一把镰刀面对的广阔田野，各种各样的人。每一把镰刀都会不一样，因为每一只用镰刀的手不一样，每只手的习惯不一样。打镰刀的人，靠一双手，给千万只不一样的手打制如意家什。想到远近田野里埋头劳作的那些人，劲儿大的、劲儿小的，女人、男人、未成年的孩子……铁匠的每一把镰刀，都针对他想到的某一个人。从一块废铁烧红，落下第一锤，到打成成品，铁匠心中首先成形的是用这把镰刀的那个人。在飞溅的火星和叮叮当当的锤声里，那个人逐渐清晰，从远远的麦田中直起身，一步步走近。这时候铁匠手中的镰刀还是一弯扁铁，但已经有了雏形，像一个幼芽刚从土里长出来。铁匠知道它会长成怎样的一把大弯镰，铁匠的锤从那一刻起，变得干脆有力。

这片田野上，男人大多喜欢用大弯镰，一下搂一大片麦子，嚓的一声割倒。大开大合的干法。这种镰刀呈抛物线形，镰刀从把手伸出，朝后弯一定幅度，像铅球运动员向后倾身用力，然后朝前直伸而去，刀刃一直伸到用镰者性情与气力的极端处。每把大镰刀又都有微小的差异。也有怜惜气力的人，用一把半大镰刀，游刃有余。还有人喜欢蹲着干活儿，镰刀小巧，一下搂一小把麦子，几乎能数清自家地里长了多少棵麦子。还有那些妇女们，用耳环一样弯弯的镰刀，搂过来的每株麦穗都不会撒失。

打镰刀的人，要给每一只不同的手准备镰刀，还要想到左撇子、反手握镰刀的人。一把镰刀用五年就不行了，坎土曼用七八年。五年前在这买过镰刀的那些人，今年又该来了，还有那个短胳膊阿地力，五年前定做过一把长把镰刀，也该用坏了。也许就这一两天，他正筹备一把镰刀的钱呢。这两年麦子一公斤才卖几毛钱。割麦子的镰刀自然卖不上好价。七八块钱出手，就算不错。已经好几年，一把镰刀卖不到十块钱。什么东西都不值钱，杏子一公斤四五毛钱。卖两筐杏子的钱，才够买一把镰刀。因为缺钱，一把该扔掉的破镰刀也许又留在手里，磨一磨再用一个夏季。

不论什么情况，打镰刀的人都会将这把镰刀打好，挂在墙上等着。不管这个人来与不来。铁匠活儿不会放坏。一把镰刀只适合某一个人，别人不会买它。打镰刀的人，每年都剩下几把镰刀，等不到买主。它们在铁匠铺黑黑的墙壁上，挂到明年，挂到后年，有的一挂多年。铁匠从不轻易把他打的镰刀毁掉重打，他相信走远的人还会回来。不管过去多少年，他曾经想到的那个人，终究会在茫茫田野中抬起头来，一步一步向这把镰刀走近。在铁匠家族的打铁历史中，还没有一把百年前的镰刀剩到今天。

只有一回，吐迪的太爷掌锤时，给一个左撇子打过一把歪把大弯镰。那人交了两块钱定金，便一去不回。吐迪的太爷打好镰刀，等了一年又一年，等到太爷下世，吐迪的爷爷掌锤，他父亲跟着学徒时，终于等来一个左撇子，他一眼看上那把镰刀，二话没说就买走了。这把镰刀等了整整六十七年，用它的人终于又出现了。

在那六十七年里，铁匠每年都取下那把镰刀敲打几下。打铁的人认为，他们的敲打声能提醒远近村落里买镰刀的人。他们时常取下找不到买主的镰刀敲打几下，每次都能看出一把镰刀的欠缺处：这个地方少打了两锤，那个地方敲偏了。手工活儿就是这样，永远都不能说完成，打成了还可打得更精细。随着人的手艺进步和对使用者的认识理解不同，一把镰刀可以永远地敲打下去。那些锤点，落在多少年前的锤点上。叮叮当当的锤声，在一条窄窄的胡同里流传，后一声追赶着前一声。后一声仿佛前一声的回音。一声比一声遥远、空洞。仿佛每一锤都是多年前那一锤的回声，一声声地传回来，沿我们看不见的一条古老胡同。

吐迪打镰刀时眼皮低垂，眯成细细弯镰的眼睛里，只有一把逐渐成形的镰刀。儿子吐尔洪就没这么专注了，手里打着镰刀，心里不知道想着啥事情，眼睛东张西望。铁匠炉旁一天到晚围着人，有来买镰刀的，有闲得没事看打镰刀的。天冷了还是烤火的好地方，无家可归的人，冻极了挨近铁匠炉，手伸进炉火里燎两下，又赶紧塞回袖筒赶路去了。

麦收前常有来修镰刀的乡下人，一坐大半天。一把卖掉的镰刀，三五年后又回到铁匠炉前，用得豁豁牙牙，木把也松动了。铁匠举起镰刀，扫一眼就能认出这把是不是自己打的。旧镰刀扔进炉中，烧红、修刃、淬火，看上去又跟新的一样。修一把旧镰刀一两块钱，也有要赖皮不给钱的，丢下一句好话就走了，三五年不见面，直到镰刀再次用坏。一把镰刀顶多修两次，铁匠就再不会修了。修好一把旧镰刀，就等于少卖一把新的。

吐迪家的每一把镰刀上，都留有自己的印记。过去三十年五十年，甚至一二百年，他们都能认出自己家族打制的镰刀。那些印记留在不易磨损的镰刀臂弯处，像两排月牙形的指甲印，多少年来他们就这样传递记忆。每一代的印记都有所不同，一样的月牙形指甲印，在家族的每一个铁匠手里排出不同的形式。没有具体的图谱记载每一代人打出的印记是怎样的形式。这种简单的变化，过去几代人数百年后，肯定会有一个后代打在镰刀臂弯上的印记与某个祖先的完全一致，冥冥中他们叠合在一起。那把多少年前的镰刀，又神秘地、不被觉察地握在某个人手里。他用它割麦子、割草、芟树枝、削锨把儿和鞭杆……多少年来，就是这些永远不变的事情在磨损着一把又一把镰刀。

打镰刀的人把自己的年年月月打进黑铁里，铁块烧红、变冷、再烧红，锤子落下、挥起、再落下。这些看似简单，多少年不变的手工活儿，也许一旦失传便永远地消失了，我们再不会找回它。那是一种生活方式。它不仅仅是架一个打铁炉，掌握火候，把一块铁打成镰刀这样简单的一件事。更重要的是打铁人长年累月,一代一代积累下来的那种心理。通过一把镰刀对世界人生的理解与认识,到头来真正失传的是这些东西。

吐尔洪家的铁匠铺,还会一年一年敲打下去。打到他跟父亲一样的年岁还有几十年时间呢,到那时不知生活变成什么样子。他是否会像父亲一样,虽然自己当初不愿学打铁,却又硬逼着儿子去学这门累人的笨重手艺。在这段漫长的铁匠生涯中,一个人的想法或许会渐渐地变得跟祖先一样古老。不管过去多少年,社会怎样变革,人们总会在一生的某个时期,跟远在时光那头的祖先们,想到一起。

吐尔洪会从父亲吐迪那里,学会打铁的所有手艺,他是否再往下传,就是他自己的事了。那片田野还会一年一年地生长麦子,每家每户的一小畦麦地,还要用镰刀去收割。那些从铁匠铺里,一锤一锤敲打出来的镰刀,就像一弯过时的月亮,暗淡、古老、陈旧,却不会沉落。

通往田野的小巷

顺着一条巷子往前走，经过铁匠铺、馕坑、烧土陶的作坊，不知不觉地，便进入一片果园或苞谷地。五六月份，白色、红色的桑葚斑斑点点熟落在地。鸟在头顶的枝叶间鸣叫，巷子里的人家静悄悄的。过了很久，听见一辆毛驴车的声音，驴蹄哒哒哒地点踏过来，毛驴小小的，黑色，白眼圈，宽长的车排上铺着红毡子，上搭红布凉棚。赶车的多为小孩和老人，坐车的，多是些丰满漂亮的女人，服饰艳丽，爱用浓郁香水，一路过去，留香数里，把鸟的头都熏晕了。如果不是巴扎日，老城的热闹仅在古渡两旁，饭馆、商店、手工作坊，以及桥上桥下的各种民间交易。这一块是库车老城跳动不息的古老心脏，它的头昼夜高昂，它的手臂背在身后，双腿埋在千年尘土里，不再迈动半步。

库车城外的田野更像田野，田地间野草果树杂生。不像其他地方的田野，是纯粹的庄稼世界。

在城郊乌恰乡的麦田里，芦苇和种类繁多的野草，长得跟麦子一样旺势。高大的桑树、杏树耸在麦田中间。白杨树挨挨挤挤围拢四周，简直像一个植物乐园。桑树、杏树虽高大繁茂，却不欺麦子。它们的根直扎下去，不与麦子争夺地表层的养分。在它们的庞大树冠下，麦子一片油绿。

库车农民的生活就像他们的民歌一样缓慢悠长。那些毛驴，一步三个蹄印地走在千年乡道上，驴车上的人悠悠然然，再长的路，再要紧的事也是这种走法。不管太阳什么时候出来，又什么时候落山。田地里的杂草，就在他们的缓慢与悠然间，生长出来，长到跟麦子一样高，一样结饱籽粒。

在这片田野里，一棵草可以放心地长到老而不必担心被人铲除，一棵树也无须担忧自己长错位置，只要长出来，就会生长下去。人的粮食和毛驴爱吃的杂草长在同一块地里。鸟在树枝上做窠，在树下的麦田捉虫子吃，有时也啄食半黄的麦粒，人睁一眼闭一眼。库车的麦田里没有麦草人，鸟连真人都不怕，敢落到人的帽子上。敢把窝筑在一伸手就够到的矮树枝上。

一年四季，田野的气息从那些弯曲的小巷吹进老城。杏花开败了，麦穗扬花。桑子熟落时，葡萄下架。靠农业养活，以手工谋生的库车老城，它的每一条巷子都通往果园和麦地。沿着它的每一条土路都能走回到过去。毛驴车，这种古老可爱的交通工具，悠悠晃晃，载着人们，在这块绿洲上，一年年地原地打转。永远跑不快，跑不了多远。也似乎不需要跑多快多远。

五百岁的杏树

再努尔的叔叔木纳尔江是村里年龄较大的人之一,今年七十六岁。还有一个比他大十岁的老头,叫图如甫。

木纳尔江说,那个图如甫年龄比我大,但我长得比他老。我三十岁的时候,长得就像五十岁的人。我五十岁的时候,长得像七十岁。现在我七十多岁了,不知道我长成啥了,没有人老成我这个样子。我多少年没照镜子,我的眼睛花掉了,看不清别人也看不清自己。听说那个图如甫也不行了,他的耳朵坏掉了。

沙枣泉村最老的两个老头,一个眼睛花了,看不清了。一个耳朵聋了,听不清了。他们住在村庄两头,木纳尔江住沟南,地在南沟种,羊往南梁放。图如甫住沟北头,麦子在北沟里长,山羊在北坡上牧。两个老头,好像一个把一个忘记了。在图如甫耳朵里，这个木纳尔江好多年没声音了。在木纳尔江眼睛里，那个图如甫多少年没影子了。可是村庄一百年的事都在他们俩的脑子里。

木纳尔江说，爸爸叫达吾提，爷爷叫曲勒克。曲勒克的意思是皮靴子。再往上，爷爷的爸爸叫啥就不知道了。三代以上的事，我们都记不清，不记了。人死了嘛，名字就被老天拿走了。听说老天不是按人的名字，而是按人的好坏认人。就像我们把好杏子拣到一边，坏杏子拣到一边。我们家的杏树，我也只知道它长了三百年了。这是我爷爷曲勒克传给我爸爸达吾提的。我们也照这个数字往下传，传上三代，再加一百年。也就是说，等我死了，再努尔就可以说，这些杏树有四百年了。现在还不行。我还没死，我活在这些杏树的三百年里。我死了杏树就进入四百岁了，那是再努尔和她的巴郎子活的日子。等他们活得把我的名字忘掉的时候，这些杏树就五百岁了。

沙枣泉村的麦子七月初熟，杏子也这个时候熟，人们忙着割麦子，起早贪黑，麦子割完杏子熟落一地。再努尔家的杏子从来没卖过钱，客人来了随便吃，随便摘了拿走。树上结的东西，又不是自己身上长出来的。落在地上没坏的捡起来晒成杏干。这些老杏树,从几百年前结杏子开始,就没管过,不用浇水、施肥,不用修枝,啥都不用管,就是杏子熟了,动手摘。不想摘、没工夫摘就不摘,让它熟落了,蹲在地上拾。

童　年

当阿尔泰山还是小土丘、和布河还是小溪流的时候，时间还有足够的时间让万物长大。

江格尔就在那时长到二十五岁，美男子明彦也长到二十五岁，本巴国所有人约好在二十五岁里相聚，谁也不再往前走半步。

先出生三十年、能卜知过去未来九十九年凶吉的谋士策吉，早已等候在那里，他每日站在班布来宫殿的瞭望塔上，往几十年远的路程上眺望。

后出生的美人阿盖姗姗来迟，在她十二岁的早晨，江格尔隔着十三年的距离拉住她的手。多远年月里的美人，江格尔的手都能伸过去拉住。

还有摔跤手萨布尔，他在二十三岁时突然想起一桩往事，掉转身跑回到童年，把小时候赢了他的一个伙伴摔倒，扔出去七年远。然后，他两天走完二十年的路，在晌午前赶上班布来宫的隆重酒宴。

萨布尔说，好多我们熟悉的人都在童年里贪玩。时常在早晨和黄昏，隔着喊声能翻过去的一道山，隐约听见他们的呼喊。

还有天下有名的快嘴判官贺吉拉根，他刚打完一场十三岁里的官司，把明彦小时候被人夺走的牛石头牧场判回来，让这位远近闻名的美男子，脸上有了来自少年的灿烂阳光。然后，他急匆匆往二十五岁里赶，这位嘴比腿快的大判官，他的嘴巴已经伸到班布来宫殿的酒宴上，腿却还在一年远的戈壁上蹒跚。

还有，牧马人哈尼赶着成群的马匹过和布河，上游的河里蹚满彩霞般的枣红马，中游的河里蹚满夜色般的铁青马，下游的河里蹚满蒲公英花般的雪青马，河水被千万只马蹄溅起，在半空中飘成另一条河。站在宫殿瞭望台上的谋士策吉，看见这条年老的河流里，蹚满一岁两岁的马驹。而牧马人哈尼，正在赶马蹚过他二十四岁的那段河，他离九色十层的班布来宫，只剩下一声马嘶的距离。

在人们纷纷离去的童年，还有好多不愿长大的孩子，他们或孤独一人，或成群结队，留在变成往事的白天黑夜里。

那里树不往高长，河水不往两岸上荡漾，太阳和月亮，在人们的念想里发光。

洪古尔的岁月在那里停住。那些孩子用稚嫩的童音喊洪古尔的名字，让他去玩搬家家游戏，做捉迷藏游戏。

可是，一直不长大的洪古尔没去玩这些小孩游戏，他跟长大成人的勇士们坐在一起。江格尔安排他坐在十二英雄右手的首位，人们叫他吃奶的少儿英雄。

洪古尔吃了多少年的奶，他母亲都记不清。

当巴音温都尔山只有女人乳房大的时候，洪古尔就在吃奶了。他拒食人间任何食物，除了奶水和酒。

（节选自长篇小说《本巴》）

转　场

一

一夜暴雪，阿尔泰山提前入冬了。皑皑白雪，从最高的山峰，一个山头一个山头地覆盖下来。成群的牛羊开始下山，往雪落不到的戈壁沙漠迁徙，牛羊走在深陷草原的老牧道上，毡房驮在马背上，叮叮当当的锅碗驮在马背上，孩子、老人骑在马背上。一天走不了多远，羊蹄挪动的节奏比季节还慢。羊有四个蹄子，每个蹄子都在耽误时间。马的快腿被背上沉重的毛毡压住，骆驼的长腿被双峰间成垛的木栏杆拖累，都半步半步挪动蹄子。

洪古尔的路被千万牛羊的转场阻挡，所有道路被牛蹄、羊蹄占住，天空被踩起的尘土蒙住。

二

转过一个山弯，洪古尔看见高高晃动的拉玛汗国的王宫顶圈了，巨大的金色顶圈，驮在八峰银白骆驼背上，王宫的毡子、撑杆、桌椅、锅碗和酒具，七零八碎地驮在一百峰金色骆驼背上。

到半下午，搬家的驼队在山谷的一片平坦草原上停住，随行的羊群、牛群和马群，在各自的山谷聚集，一起转场搬家的千万牧民分散在周围山谷。

宫殿的主撑杆竖起来，金银闪亮的顶圈，被几百根撑杆顶起来，几百个勇士的劲儿，把撑杆和顶圈高高举起。一根根的撑杆、横杆连接起来，绣有祥云和瑞兽的彩毡围在四周。

洪古尔眼看着一座宫殿平地竖起来，四周数不清的白色毡房从地上冒出来。他坐在宫殿对面的大石头上，一直等到太阳西沉，一条长长的红驼毛地毯，从人群簇拥的草地铺到宫殿大帐门口，一位头戴王冠的孕妇，被几个侍女搀扶着，走进宫殿。洪古尔知道，拉玛汗国未出生的汗王，就在这夫人肚子里。她头顶的王冠，是腹中那孩子的。

三

洪古尔不急着去见未出生的汗王，他知道这座黄昏前搭起来的宫殿，还有周围架起的千顶毡房，都会在明天一早拆了，绑在驼背马背牛背上，继续前行。

王宫大帐的顶圈永不落地，它不在行走的骆驼背上，便在撑杆支起的高大穹顶上。巨大的王宫每天都要移动，千万顶牧民迁徙的毡房伴随前后左右。

他要跟着搬家的队伍走几天，摸清楚他们搬家的路线。

洪古尔在太阳晒热又渐渐变凉的大石头上，屈膝抱腿坐成一块没人注意的圆石头，后来又一歪身躺倒，迷迷糊糊睡成一块长石头。

睡到半夜大石头突然摇晃起来，洪古尔惊醒过来。

原来石头下一对做了夫妻的花脸蛇在吱吱说话。

花母蛇说，自从你让我在石头下的洞里怀了孕，我就哪儿都去不了，我进来时还是细腰身，现在大着肚子都出不了洞。

花公蛇说，你在洞里好好待着，把小蛇生产出来，腰身细了就能出来。

花母蛇说，这阵子草原上到处是乱窜的母蛇，我不放心你。

花公蛇说，你又多心，等你产下孩子，我们还有更重要的事情去做。

花公蛇的声音突然变细，似乎是嘴对着花母蛇耳朵说的，洪古尔还是听到了。

花公蛇说，我在十五年前老鼠走过的路上得知，本巴国有一个坐胎多年的孩子要出世，这孩子名叫赫兰，一直待在母腹里不愿出来。但今日一过，他的哥哥洪古尔将会有难，他要救自己的亲哥哥，就不得不到世上来一趟。

洪古尔听花公蛇说出自己的名字，吓得差点从石头上滚下来。

花公蛇又说，洪古尔的弟弟将从母腹带出一样天下无敌的本事，到现在我都没探明是什么本事，我从三十年前风吹过的路上，二十年前蚂蚁走过的路上，都没有打听到消息，看来这个本事太厉害，我们可都不是他的对手，最好在他刚出生，没吃一口奶水的当儿，一口吃了他。不然，等他吃了奶水，长足力气，我们都会被他打败。

花母蛇说，待我产了子，那孩子也出生了，该往这里走来。我正好身子弱，也要吃点儿好的补补。

洪古尔听得一头冷汗，这花公蛇竟然说出自己未出生的弟弟赫兰的名字，还说他过几日要出生，是因为我将有难。洪古尔想，它能说出明天后天要发生的事，自己的行踪肯定早被它知晓，它应该知道我就躺在大石头上，有意说给我听。又想，或许它不知道我躺在石头上，它能算出远处的事情，心思和眼睛都在远处，恰恰看不见眼前的。

洪古尔本想换一块石头过夜，又想万一惊动下面的蛇，再惊动了宫殿四周巡逻的拉玛士兵，就连一个好觉都睡不成了。他侧耳听石头下面传来两条蛇均匀的鼾声，花母蛇的鼾声粗，花公蛇的细。因为花母蛇肚子里有一群小蛇一起打鼾。

洪古尔望了望满天的星星，也静悄悄地睡着了。

醒来时天已经大亮，对面巡逻的士兵正烧火做饭，大肚子王母应该也醒了，一群宫女在宫殿门口进进出出。

洪古尔想起昨晚听到的两条蛇的对话，又是一身冷汗，他耳朵贴在石头上听，听见的只是一块大石头压在地上的沉沉寂静，连昨晚听到的鼾声都没有了。洪古尔摸摸头，确信自己真的醒了，他轻轻跳下石头，绕着转一圈，石头下面什么都没有，没有蛇洞，连蛇盘过的痕迹都没有。好像他睁着眼睛做的一个梦，被闭住眼睛做的另一个梦挡在石头后面。

四

洪古尔跟着转场队伍走了三七二十一天，每天看他们拆房子建房子，把家从一个山谷搬到另一个山谷，所有的山谷也都大致一样，地上的草一模一样，山坡的树一模一样，山顶的云一模一样，盘旋天空的鹰也一模一样。早晨出发时以为在迁往另一个山谷的另一片草场，傍晚重新搭建毡房时又觉得还在老地方，一样的蒲公英开在身边，一样的星星和月亮挂在毡房上头，这让人觉得，这个世界其实就在一个山谷里，移动的只是光阴和人畜的脚步。

在洪古尔的家乡本巴草原，九色十层的班布来宫一动不动，草原上白羊毛制的毡房和黑羊毛制的毡房，常年围绕着宫殿搬迁移动，春夏秋冬围着宫殿和大小毡房轮回往复,季节的每一圈转动,都不增加人的岁数。

五

这日,拉玛汗国巨大的王宫再次搭起来时,洪古尔踩着刚铺好的红驼毛地毯走向大帐,没人注意他这个只有膝盖高的孩子,但他被另一只眼睛看见了。

大帐前的靠椅上端坐着腹部凸起的年轻王母,肚脐外露。洪古尔走近时,那肚脐突然像嘴巴一样张开,发出一个男人的声音。

本巴国的大人都烂醉如泥了吗,怎么派一个没断奶的孩子来?

那夫人的肚脐眼说完话,眨了眨,很快变成一只大眼睛,是左眼,那眼睛像是看了几十年人世,目光里满是狡猾和世故。

洪古尔说,给本巴下战书的就是你吗?有本事出来跟我比试,别躲在母腹里。

那肚脐眼又一眨,换成了一只右眼,看洪古尔。这只右眼是孩子的,充满天真和无辜。

洪古尔对这个长了一只大人眼睛和一只婴儿

眼睛的未来人很好奇，他还没来到世上，却显然在管着这个汗国。

肚脐眼瞬间又变成了嘴巴。

我就是拉玛汗国不愿出生的哈日王，我知道你是本巴国不愿长大的洪古尔，我下战书前就知道，江格尔一定会派你来。我也知道你早来了，跟着我们转场呢。你坐在山坡的石头上看我们时，你也在我的眼睛里。

我就是要让你看个够。

我们移动白天让你看，搬动黑夜给你看，房子拆了又建给你看，牛羊生了又死给你看。我们一国人和牛羊，在演一场行走的大戏给你一个人看。

我们四季转场的单调生活，你看着有意思吗？

你跟着我们走了三七二十一天。我想等你看够了，就会来找我。你果然来了。

其实我等你来，是想跟你说事。这个事只有我们两个人懂，他们都是大人，听不懂。

洪古尔不知该如何回答这个未出生孩子的话。所有大臣都毕恭毕敬，站立两旁。

洪古尔说，我来不是听你说这些。你下了战书，让我们把本巴的牛羊全赶到你的草场，让我们的江格尔汗来给你当马夫，让美艳四方的阿盖夫人给你当奶娘。从来没有人敢对我们本巴下这样的战书。因为你未出生,还不能算一个人,我们本巴的大英雄们,都不屑于和你应战,所以派我来收拾你,我给你一天一夜,让你降生,然后吃一口奶水来和我拼命。我知道你不愿出生,就像我不愿长大。我也不忍心你没喘一口气就被我杀了,如果你收回那些大话,把拉玛汗国一半的牛羊赶到本巴草原,我会饶你一命,让你在不愿离开的母腹里老老实实待着。

洪古尔话没说完,突然看见从那肚脐眼里伸出一只脚,都没看清那脚上长几个指头,就被一脚踢飞。那一脚力气如此之大,好像不属于这个世间的力,竟没有带起地上的一粒尘土,干干净净地踹在洪古尔身上。洪古尔只觉得自己被踢飞起来,瞬间到了半空,迎面飞来的是云朵和队队大雁。洪古尔不知飞了多久,又坠落了多久,只听腾的一声,洪古尔的屁股重重砸在一块石板上,石板旁立着一个车轮,洪古尔没反应过来,便被人用铁链牢牢拴在车轮上。

(节选自长篇小说《本巴》)

游　戏

一

这日，赫兰走到洪古尔睡过一夜的大石头上。洪古尔的气息留在石头上，赫兰想在哥哥的气息里睡个安稳觉。

刚躺下，两条花脸大蛇便缠成两圈，把石头牢牢围住。

花公蛇说，我早已从几十年前蛇走过的路上，闻到你走来的气息。我的夫人刚产子，正需要补身子，你就喂到嘴边来了。

赫兰没有丝毫地怕，也没有不怕，他只是小声地说，我从母腹里匆匆降生，赶来救哥哥，我没吃世上的一口奶，没长一两肉，你们这样吃了我，等于没吃。待我救出哥哥洪古尔，回去吃一口母乳，长出点儿肉，你们再吃我不迟。

花母蛇说，这孩子也怪可怜，连口奶都没顾上吃，便出来救自己的哥哥。就等他吃了奶，长出点儿人世的肉，也好吃。

花公蛇说，你一个小毛孩，有什么本事去救哥哥。我早在刮过草尖的风声中，听说你怀有一个绝世本领，那本领到底是什么？

赫兰说，我在母腹里听大人们四季转场，日日搬家，就把他们的生活，做成好玩的搬家家游戏。我只会玩这个游戏。

花母蛇说，我听说那些牧羊人，是因为躲避蛇才搬家，他们从一片有蛇的草场，搬到另一片有蛇的草场。又搬回来时，还是把毡房搭在我们的蛇洞旁。

花公蛇说，我倒听说人不是因为怕蛇，而是嫌牛羊太肥，所以每天赶着它们在牧道上掉膘。羊在同一张皮子里，胖八次瘦八次，然后皮子被人剥了搭在墙上，湿八次干八次，最后做成羊皮袄，在人身上冷八百次又热八百次。这些都发生在搬家路上。

花母蛇说，我每次看见那些牧羊人离开，就想，他们能去哪里。这些有腿的人和牲口，在我们没腿没脚的蛇面前，显摆他们走出的路和扬起的尘土。

花母蛇又说，赫兰你把他们四季转场做成了游戏，你在母腹里跟谁玩呢？

赫兰说，我和好多没出世的孩子一起玩。人过的生活，在我们那里全是梦和游戏。

花母蛇说，你教我们玩搬家家吧，我也想把人的生活，玩成我们的游戏。

赫兰说，看在你们不吃我的分上，就教你们玩搬家家游戏。

赫兰说，地上的羊粪蛋都是羊，马粪蛋是马，草叶是拆散又搭起来的家。你们把拆散的家驮在代表马的马粪蛋上，然后，赶着满地代表羊的羊粪蛋，翻过代表山的一个又一个骆驼粪蛋。

赫兰看着两条花蛇，用嘴衔着粪蛋，用卷曲的身体推着粪蛋，一路玩耍而去。开始它们的小蛇跟在后面一起玩，后来小蛇跟随不上，两条大花蛇自顾自地玩，全忘了身后的孩子。它们渐渐远去的身体越来越小，最后，小成两条互不认识的幼蛇，一个朝东，一个往西，钻进草丛不见了。

二

赫兰看着拉玛王宫搬走后,草地上压出的巨大圆圈,看着被王宫的毛毡压倒又长起来的青草,掰指头算算,他们离开这里,已经三十七天。

也就是说,他离哥哥洪古尔,还有三十七天远。

三十七天的距离,对赫兰来说,一个念头便到了。可是,赫兰的念头在拉玛汗国的土地上不灵了。在自己的土地上会飞,在别人的土地便只会爬。赫兰只有脚踏实地,一步步地追赶洪古尔。

翻过一座山,追到另一个山谷的大草滩上,赫兰看见拉玛王宫搬走后,草地上留下的巨大圆圈,看着压倒又长起来的青草,算一算,他和他们的距离,还是三十七天。他在走,他们也在走。这样,他和移动的拉玛王宫,和拴在宫殿门口车轮上的洪古尔,永远隔着三十七天的距离。

赫兰不想这样追赶了。

既然我追不上他们,就让他们来追我。赫兰在心里说。

三

拉玛汗国的皇家牧道，从阿尔泰山西边，一直延伸到西北的丘陵平原、戈壁沙漠，又从那里绕一个大圈，穿过汗国水草最丰美的四季草场，原回到阿尔泰山区的夏牧场。

汗国的人和物产，驮在万千个马背牛背骆驼背上，翻山越岭。在王宫驼队和牛羊踩出的皇家转场牧道两侧，大大小小的牧道铺满拉玛草原。有草的地方全是路，牛羊一大片头挨头走过去，草便矮下去一尺。没草的荒野也是路，牛羊一长溜走过去。早晨出发，天黑前驻扎。迁徙的目的是从一片草场到另一片草场，每天的行程却是从天亮到天黑，太阳升起后拆掉的毡房，太阳落山前又搭起来。每一天都在搬家。家越搬越重，也越搬越轻。因为有出生的婴儿和羊羔驮上马背，也有离世的老者卸下马背。

赫兰跟在看不到尽头的转场队伍后面，他注意到搬迁的牧民不时回头朝后看，羊羔落在后面时他们回头看，老人孩子落在后面时他们回头看，落在后面的老人孩子也朝后看，牛羊马驼也朝后看，后面空空的什么都没有时他们还朝后看。

赫兰孤单一人跟在后面,以为他们在看他。

赫兰知道他们看不见他。他走在草地上就像一棵摇晃的草,站在石头滩上就像一块小黑石子。只要他不显形,他便是地上最平常东西的样子。

那么他们在看什么?赫兰禁不住也朝后看。

后面是万千牛羊走过后空空的草原。

赫兰在一次次的回头里,看见那个巨大的空的草原,在步步紧追那个由万千牛羊和人填满的草原。

天空像一个张开的巨口。

四

赫兰恢复到一个婴儿的原形,不远不近跟在转场队伍后面,他不时地喊叫一声。他的喊声让转场途中的牧民突然停住,回头看见他们刚刚走过的路上,站着一个小小的孩子,不知道是谁家的,都停下来等。

那孩子迈着一天走不了一里的小碎步子,缓缓慢慢地走着,那些大人耐耐心心地等。待赫兰走近了,都觉得像是自家的孩子,但自家的孩子都在，一个不少。赫兰小小的脸蛋和身体，让每个看他的大人，都觉得像是小时候的自己，仿佛被丢在童年的那个自己追了上来。于是家家都想认领他当自己家的孩子。最后，他们达成协议，让赫兰在每家住一日一夜。

赫兰白天跟着这顶拆了的毡房搬家，晚上在另一顶搭起的毡房过夜。这样一家家地走，人家给奶他不吃，给肉他不吃。赫兰只做一件事，整天缠着大人孩子玩搬家家游戏。

孩子都愿意跟他玩。

赫兰俏皮又耐心地教他们。

地上的羊粪蛋是羊，马粪蛋是马，草叶是搭起又拆散的家。

每当转场队伍停下来，地上便蹲着玩搬家家游戏的孩子，赫兰带着孩子们专心玩耍时，大人在一旁看。大人说，我们一辈子都在四季转场，每天都在搬家，让孩子早早学会搬家家有好处。

大人们眼馋了也蹲下来玩，一旦玩起来就停不下。那些一年四季转场搬家的大人们，看见自己的日常生活，被制作成这么好玩的游戏，他们千辛万苦的转场历程，蹲在地上摆摆羊粪蛋马粪蛋便可轻松完成。而且，地上的羊粪蛋都是自己的羊，马粪蛋都是自己的马，数也数不清。大人们一玩起游戏来，身上的负担一瞬间变轻。游戏让人的童心回来，年龄越变越小。

开始是在转场搬家的空隙玩，后来转场途中也玩，再后来没人搬家转场了，游戏取代了真正的生活。

那些玩搬家家的大人们，在赶着羊粪蛋越走越远的路上，渐渐地变成天真的孩子。

五

当赫兰从拉玛汗国的南部边境走到北边，这一国人都被他变成了贪玩搬家家游戏的孩子。连蚂蚁和蚊子都回到幼虫时代，跟在玩搬家家的人们后面，也在搬家。

开始还有人喊那些整日蹲在地上玩耍的人，该去搭毡房了，该去赶着牛群饮水了，该收拾家当上路了。

可是，喊的人也很快被游戏吸引，蹲下来便再不起来。拉玛草原上的事情没有人管了，牛羊在地上自己吃草，该搬家的时候，羊咩咩地叫蹲在地上玩游戏的孩子，牛也哞哞地叫。牛羊开始自己转场。转场本来就是牛羊的事情，这片草场的草吃光了，明天就前往另一片草场。所有牧道是牛羊马驼的蹄子踩出来的。它们知道自己的路。浩大的转场队伍里再看不见人。万千牛羊在草原上迁徙，万千变成孩子的大人，远远地跟随在牛羊后面，用它们排出的粪蛋玩搬家家游戏。以前是人一直在操心牛羊的事情，为了牛羊吃上草，赶着它们在大地上游牧，把天下的草都吃一遍，回来时啃过的草又长高。现在所有大人都回到童年，牛羊看着变成孩童再不愿长大、只在一个游戏中把生活过下去的人们，便开始为人操心。晚上公羊用角把风刮开的毡房门顶上，牛像一堵墙立在敞开的羊圈门口，马跟在后面，随时驮起玩累的孩子回家。而早已玩丢的家里，守着已经走不动的老牛。

转场队伍一天天缓慢下来。赫兰从拉玛王宫留在草地上的痕迹，判断出哥哥洪古尔离他只有五天的距离了，但他不急于去追赶，他故意让自己撇开皇家大牧道，往更远的部落牧道上，去教那些最偏远部落的牧民玩搬家家游戏。赫兰注意到，越偏远地方的人，越不把自己的生活当一回事，他们一接触到好玩的搬家家游戏，便很快把真实的转场搬家忘在脑后。他们在那样不变的生活中活得太久了,除了夜晚的梦,他们从不知道还有另一种游戏中的生活,玩耍着就把日子过下去了。

（节选自长篇小说《本巴》）

捉迷藏

一

拉玛汗国的转场早已停住。牧道上只有玩搬家家游戏的孩子,他们一群一群地,在牛马羊走出的深深牧道上,搬动着羊粪蛋和马粪蛋。

洪古尔沿一条牧道走到头,又沿另一条牧道返回来。每条牧道上都走动着搬家家的孩子,牛马羊成群结队地前行,羊粪蛋和马粪蛋在孩子们手中滚动。洪古尔蹲下身,一个个看那些孩子的脸,他不敢喊赫兰的名字,他的名字跟这个游戏连在一起。

洪古尔想,赫兰或许就蹲在这些玩游戏的孩子中间。可是,这么多的孩子,这么长的牧道,这么大的拉玛草原,怎么才能找到弟弟赫兰呢?

洪古尔想起早年玩的捉迷藏游戏。那时候，草原上遍地是孩子，捉迷藏是每个孩子必玩的游戏，总有一半孩子藏起来，另一半在找。本巴用这个游戏藏起来一半的孩子。那些周边的敌对国，时刻在窥探本巴有多少孩子。孩子是一个汗国最大的秘密，是不能让外人知道的，一旦他们知道了本巴有多少孩子，便知道了多少年后有多少士兵和牧人。

那时候，洪古尔是众多孩子的王，一场场的捉迷藏游戏都是他组织的。他有的是办法让那些孩子藏起来，又把他们找到。

更早，洪古尔未出生前，便已经在这个游戏里。母亲让她的孩子们，几个藏在人世，几个藏在母腹，更多的藏在他们的父亲那里，永远都不露面。

洪古尔便是藏在人世的那个，却还是被弟弟赫兰找见。

现在，轮到洪古尔找弟弟赫兰了。

二

洪古尔把拉玛草原上玩搬家家游戏的孩子聚

起来，说，很久以前，一个叫赫兰的孩子，用他从母腹带来的搬家家游戏，把你们拉玛汗国贪玩的大人们，都变成了孩子。现在这个游戏要结束了，因为给你们传授游戏的人，把自己玩丢了，游戏即将停止，所有的羊粪蛋、马粪蛋、骆驼粪蛋，都要被草原收走，如果你们不赶紧从这个游戏里出来，就会被关在里面，永远不会长大。

孩子们手里攥着羊粪蛋，身边堆着马粪蛋、骆驼粪蛋，那是他们全部的财富。自从羊粪蛋替代了羊，马粪蛋和骆驼粪蛋替代了马和骆驼，这些大人变成的孩子，人人成了牛羊马驼遍地的牧主，他们赶着数不清的粪蛋，把家一次次地搬远又搬回来。

当洪古尔说搬家家游戏要终止了，他们都接受不了，舍不得扔掉这些让自己沉迷其中富足无比的财富。

洪古尔看透他们的心思，说，在你们沉迷搬家家游戏，把自己玩成孩子的这些年，那些曾经属于你们的牛羊马驼，在草原上繁殖了无数倍，现在，你们每人名下的羊，都比地上的羊粪蛋多。所以，赶紧扔了羊粪蛋吧，去把属于自己名下的羊，赶到自己眼皮底下。然后，我教你们用真正的牛羊，玩一场更大的游戏。

这个游戏叫捉迷藏。

三

草原上快变成野羊的山羊和绵羊，快变成野牛的黑牛和黄牛，已经变成野马的枣红马和海骝马，终于又听见主人的呼唤，它们从河边、从草滩、从树林、从石头后面，聚集到主人跟前。老羊领着新生的小羊，老牛、老马领着繁衍的子孙，一群群地来到主人跟前。正如洪古尔所说，这些由大人变成的孩子，每人面前都聚了数不清的马、牛、羊，它们脊背上烙着自己家族的印记，耳朵剪出区别于别人家的豁口。

洪古尔说，现在我们开始新的游戏，捉迷藏。

捉迷藏游戏的规则是，一半人藏起来，另一半人去找。

地上的人已经太多了，必须有一半藏起来。

藏起来的人一旦被捉住，一半的牛羊便归捉住他的人。

然后，新一轮开始，捉的人藏起来，让被捉住的人去找。捉住一个藏起来的人，你输掉的牛羊便会全赢回来，而且还加上被你捉住的那个人的一半财富。

游戏很快吸引了所有想藏起来的孩子。

那些可怜的孩子，最先藏在母亲身体里，被父亲找到。后来藏在母亲怀抱，藏在小声啼哭说话的幼年、童年，都被找到。那些大人们，喊叫着从童年、少年里把他们捉出来，让他们做大人，干大人的事情。现在，他们要在一个游戏里藏起自己。他们都知道在哪里深藏起自己。

四

捉迷藏游戏开始了。

洪古尔让孩子们围成一圈，右手藏在背后，喊手心手背，大家同时伸出右手，手心朝上的站一起，手背朝上的站一起。

孩子被分成了两群。

洪古尔让手心朝上的转过身，闭住眼睛，两个小拇指塞住耳朵。

手背朝上的朝远处跑，藏起来。洪古尔喊。

很快一半的孩子消失了，刚才还人群拥挤的草原，一下子变得空旷。

藏好了。开始捉了。

手心朝上的大喊着转过身，哗啦啦四散开来，扑向各自的目标。

看见你了，快出来，捉住了。

洪古尔在遍地的喊声里找赫兰的声音，在四处跑动的孩子中捕捉赫兰的身影。他让一半孩子藏起来，在剩下的一半里找弟弟赫兰，在被找到的孩子里辨认弟弟赫兰。可是，到处是别的孩子的身影。

远近草原上的孩子，从搬家家游戏中抬起头，扔了手中的羊粪蛋、马粪蛋，加入到捉迷藏游戏。

藏起来的人越来越多，找的人也多。

那些原本在各自的牧场山坳、各自的毡房羊圈，悄无声息过着童年的孩子，都被捉迷藏游戏找到。

而每场游戏，也有一些孩子没有被找到。新的游戏开始了，他不在被找的人中间，也不在寻找的人中间，他藏丢掉了。

洪古尔原想用捉迷藏游戏找到弟弟赫兰，让他害怕的是，这个游戏也会让人越藏越深。也许弟弟赫兰就在那些藏起来再不会出来的孩子中，他们在只有自己知道的地方，静悄悄地长大，或者永远不长大，也不让人找见。

五

捉迷藏游戏很快在拉玛草原上风行，游戏轮番上演，不分昼夜。以前人们白天劳作夜晚睡觉，如今人的躲藏处即是睡觉的黑夜，而寻找的人是没有瞌睡的。被捉住输了一半牛羊的，想在下一局游戏中扳回本，已经赢了一群牛羊的，还想赢更多。牛羊见主人藏起来，也跟着藏进深山草丛，捉起了迷藏。刚从半野生状态回到主人身边的牛羊，又很快被主人抛弃或输掉。

洪古尔想要这个游戏停住，已经不可能。

游戏一经开始，就跟他没有关系。那些孩子哗啦啦聚成一群，很快手心手背分成两拨，一拨齐刷刷背过身，闭眼塞耳，另一拨飞快地藏匿了。地上的人一群一群在消失。随着游戏广为传播，拉玛草原上的人，迅速地少了一半，又凭空多出来许多人。

洪古尔在不断消失又出现的人群里，没有看

见弟弟赫兰。

六

洪古尔想，赫兰或许已经在回家的路上，我不如回到家等他。

洪古尔撇下捉迷藏的孩子，独自回家。

让他意想不到的是，拉玛草原上已经没有他走的路，所有大路小路上奔跑着四处躲藏的人和四处寻找的人，牛羊的蹄子跟着人的脚，奔波不停。他一旦随在躲藏的人群里，就得费尽心机严实地藏起自己，而一旦跟着寻找人的队伍，又被挟裹着满世界地翻找那些藏起来的人。他无法成为一个不相干的人，也没有单独的一条路让他回家。

洪古尔记得自己是迎着西北风走到拉玛草原的，他要顺着一场西北风回家，风的路在地上、草尖上，在翻滚的云上。他在一个念头里飞升起来的能力，早已在拉玛草原上失效。

洪古尔先随找人的队伍顺风跑半日，又在别人不注意时蹲身藏在草丛，待到日落天边，四周安静了，他站起身，从摇动的草尖上辨出风向，从哗哗的草叶声里找到别人不走的路，他脚底踩着风，轻盈地奔跑起来。没跑几步，身后突然响起一片叫喊声。

我们看见你了，你跑不掉了。

大片的喊声和脚步声追赶而来。洪古尔知道，他们把他当成藏起来的人了。洪古尔拔腿飞奔，他的影子在后面，长长地拖在地上。他们先按住他的影子，脚踩在影子的头上，他左右摇头，身体也忽左忽右，让影子左右飘移。终于挨到太阳落地，他的影子与逐渐昏暗的大地融为一体。他们捉不住他的影子，但仍旧紧盯着他追赶。眼看要追上捉住他了，夜晚突然降临，他藏进一个漆黑的夜里，身后的喊声和脚步声也追到夜里。

七

洪古尔沿着多少年前虫子走过的路，避开多少年前蜘蛛结的网，一路奔跑。身后追赶他的孩子，在一个白天不见了，或许那些寻找者成了躲藏者，游戏在一个早晨翻转过来。

洪古尔知道，他也由一个被寻找者转换为寻找者。在这一局中，他们没有捉住他，他赢了，遍地牛羊成了他的，但他没工夫去认领。

洪古尔从隐藏处走出来，先前寻找追赶他的人都藏起来了，就藏在周围，耳朵听着他的动静，眼睛从草丛、从石头缝看着他的身影，他必须找到捉住他们。洪古尔不知道他们有多少人，反正是一大群，而找的人只有他一个。

洪古尔在白天一声叠一声地喊叫，看见你们了，捉住你们了。

他把一个人的声音喊叫成一群人的声音。

在夜里他朝东跑一场梦的路程，又朝西跑半场梦的路程，把自己的喊声和脚步声送到黑暗草原的各个方向。

洪古尔在漫天繁星中，找到挂在自己家毡房顶的那颗星星。他的喊叫声朝着那里越传越远，最后消失在两汗国间群山壁立的边界。

洪古尔知道，那些人将在越藏越深的白天黑夜里，没人寻找地躲藏下去。他丢下他们回家了。

（节选自长篇小说《本巴》）

第二辑

只有故土

只有故土

我熟悉你褐黄深厚的壤土，略带碱味的水和干燥温馨的空气，熟悉你天空的每一朵云、夜夜挂在头顶的那几颗星星。我熟悉你沟梁起伏的田野上的每一样生物、傍晚袅袅的炊烟中人说话的声音、牛哞声、开门和关门的声音……

在黄沙梁，我夕阳一样熄灭的目光会在第二天早晨重新照亮村子，散落尘间的音容笑貌是一粒粒的种子。当我消失，我又回到你一年一度、生生不息的轮回中，回到你最初的充满幻想与欢喜的孕育中。回啊，如果有第二次，如果真有第二次，我还从你这里开始——像再长出麦子和玉米，再结出苹果和草籽，再开出兰花和月季一样，让你再生出我。

我的故乡母亲啊，当我在生命的远方消失，我没有别的去处，只有回到你这里——我没有天堂，只有故土。

度过我一生的那个人

你让我看见早晨。你推开门。我一下站在田野。太阳没有出来,我一直没看见太阳出来。一片薄光照着麦地村庄。沙漠和远山一样清晰。我仿佛同时站在麦地和远处的沙漠,看见金色沙丘涌向天边,银白的麦子,穗挨穗簇拥到村庄,要不是院墙和门挡住,要不是横在路边的木头挡住,麦子会一直长上锅头和炕,长上房。

那是我永远不会尝到的眼看丰收的一季夏粮。我没有眼睛。母亲,我睁开你给我的小小心灵,看见唯一的早晨,永远不会睡醒的村庄,我多么熟悉的房顶,晾着哪一个秋天的金黄苞谷,每个棒子仿佛都是我亲手掰的。我没有手,没有抚摸你的一粒粮食。没有脚,却几乎在每一寸虚土上留下脚印。这里的每一样东西我都仿佛见过无数次。

母亲,是否有一个人已经过完我的一生?你早知道我是多余的,世上已经有过我这样一个人,一群人。你让我流失在路上。你不想让我出生。不让我长出身体。世上已经有一个这样的身体,他正一件件做完我将来要做的所有事情。你不想让我一出生就没有事情,每一步路都被另一个人走过,每一句话他都说过,每个微笑和哭都是他的,恋爱、婚姻、生老病死,全是他的。

我在慢慢认出度过我一生的那个人,我会知道他的名字,看见他的脚印,他爱过的每样东西我都喜爱无比。当我讲出村子的所有人和事,我会知道我是谁。

或许永远不会,就像你推开门,让我看见早晨,永远不向中午移动的早晨。我没有见过我在太阳下的样子。我可能没有活到中午。那些太阳下的影子都是别人。

五岁的早晨

我五岁时的早晨，听见村庄里的开门声，我睁开眼睛，看见好多人的脚、马的腿，还有车轱辘，在路上动。他们又要出远门。车轮和马蹄声，朝四面八方移动，踩起的尘土朝天上飞扬，我在那时看见两种东西在远去。一个朝天上，一个朝远处。我看一眼路，又看天空。后来，他们走远后，飘到天上的尘土慢慢往回落。一粒一粒地落。天空变得干干净净。但我总觉得有一两粒尘土没有落下来，在云朵上，孤独地睁开眼睛，看着虚土梁上的村子。再后来，可能多少年以后，走远的人开始回来，尘土又一次扬起来。那时我依旧是个孩子，我站在村头，看那些出远门的人回来，我在他们中间，他们没看见我，一个叫刘二的人。

我在五岁的早晨，突然睁开眼睛。仿佛那以前，我的眼睛一直闭着，我在自己不知道的生活里，活到五岁。然后看见一个早晨。一直不向中午移动的早晨。看见地上的脚印、人的脚和马的腿。村子一片喧哗，有本事的人都在赶车出远门。我在那时看见自己坐在一辆马车上，瘦瘦小小，歪着头，脸朝后看着村子，看着一棵沙枣树下的家，五口人，父亲在路上，母亲站在门口喊叫。我的记忆在那个早晨，亮了一下。我记住我那时候的模样，那时的声音和梦。然后我又什么都看不见。

我是被村庄里的开门声唤醒的。这座沉睡的村庄，可能只有一个早晨，剩下的全是被别人过掉的夜晚和黄昏。有的人被鸡叫醒，有的人被狗叫醒。醒来的方式不一样，生活和命运也不一样。被马叫醒的人，在远路上，跑顺风买卖，多少年不知道回来。被驴叫醒的人注定是闲锤子，一辈子没有正经事。而被鸡叫醒的人，起早贪黑，忙死忙活，过着自己不知道的日子。虚土庄的多数人被鸡叫醒，鸡一般叫三遍，就不管了。剩下没醒的人就由狗呀、驴呀、猪呀去叫。苍蝇蚊子也叫醒人，人在梦中的喊声也能叫醒自己。被狗叫醒的人都是狗命，这种人对周围动静天生担心，狗一叫就惊醒。醒来就警觉地张望，侧耳细听。村庄光有狗不行，得有几个狗一叫就惊醒的人，白天狗一叫就跑过去看个究竟的人。最没出息的是被蚊子吵醒的人，听说梦的入口是个喇叭形，蚊子的叫声传进去就变成牛吼，人以为外面发生了啥大事情，醒来听见一只蚊子在耳边叫。

被开门声唤醒的，可能就我一个人。

那个早晨，我从连成一片的开门声中，认出每扇门的声音。在我没睁开眼睛前，便已经认识了这个村子。我从早晨的开门声里，清晰地辨认出每户人家的位置，从最南头到北头，每家的开门声都不一样，它们一一打开时，村子的形状被声音描述出来，和我以后看见的大不一样，它更高，更大，也更加暗哑。越往后，早晨的开门声一年年地小了，柔和了，听上去仿佛村庄一年年走远，变得悄无声息，门和框再不磨出声音，我再不被唤醒。我在沉睡中感到自己越走越远。我五岁的早晨，看见自己跟着那些四十岁上下的人,去了我不知道的远处。当我回来过我的童年时,村子早已空空荡荡,所有门窗被风刮开,开门声像尘土落下飘起,没有声音。

一截土墙

我走的时候还年轻,二十来岁。不知我说过的话在以后多少年里有没有人偶尔提起。我做过的事会不会一年一年地影响着村里的人。那时我曾认为什么是最重要最迫切的,并为此付出了多少青春时日。现在看来,我留在这个村庄里影响最深远的一件事,是打了这堵歪扭的土院墙。

我能想到在我走后的二十年里,这堵土墙每天晌午都把它的影子,从远处一点点地收回来,又在下午一寸寸地覆盖向另一个方向。它好像做着这样一件事:上午把黑暗全收回到墙根里,下午又将它远伸到大地的极远处。一堵土墙的影子能伸多远谁也说不清楚,半下午的时候,它的影子里顶多能坐三四个人,外加一条狗,七八只鸡。到了午后,半个村庄都在阴影中。再过一会儿,影子便没了尽头。整个大地都在一堵土墙的阴影里,也在和土墙同高的一个人或一头牛的阴影里。

我们从早晨开始打那截墙。那一年四弟十一岁。三弟十三岁。我十五岁。没等我们再长大些那段篱笆墙便不行了。根部的枝条朽了,到处是豁口和洞。几根木桩也不稳,一刮风前俯后仰地呜呜叫。那天早晨篱笆朝里倾斜,头天下午还好端端的,可能夜里风刮的。我们没听见风刮响屋檐和树叶。可能一小股贼风,刮斜篱笆便跑了。父亲打量了一阵,过去蹬了一脚,整段篱笆齐齐倒了。靠近篱笆的几行菜也压倒了。我们以为父亲跟风生气,都不吭声地走过去,想把篱笆扶起来,再栽几个桩,加固加固。父亲说,算了,打堵土墙吧。

母亲喊着吃早饭啦。

太阳从我们家柴垛后面,露出小半块脸。父亲从邱老二家扛来一个梯子,我从韩四家扛来一个梯子。打头堵墙得两个梯子,一头立一个,两边各并四根直椽子,拿绳绑住,中间槽子里填土,夯实,再往上移椽子,墙便一截一截升高。

我们家的梯子是用一根独木做的，打墙用不着。木头在一米多高处分成两叉，叉上横绑了几根木棍踏脚，趴在墙上像个头朝下的人，朝上叉着两条腿，看着不太稳当，却也没人掉下来过。梯子稍短了些，搭斜了够不着，只能贴墙近些，这样人爬上去总担心朝后跌过去。梯子离房顶差一截子，上房时还容易，下的时候就困难些，一只脚伸下来，探几下挨不着梯子。挨着了，颤颤悠悠地不稳当。

只有我们家人敢用这个梯子上房。它看上去确实不像个梯子。一根木头顶着地，两个细叉挨墙，咋看都不稳当。一天中午正吃午饭，韩三和婆姨吵开了架，我们端着碗出来看，没听清为啥。架吵到火暴处，只听韩三大叫一声“不过了”，砰砰啪啪砸了几个碗，顺手一提锅耳，半锅饭倒进灶坑里，激起一股烟灰气。韩三提着锅奔到路上，抡圆了一甩，锅落到我们家房顶上，腾的一声响。我父亲不愿意了，跑出院子。

“韩三，你不过了我们还要过，房顶砸坏了可让你赔。”

下午，太阳快落时，我们在院子里乘凉，韩三进来了，向父亲道了个歉，说要把房顶上的锅取回去做饭。婆姨站在路上，探着头望，不好意思进来。父亲说，你自己上去拿吧。我这房顶三年没漏雨，你一锅砸得要是漏开了雨，到时候可要你帮着上房泥。韩三端详着梯子不敢上，回头叫来了儿子韩四娃，四娃跟我弟弟一样大，爬了两下，赶紧跳下来。

"没事、没事。"我们一个劲儿喊着，他们还是不敢上，望望我们，又望望梯子，好像认为我们有意要害他们。

后来四娃扛来自家的梯子，上房把锅拿下来。第二年秋天那块房顶果然漏雨了。第三年夏天上了次房泥，我们兄弟四个上的，父亲也参加了。那时我觉得自己已经长大，没什么是我不能干的。

我们以为父亲会带着我们打那堵墙。他栽好梯子，椽子并排绑起来，后退了几步，斜眼瞄了几下，过来在一边架子上跺了两脚，往槽子里扔了几锨土，然后扛着锨下地去了。

父亲把这件活儿扔给我们兄弟仨了。

我提夯，三弟四弟上土。一堵新墙就在那个上午缓慢费力地向上升起。我们第一次打墙，但经常看大人们打墙，所以不用父亲教就知道怎样往上移椽子，怎样把椽头用绳绑住，再用一个木棍把绳绞紧别牢实。我们劲儿太小，砸两下夯就得抱着夯把喘三口气。我们担心自己劲儿小，夯不结实，所以每一处都多夯几次，结果这堵墙打得过于结实，以至多少年后其他院墙早倒塌了，这堵墙还好端端地站着，墙体被一场一场的风刮磨得光光溜溜，像岩石一样。只是墙中间那个窟窿，比以前大多了，能钻过一条狗。

这个窟窿是我和三弟挖的，当时只有锨头大，半墙深。为找一把小斧头我们在刚打好的墙上挖了一个洞。墙打到一米多高，再填一层土就可以封顶时，那把小斧头不见了。

“会不会打到墙里去了?”我望着三弟。

“刚才不是你拿着吗？快想想放到哪儿了。”三弟瞪着四弟。

四弟坐在土堆上，已经累得没劲儿说话。眼睛望着墙，愣望了一阵，站起来，捡了个木棍踮起脚尖在墙中间画了一个斧头形状。我和三弟你一锨我一锨，挖到墙中间时，看见那把小斧头平躺在墙体里，像是睡着了似的。

斧头掏出后留下的那个窟窿，我们用湿土塞

住，用手按瓷实。可是土一干边缘便裂开很宽的缝隙，没过多久便脱落下来。我们再没去管它，又过了许久，也许是一两年，那个窟窿竟通了，变成一个洞。三弟说是猫挖通的，有一次他看见黑猫趴在这个窟窿上挖土。我说不是，肯定是风刮通的。我第一次趴在这个洞口朝外望时，一股西风猛蹿进来，水桶那么粗的一股风，夹带着土。其他的风正张狂地翻过院墙，顷刻间满院子是风，树疯狂地摇动，筐在地上滚，一件蓝衣服飘起来，袖子伸开，像极了半截身子的人飞在天上。我贴着墙，挨着那个洞站着。风吹过它时发出喔喔的声音，像一个人鼓圆了嘴朝远处喊。夜里刮风时这个声音很吓人，像在喊人的魂，听着听着人便走进一场遥远的大风里。

后来我用一墩骆驼刺把它塞住了，根朝里，刺朝外，还在上面糊了两锨泥，刮风时那种声音就没有了。我们搬家那天看见院墙上蹲着坐着好些人，才突然觉得这个院子再不是我们的了，那些院墙再也阻挡不住什么，人都爬到墙头上了。我们在的时候从没有哪个外人敢爬上院墙。从它上面翻进翻出的，只有风。在它头上落脚、身上栖息的只有鸟和蜻蜓。

现在那些蜻蜓依旧趴在墙上晒太阳，一动不动。它们不知道打这堵墙的人回来了。

如果没有这堵墙，没有二十年前那一天的劳动，这个地方可能会长几棵树、一些杂草。也可能光秃秃，啥也没有。

如果我乘黑把这堵墙移走，明天蜻蜓会不会飞来，一动不动，趴在空气上？

如果我收回二十年前那一天（那许多年）的劳动，从这个村庄里抽掉我亲手给予它的那部分——韩三家盖厨房时我帮忙垒的两层土块抹的一片墙泥，冯七家上屋梁时我从下面抬举的一把力气，我砍倒或栽植的树，踏平或踩成坑凹的那段路，我收割的那片麦地，乘夜从远处引来的一渠水，我说过的话，拴在门边柱子上的狗，我吸进和呼出的气，割草喂饱的羊和牛——黄沙梁会不会变成另个样子。

或许已经有人，从黄沙梁抽走了他们给予它的那部分。有的房子倒了，有的路不再通向一个地方，田野重新荒芜，树消失或死掉。有的墙上出现豁口和洞，说明有人将他们垒筑的那部分抽走了。其他人的劳动残立在风雨中。更多的人，没有来得及从黄沙梁收回他们的劳动。或许他们忘记了,或许黄沙梁忘记了他们。

过去千百年后,大地上许多东西都会无人认领。

木　匠

一个人在夜里敲打东西，我睡不着。外面刮着清风，有一阵没一阵，好像大地在叹气。敲打声一下一下蹦到高空，又顺风滑落下来，很沉地撞着地。

冯三一躺倒就开始说梦话，还是昨晚上说过的内容，他在跟梦中的一个人对话。他说一句，那个人说一句。我听不见他梦中那个人说些什么，所以无法明白冯三说话的全部内容。有一阵冯三长时间不吭声，他说了半句话，突然停住。我侧起身，耳朵贴近他的头，想听听梦中打断他说话的那个人正在说些什么。房子里亮堂堂的，那扇糊着报纸落满尘土的小窗户，还是把月光放了进来。

一连两个晚上，我一睡倒，便感到自己躺在一片荒野上。冯三做梦的身体远远地横着,仿佛多少年的野草稀稀拉拉地荒在我们之间。

梦离他的身体又有多远。

我也睡着,我的梦离冯三的梦又有多远。

曾经是我们一家人睡了多少年的这面土炕上,冯三一个人又躺了多年。他一觉一觉地延接下去的已经不是我们家的睡眠。但他夜夜梦见的,会不会全是我们以往的生活呢?

在那些生活将要全部地、无可挽救地变成睡梦的时候,我及时地赶了回来。

外面亮得像梦中的白天。风贴着地面刮,可以感到风吹过脚背,地上的落叶吹出一两拃远便停住。似乎风就这么一点点力气。

那个敲打声把我喊出了门,它在敲打一件我认识的东西。我必须出去看看。我十一岁那年,有个木匠想带我出去跟他学手艺。他给母亲许诺,要把所有木工手艺都传给我。母亲问我去不去。我没有主意,站着不吭声。

那个木匠在他叮叮当当的敲打声里,把我熟悉的木头棍棍棒棒变成了桌子、板凳和木箱。

我的影子黑黑地躺在地上,像一截烧焦的木

头。其他东西的影子都淡淡的，似有似无，可能月光一夜一夜地，已经渗透那些墙和树木，把光亮照到它们的背阴处。我在这个地方少待了二十年。二十年前，这里的月光已经快要照透我了。我在别处长出的一些东西阻挡了它。

整个村子静静的，只有一个声音在响。我能听出来，是这个村子里的一件东西在敲打另一件东西。不像那个木匠，用他带来的一把外地斧头，砍我们村的木头，声音生刺生刺，像不认识的两条狗狠劲儿相咬，一点儿不留情。

许多年前的一个中午，一群孩子围在我们家院子里，看一个外地来的木匠打制家具。他的工具锁在一个油黑的木箱里，用一件取一件，不用的原装进去锁住。一件也不让人动。

那群孩子只有呆呆地看着他在木头上凿眼，把那些木棍棍锯成一截一截的摆放整齐。其中一个孩子想，要能用一下他的刨子，把这块木板刨平该多好呀。另一个想，能动动他的墨盒，在这根歪木头上打一根直直的黑线多好。

吃午饭时，那群孩子看着大人们给木匠单独做的白面馍馍，炒的肉菜。

长大了我也要当木匠。一个孩子说。

我也背个木箱四处去给人家做家具。另一个孩子说。

赶我们长大不知还有没有木头了。另一个孩子想。

我记不清自己为什么没有跟那个木匠去学艺,而是背着书包去了学堂。

那个木匠临走前在门外等了好长一阵。母亲把我拉进屋里。忘了是劝我去还是劝我不去。出来时,那个木匠刚刚离去。他踩起的一溜土还没落下来。

那群孩子中的一个,后来果真当了木匠。现在他就在我面前敲打着一样家具,身旁乱七八糟堆着些木料。一盏灯高挂在草棚顶上。我站在院墙外的黑暗处,想不起这个人的名字。但他肯定是那群孩子中的一个。过去多少年后,一个村庄里肯定有一大批人把孩提时候的梦想忘得一干二净,肯定还会有一个人默无声息地留下来,那一代人最初的生存愿望,被他一个人实现了。尽管这种愿望早已经过时。

我没去打扰他。

他抡一把斧子，干得卖力又专心。不知他能不能听到他的敲打声。整个村子在这个声音里睡着了。我猜想他已经叮叮当当地敲打了多少年。他的敲打声和狗吠鸡鸣一样已经成为村子的一部分。他砍这根木头时，村子里其他木头在听。他敲那个铆时，他早年敲紧现已松懈的一个铆在某个人家的屋角里微微颤动。

我从来没把哪件活儿干到他这种程度。面对这个年纪与我相仿的人，我只能在一旁悄悄站着，像一根没用的干木头。

先　父

一

我比年少时更需要一个父亲，他住在我隔壁，夜里我听他打呼噜，费劲儿地喘气。看他弓腰推门进来，一脸皱纹，眼皮耷拉，张开剩下两颗牙齿的嘴，对我说一句话。我们在一张餐桌上吃饭，他坐上席，我在他旁边，看着他颤巍巍伸出一只青筋暴露的手，已经抓不住什么，又抖抖地勉力去抓住。听他咳嗽，大口喘气——这就是数年之后的我自己。一个父亲，把全部的老年展示给儿子。一如我把整个童年、青年带回到他眼前。

在一个家里，儿子守着父亲老去，就像父亲看着儿子长大成人。这个过程中儿子慢慢懂得老是怎么回事。父亲在前面蹚路。父亲离开后儿子会知道自己四十岁时该做什么，五十岁、六十岁时要考虑什么。到了七八十岁，该放下什么，去着手操劳什么。

可是，我没有这样一个老父亲。

我活得比你还老时，身心的一部分仍旧是一个孩子。我叫你爹，叫你父亲，你再不答应。我叫你爹的那部分永远地长不大了。

多少年后，我活到你死亡的年龄：三十七岁。我想，我能过去这一年，就比你都老了。作为一个女儿的父亲，我会活得更老。那时想起年纪轻轻就离去的你，就像怀想一个早夭的儿子。你给我童年，我自己走向青年、中年。

我的女儿只看见过你的坟墓。我清明带着她上坟，让她跪在你的墓前磕头，叫你爷爷。你这个没福气的人，没有活到她张口叫你爷爷的年龄。如果你能够，在那个几乎活不下去的年月，想到多少年后，会有一个孙女附在耳边轻声叫你爷爷，亲你胡子拉碴的脸，或许你会为此活下去。但你没有。

二

留下五个儿女的父亲，在五条回家的路上。一到夜晚，村庄的五个方向有你的脚步声。狗都不认识你了。五个儿女分别出去开门，看见不同的月色星空。他们早已忘记模样的父亲，一脸漆黑，站在夜色中。

多年来儿女们记住的，是五个不同的父亲。或许根本没有一个父亲。所有对你的记忆都是空的。我们好像从来就没有过你。只是觉得跟别人一样应该有一个父亲，尽管是一个死去的父亲。每年清明我们上坟去看你，给你烧纸，烧烟和酒。边烧边在坟头吃喝说笑。喝剩下的酒埋在你的头顶。临走了再跪在墓碑前叫一声父亲。

我们真的有过一个父亲吗？

当我们谈起你时，几乎没有一点儿共同的记忆。我不知道六岁便失去你的弟弟记住的那个父亲是谁。当时还在母亲怀中哇哇大哭的妹妹记住的，又是怎样一个父亲。母亲记忆中的那个丈夫跟我们又有什么关系。你死的那年我八岁，大哥十一岁，最小的妹妹才八个月。我的记忆中没有一点儿你的影子。我对你的所有记忆是我构想的。我自己创造了一个父亲，通过母亲，认识你的那些人。也通过我自己。

如果生命是一滴水，那我一定流经了上游，经过我的所有祖先，爷爷奶奶、父亲母亲，就像我迷茫中经过的无数个黑夜。我浑然不觉的黑夜。我睁开眼睛。只是我不知道我来到世上那几年里，我看见了什么。我的童年被我丢掉了，包括那个我叫父亲的人。

我真的早已忘了，这个把我带到世上的人。我记不起他的样子，忘了他怎样在我记忆模糊的幼年，教我说话，逗我玩，让我骑在他的脖子上，在院子里走。我忘了他的个头，想不起家里仅存的一张照片上，那个面容清瘦的男人曾经跟我有过什么关系。他把我拉扯到八岁，他走了。可我八岁之前的记忆全是黑夜，我看不清他。

我需要一个父亲，在我成年之后，把我最初的那段人生讲给我。就像你需要一个儿子，当你死后，我还在世间传播你的种子。你把我的童年全带走了，连一点儿影子都没留下。

我只知道有过一个父亲。在我前头，隐约走过这样一个人。

我的有一脚踩在他的脚印上，隔着厚厚的尘

土。我的有一声追上他的声。我吸的有一口气，是他呼出的。

你死后我所有的童年之梦全破灭了。只剩下生存。

三

我没见过爷爷，他在父亲很小时便去世了。我的奶奶活到七十八岁。那是我看见的唯一一个亲人的老年。父亲死后她又活了三年，或许是四年。她把全部的老年光景示意给了母亲。我们的奶奶，那个老年丧子的奶奶，我已经想不起她的模样，记忆中只有一位灰灰的老人，灰白头发，灰旧衣服，弓着背，小脚，拄拐，活在一群未成年的孙儿中。她给我们做饭，洗碗。晚上睡在最里边的炕角。我仿佛记得她在深夜里的咳嗽和喘息，记得她摸索着下炕，开门出去。过一会儿，又进来，摸索着上炕。全是黑黑的感觉。有一个早晨，她再没有醒来，母亲做好早饭喊她，我们也大声喊她。她就睡在那个炕角，弓着身，背对我们，像一个熟睡的孩子。

母亲肯定知道奶奶的更多细节，她没有讲给

我们。我也很少问过。仿佛我们对自己的童年更感兴趣。童年是我们自己的陌生人。我们并不想看清陪伴童年的那个老人。我们连自己都无法弄清。印象中奶奶只是一个遥远的亲人，一个称谓。她死的时候，我们的童年还没有结束。她什么都没有看见，除了自己独生儿子的死，她在那样的年月里，看不见我们前途的一丝光亮。我们的未来向她关闭了。她对我们的所有记忆是愁苦。她走的时候，一定从童年领走了我们，在遥远的天国，她抚养着永远长不大的一群孙儿孙女。

四

在我九岁，你离世的第二年，我看见十二岁时的光景：个头稍高一些，胳膊长到锨把粗，能抱动两块土块，背一大捆柴从野地回来，走更远的路去大队买东西——那是我大哥当时的岁数。我和他隔了四年，看见自己在慢慢朝一捆背不动的柴走近，我的身体正一碗饭、一碗水地长到能背起一捆柴、一袋粮食。

然后我到了十六岁，外出上学。十九岁到沙湾安集海小镇工作。那时大哥已下地劳动，我有了跟他不一样的生活,我再不用回去种地。

可是,到了四十岁,我对年岁突然没有了感觉。路被尘土蒙蔽。我不知道四十岁以后的下一年我是多大。我的父亲没有把那时的人生活给我看。他藏起我的老年,让我时刻回到童年。在那里,他的儿女永远都记得他收工回来的那些黄昏,晚饭的香味飘在院子。我们记住的饭菜全是那时的味道。我一生都在找寻那个傍晚那顿饭的味道。已经忘了是什么饭,一家人围坐在桌旁,筷子摆齐,等父亲的脚步声踩进院子,等他带回一身尘土,在院门外拍打。

有这样一些日子,父亲就永远是父亲了,没有谁能替代他。我们做他的儿女,他再不回来我们还是他的儿女。一次次,我们回到有他的年月,回到他收工回来的那些傍晚,看见他一身尘土,头上落着草叶。他把铁锨立在墙根,一脸疲惫。母亲端来水让他洗脸,他坐在土墙的阴影里,一动不动,好像叹着气,我们全在一旁看着他。多少年后,他早不在人世,我们还在那里一动不动看着他。我们叫他父亲,声音传不过去。盛好饭,碗递不过去。

五

你死去后我的一部分也在死去。你离开的那个早晨我也永远地离开了,留在世上的那个我究竟是谁。

父亲,只有你能认出你的儿子。我从小流落人世,不知家,不知冷暖饥饱。只有你记得我身上的胎记,记得我初来人世的模样和眼神,记得我第一眼看你时,紧张陌生的表情和勉强的一丝微笑。

我一直等你来认出我。我像一个父亲看儿子一样,一直看着我从八岁,长到四十岁。这应该是你做的事情。你闭上眼睛不管我了。我是否已经不像你的儿子。我自己拉扯大自己。这个四十岁的我到底是谁。除了你,是否还有一双父亲的眼睛,在看见我。

我在世间待得太久了。谁拍打过我头上的土。谁会像擦拭尘埃一样,拭去我的年龄、皱纹,认出最初的模样。当我淹没在熙攘人群中,谁会在身后喊一声:呔,儿子。我回过头,看见我童年时的父亲,我满含热泪,一步步向他走去,从四十岁,走到八岁。我一直想把那个八岁的我从童年领出来。如果我能回去,我会像一个好父亲,拉着那个八岁孩子的手,一直走到现在。那样我会认识我,知道自己走过了怎样一条路。

现在,我站在四十岁的黄土梁上,望不见自己的老年,也看不清远去的童年。

我一直等你来认出我,告诉我辈分,一一指给我母亲、兄弟。他们一样急切地等着我回去认出他们。当我叫出大哥时,那个太不像我的长兄一脸欢喜,他被辨认出来。当我喊出母亲时,我一下喊出我自己,一个四十岁的儿子,回到家里,最小的妹妹都三十岁了。我们有了一个后父。家里已经没你的位置。

你在世间只留下名字,我为怀念你的名字把整个人生留在世上。我的身体承受你留下的重负,从小到大,你不去背的一捆柴我去背回来,你不再干的活儿我一件件干完。他们说我是你儿子,可是你是谁,是我怎样的一个父亲。我跟你走掉的那部分一遍遍地喊着父亲。我留下的身体扛起你的铁锨。你没挖到头的一截水渠我得接着挖完,你垒剩的半堵墙我们还得垒下去。

六

如果你在身旁,我可能会活成另外一个人。你放弃了教养我的职责。没有你我不知道该听谁的。谁有资格教育我做人做事。我以谁为榜样一岁岁成长。我像一棵荒野中的树,听由了风、阳光、雨水和自己的性情。谁告诉过我哪个枝丫长歪了。谁曾经修剪过我。如果你在,我肯定不会是现在的样子。尽管我从小就反抗你,听母亲说,我自小就不听你的话,你说东,我朝西。你指南,我故意向北。但我最终仍长得跟你一模一样。没有什么能改变你的旨意。我是你儿子,你孕育我的那一刻我便再无法改变。但我一直都想改变,我想活得跟你不一样。我活得跟你不一样时,内心的图景也许早已跟你一模一样。

早年认识你的人,见了我都说:你跟你父亲那时候一模一样。

我终究跟你一样了。你不在我也没活成别人的儿子。

可是,你那时坚持的也许我早已放弃,你舍身而守的,我或许已不了了之。没有你我会相信谁呢。你在时我连你的话都不信。现在我想听你的,你却一句不说。我多想让你吩咐我干一件事,就像早年,你收工回来,叫我把你背来的一捆柴码在墙根。那时我那么地不情愿,码一半,剩下一半。你看见了,大声呵斥我。我再动一动,码上另一半,仍扔下一两根,让你看着不舒服。

可是现在,谁会安排我去干一件事呢。我终日闲闲。半生来我听过谁的半句话。我把谁放在眼里,心存佩服。

父亲,我现在多么想你在身边,喊我的名字,说一句话,让我去门外的小店买一盒火柴,让我快一点儿。我干不好时你瞪我一眼,甚至骂我一顿。

如今我多么想做你让我做的一件事情,哪怕让我倒杯水。只要你吭一声,递个眼神,我会多么快乐地去做。

父亲,我如今多想听你说一些道理,哪怕是老掉牙的,我会毕恭毕敬地倾听,频频点头。你不会给我更新的东西。我需要那些新东西吗?

父亲,我渴求的仅仅是你说过千遍的老话。我需要的仅仅是能够坐在你身旁,听你呼吸,看你抽烟的样子,吸一口,深咽下去,再缓缓吐出。我现在都想不起你是否抽烟,我想你时完全记不起你的样子。不知道你长着怎样一双眼睛，蓄着多长的头发和胡须，你的个子多高，坐着和走路是怎样的架势。还有你的声音，我听了八年，都没记住。我在生活中失去你，又在记忆中把你丢掉。

七

你短暂落脚的地方，无一不成为我长久的生活地。有一年你偶然途经，吃过一顿便饭的沙湾县城，我住了二十年。你和母亲进疆后度过第一个冬天的乌鲁木齐，我又生活了十年。没有谁知道你的名字，在这些地方，当我说出我是你的儿子，没有谁知道。四十年前，在这里拉过一冬天石头的你，像一粒尘土埋在尘土中。

只有在故乡金塔，你的名字还牢牢被人记住。我的堂叔及亲戚们，一提到你至今满口惋惜。他们说你可惜了。一家人打柴放牛供你上学。年纪轻轻做到县中学校长、团委副书记。

要是不去新疆，不早早死掉，也该做到县长了。

他们谈到你的活泼性格，能弹会唱，一手好毛笔字。在一个叔叔家，我看到你早年写在两片白布上的家谱，端正有力的小楷。墨迹浓黑，仿佛你刚刚写好离去。

他们听说我是你儿子时，那种眼神，似乎在看多少年前的你。在那里我是你儿子。在我生活的地方你是我父亲。他们因为我而知道你，但你不在人世。我指给别人的是我的后父，他拉扯我们长大成人。他是多么地陌生，永远像一个外人。平常我们一起干活儿、吃饭，张口闭口叫他父亲。每当清明，我们便会想起另一个父亲，我们准备烧纸、祭食去上坟，他一个人留在家，无所事事。不知道他死后，我们会不会一样惦念他。他的祖坟在另一个村子，相距几十公里，我们不可能把他跟先父埋在一起，他有自己的坟地。到那时，我们会有两处坟地要扫，两个父亲要念记。

八

埋你的时候，我的一个远亲姨父掌事。他给你选了玛纳斯河边的一块高台地，把你埋在龙头，前面留出奶奶的位置。他对我们说，后面这块空地是留给我们的。我那时多小，一点儿也不知道死亡的事，不知道自己以后也会死，这块地留给我们干什么。

我的姨父料理丧事时，让我们、让他的儿子们站在一旁，将来他死了，我们会知道怎样埋他。这是做儿子的必须要学会的一件事，就像父母懂得怎样生养你，你要学会怎样为父母送终。在儿子成年后，父母的后事便成了时时要面对的一件事，父母在准备，儿女们也在准备，用很多年、很多个早晨和黄昏，相互厮守，等待一个迟早会来到的时辰。它来了，我们会痛苦，伤心流泪，等待的日子全是幸福。

父亲，你没有让我真正当一次儿子，为你穿寿衣、修容、清洗身体，然后，像抱一个婴儿一样，把你放进被褥一新的寿房。我那时八岁，看见他们把你装进棺材。我甚至不知道死亡是怎么回事。在我的记忆中埋你的墓坑是一个长方形的地洞，他们把你放进去，棺材头上摆一碗米饭，插上筷子，我们趴在坑边，跟着母亲大声哭喊，看人们一锨锨地把土填进去。我一直认为你从另一个出口走了。他们堵死这边，让你走得更远。多少年来我一直想你会回来，有一天突然推开家门，看见你稍稍长大几岁的儿女，衣衫破旧，看见你清瘦憔悴的妻子，拉扯五个儿女艰难度日。看见只剩下一张遗像的老母亲。你走的时候，会想到我们将活成怎样。我成年以后，还常常想着，有一天我会在一条异乡的路上遇见你，那时你已认不出我，但我一定会认出你，领你回家。一个丢掉又找回来的老父亲，我们需要他的时候他离去了。等我长大，过上富裕的日子，他从远方流浪回来，老得走不动路。他给我一个赡养父亲的机会。也给我一个料理死亡的机会。这是父亲应该给儿子的，你没有给我。你早早把死亡给了别人。

九

我将在黑暗中孤独地走下去，没有你引路。四十岁以后的寂寞人生，衰老已经开始，我不知道自己在年老腰疼时，怎样在深夜独自忍受，又在白天若无其事，一样干活儿、说话。在老得没牙时，喝不喜欢的稀粥，把一块肉含在口中，慢慢地嚼。我的身体迟早会老到这一天。到那时，我会怎样面对自己的衰老。父亲，你是我的骨肉亲人，你的每一丝疼痛我都能感知。衰老是一个缓慢到来的过程，也许我会像接受自己长个子、生胡须一样，接受脱发、骨质增生，以及衰老带来的各种病痛。

但是，你忍受过的病痛我一定能坦然忍受。我小时候，有大哥，有母亲和奶奶，引领我长大。也有我单独寂寞地成长。我更需要你教会我怎样衰老和死亡。

如果你在身旁，我会早早知道，自己的腿在多大年龄变老，走不动路。眼睛在哪一年秋天花去。这一年到来时，我会有时间给自己准备老花镜和拐杖。我会在眼睛彻底失明前，记住回家的路和那些常用物件的位置。我会知道你在多大年龄开始为自己准备后事，吩咐你的大儿子，准备一口好棺材，白松木的，两条木凳支起，放在草棚下。着手还外欠的债。把你一生交往的好朋友介绍给儿子，你死后无论我走到哪，遇到什么难事，认识你的人会说，这是你的后人。他们中的某个人，会伸手帮我一把。

可是，没有一个叫父亲的人，白发飘飘，把我向老年引。我不知道老是什么样子。我的腿不把酸痛告诉我。我的腰不把弯曲告诉我。我的皮肤不把皱纹告诉我。我老了我不知道。就像我年少时，不知道自己是一个孩子。我去沙漠砍柴，打土块，背猪草，干大人的活儿。没人告诉我，我是个孩子。父亲离开的那一年我们全长大了，从最小的妹妹，到我。你剩给我们的全是大人的日子。我的童年不见了。

直到有一天，我背一大捆柴回家，累了在一户人家的墙根歇息，那家的女人问我多大了，我说十三岁。她说，你还是个孩子，就干这么重的活儿。我羞愧地低下头，看见自己细细的腿和胳膊，露着肋骨的前胸和独自长大的一双脚。你都死去多少年了，我以为自己早长大了，可还小小的，个子不高，没有多少劲儿，背不动半麻袋粮食。

如果寿命跟遗传有关，在你死亡的年龄，我会做好该做的事。如果我活过了你的寿数，我就再无遗憾。我的儿女们，会有一个长寿的父亲。他们会比我活得更长久。有一个老父亲在前面引领，他们会活得自在从容。

现在，我在你没活过的年龄，给你说出这些。我说的时候，我能感觉到你在听。我也在听，父亲。

后　父

我们家住的地方有一条金沟河，民国时“日产斗金”。现在已少有人淘金了，上游河岸千疮百孔，到处是淘金人留下的无底金洞。金子淘完了，河原变成河。我们住在下游，用淘洗过金子的河水浇地，也能在河边的淤沙中看见闪闪发亮的金屑。这一带的老户人家，对金子从不稀罕，谁家没有过成疙瘩的黄金。我们家就有过一褡裢金子，那是多少我都不敢说出来。听我后父讲，他父亲在那时，也去上游的山里淘金。是在麦收后，地里没啥活儿了，赶上马车，一人拿一把小鬃毛刷子，在河边的石头缝儿里扫金子。全是颗粒金，几十天就弄半袋子。

我们家那一褡裢金子，后来不知去向。后父

只是说整光了。咋整光的？就不说了。有几年他说自己藏的有金子呢，有几年又说没有了。我们就在他的金子谎话里，过了一年又一年。到现在，家里再没有人会相信他藏的有金子。

但我们家确实有过一褡裢金子。我后父也确实是一个有过金子的人，他说起金子来，一脸的自足和不在乎。

我们家邻居也有过一褡裢金子。那家的王老爷子，却从来不提金子的事。我后父说，他们家的金子，在战乱年代过玛纳斯河时，家里的马不够用，把一褡裢金子交给本村的一个骑马人。过河后就失散了。

多少年后，王老爷子竟然找到了那个人，他就住在河对面的玛纳斯县，那个人也承认帮助驮过一褡裢金子，但过河后为了逃命，就把金子扔了。

"命要紧，哪能顾上金子。"那个人说。

王老爷子开始不信，后来偷偷打探了几年，这家人穷得沟子上揽毡，根本不像有金子的人家。后来就不追要了。王老爷子也再不提金子的事了。

那我们家的金子呢？后父闭口不说。早先我们住在他的旧房子，他有时给我母亲说金子的事。我们隐约觉得他藏的有金子。他是这里的老户，老新疆人，家底子厚。啥叫家底子，就是墙根子底下埋的有金子。听说村里的老户人家都藏的有金子。从来不说自己有。成疙瘩的金子埋在破房子底下，自己过穷日子，装得跟没钱人似的。我母亲也半信半疑地觉得我后父有金子。他不拿出来，可能是留了一手。

我们家搬出太平渠村那天，有用的东西都装上拖拉机，几只羊也装上了拖拉机，我母亲想，这下后父该把金子挖出来了吧。我们要搬到元兴宫去生活，后父的旧院子也便宜卖给了村里的光棍冯四，他不会把金子留给别人吧。可是，后父只是磨磨蹭蹭在他的旧院子转了几圈，捡了几根烂木棒扔到车上。然后，自己也上到车上。

这地方的有钱人，有过好多金子的人家，突然全变成了穷人。留下的全是有关金子的故事，不知道金子去了哪里。

十九世纪七八十年代，经常有人到我们这地方来挖金子。有一年大地主张寿山的孙子带一帮人，在他们家的老庄子上挖了三个月，留下一个大坑。另一年中地主方家的后人又在自家的老房子下挖了一个大坑。最大的一个坑是小地主唐人田家羊倌的后人挖的。羊倌曾看见唐家的人把一个坛子埋在羊圈下面。坛子由两个人抬,里面肯定是贵重东西。羊倌夜里睡在羊圈棚顶,看得清清楚楚。匪徒打来时,唐家人仓皇逃跑,没顾上把东西挖出来。后来也再没有唐家人音信,可能没逃掉,全被杀死了。

那个坑是三台推土机挖的,挖了两年。头一年挖到冬天停工了。第二年开春又挖了一个月。金子真是贵重,一点点东西,就要人挖这么大的坑。听人说,金子在地下会走动。但人又不知道金子会朝哪个方向走动,一年走几步。几十年来可能早已离开老地方,走得很远。也可能会朝下走,越走越深。或朝上走,走到地面,早被人拾走。所以,人在埋金子的羊圈棚下挖不到金子,便会把坑往大、往深挖。这个坑一旦开挖了,便不会轻易罢休。因为挖坑要花钱雇人雇车,还要向当地的"土地爷"交土管费。假如花一万块钱还没找到金子,他就会再投五千块。这跟赌博押宝一样,总不甘心,总觉得金子会在下一锨土里,下一铲就会推出那个装金子的坛子。结果坑越挖越大,直挖到河边,挖到别人家墙根。往往是坑挖得越大,越证明没挖到东西。

在我们村边，那个挖得最深最大的坑，已经被当成水库。我们叫金坑水库。另几个小一点儿的坑被村民放水养鱼，有叫金鱼塘的，叫金塘子的。这些土坑纷纷被村民承包，合同一定六十年。那些人都鬼得很，借养鱼的钱把坑又往大往深挖，说是整理鱼塘，其实想侥幸找到金子。找不到也不要紧，养着鱼，占着坑。反正有一坛金子在里面呢。这里的老户人，都相信金子没有走远。好多走远的人又回来，守着早已破败的老房底子。从没听说谁挖到或拾到过金子。但埋金子的地方会被人牢牢记住。多少年后谁做梦听到黄金的动静，这地方又会无端地被挖成一个大坑。

我后父的旧院子，以后会不会被我们挖成一个大坑呢。

有时候我想，后父可能真的藏有金子呢，他经常回太平渠村去看他的老房子，早年家里有马车时赶着马车去，后来我们家搬到县城，马车卖了，他就坐班车去。说是去要账。那院老房子作价四百五十块钱卖给冯四，只给了二百块，剩下的钱一直要不回来。冯四没钱。一年四季都没钱。他是五保户，不种地，村里救济一点儿口粮。冯四不可能把口粮卖掉还我们家的钱。后父知道这些，但依旧每年去要。去了跟冯四一起住在老房子里。我们就想，他可能打着要钱的幌子，去看他埋的金子。这么多年，他来来去去地到太平渠，可能已经把金子挖出来，挖出来会藏哪呢？可能已经埋到我们现在的房子底下。

也许他没挖出来，那些金子依旧在太平渠的老房子底下。也许后父把它埋进去时就没想过要挖出来，他是留给自己的。留到最后，不知道会以什么样的方式给我们。也许他隐约说那一褡裢金子的时候，就已经把它给了我们。后父现在有八十岁了，因为年龄大了，这几年去太平渠少了，金子的事也说得少了。但经常说村里的老房子，说冯四的钱还没给，说要把老房子收回来。后父这样看重他的老房子，总让我们觉得那个老房底子下真的埋了金子。

将来有一天，我们会不会真的相信了那一褡裢金子的事，兄弟几个，雇一台推土机，轰轰隆隆地进到我们的老院子？

住多久才算是家

我喜欢在一个地方长久地生活下去——具体点儿说,是在一个村庄的一间房子里。如果这间房子结实,我就不挪窝地住一辈子。一辈子进一扇门,睡一张床,在一个屋顶下御寒和纳凉。如果房子坏了,在我四十岁或五十岁的时候,房梁朽了,墙壁出现了裂缝,我会很高兴地把房子拆掉,在老地方盖一幢新房子。

我庆幸自己竟然活得比一幢房子更长久。只要在一个地方久住下去,你迟早会有这种感觉。你会发现周围的许多东西没有你耐活。树上的麻雀有一天突然掉下一只来,你不知道它是老死的还是病死的。树有一天被砍掉一棵,做了家具或当了烧柴。陪伴你多年的一头牛,在一个秋天终于老得走不动。算一算,它远没有你的年龄大,只跟你的小儿子岁数差不多,你只好动手宰掉或卖掉它。

一般情况,我都会选择前者。我舍不得也不忍心把一头使唤老的牲口再卖给别人使唤。我把牛皮钉在墙上,晾干后做成皮鞭和皮具。把骨头和肉炖在锅里,一顿一顿吃掉。这样我才会觉得舒服些,我没有完全失去一头牛,牛的某些部分还在我的生活中起着作用,我还继续使唤着它们。尽管皮具有一天也会被磨断,拧得很紧的皮鞭也会被抽散,扔到一边。这都是很正常的。

甚至有些我认为是永世不变的东西,在我活过几十年后,发现它们已几经变故,面目全非。而我,仍旧活生生的,虽有一点儿衰老的迹象,却远不会老死。

早年我修房后面那条路的时候,曾想到这是件千秋功业,我的子子孙孙都会走在这条路上。路比什么都永恒,它平躺在大地上,折不断、刮不走,再重的东西它都能经住。

有一年一辆大卡车开到村里,拉着一满车铁,可能是走错路了,想掉头回去。村中间的马路太窄,转不过弯。开车的师傅找到我,很客气地说要借我们家房后的路走一走,问我行不行。我说没事,你放心走吧。其实我是想考验一下我修的这段路到底有多结实。卡车开走后我发现，路上只留下浅浅的两道车轱辘印。这下我更放心了，暗想，以后即使有一卡车黄金，我也能通过这条路运到家里。

可是，在一年后的一场雨中，路却被冲断了一大截，其余的路面也泡得软软的，几乎连人都走不过去。雨停后我再修补这段路面时，已经不觉得道路永恒了，只感到自己会生存得更长久些。以前我总以为一生短暂无比，赶紧干几件长久的事业留传于世。现在倒觉得自己可以久留世间，其他一切皆如过眼烟云。

我在调教一头小牲口时，偶尔会脱口骂一句：畜生，你爷爷在我手里时多乖多卖力。骂完之后忽然意识到，又是多年过去。陪伴过我的牲口、农具已经消失了好几茬，而我还那样年轻有力、信心十足地干着多少年前的一件旧事。多少年前的村庄又浮现在脑海里。

如今谁还能像我一样幸福地回忆多少年前的事呢。那匹三岁的儿马，一岁半的母猪，以及路旁林带里只长了三个夏天的白杨树，它们怎么会知道几十年前发生在村里的那些事情呢。它们来得太晚了，只好遗憾地生活在村里，用那双没见过世面的稚嫩眼睛，看看眼前能够看到的，听听耳边能够听到的，却对村庄的历史一无所知，永远也不知道这堵墙是谁垒的，那条渠是谁挖的。谁最早蹚过河开了那一大片荒地，谁曾经乘着夜色把一大群马赶出村子，谁总是在天亮前提着裤子翻院墙溜回自己家里……这一切，连同完整的一大段岁月，被我珍藏了。成了我一个人的。除非我说出来，谁也别想再走进去。

当然，一个人活得久了，麻烦事也会多一些。就像人们喜欢在千年老墙万年石壁上刻字留名以求共享永生，村里的许多东西也都喜欢在我身上留印迹。它们认定我是不朽之物，咋整也整不死。我的腰上至今还留着一头母牛的半只蹄印。它把我从牛背上掀下来，朝着我的光腰杆就是一蹄子。踩上了还不赶忙挪开，直到它认为这只蹄印已经深刻在我身上了，才慢腾腾移动蹄子。我的腿上深印着好几条狗的紫黑牙印，有的是公狗咬的，有的是母狗咬的。它们和那些好在文物古迹上留名的人一样，出手隐蔽敏捷，防不胜防。我的脸上身上几乎处处有蚊虫叮咬的痕迹，有的深，有的浅。有的过不了几天便消失了，更多的伤痕永远留在身上。而留在我心中的东西就更多了。

我背负着曾经与我一同生活过的众多生命的珍贵印迹，感到自己活得深远而厚实，却一点儿不觉得累。有时在半夜腰疼时，想起踩过我的已离世多年的那头母牛，它的毛色和花纹。有时走路腿困时，记起咬伤我的一条黑狗的皮，还展展地铺在我的炕上，当了多年的褥子。我成了记载村庄历史的活载体，随便触到哪儿，都有一段活生生的故事。

在一个村庄活久了，就会感到时间在你身上慢了下来。而在其他事物身上飞快地流逝着。这说明，你已经跟一个地方的时光混熟了。水土、阳光和空气都熟悉了你，知道你是个老实安分的人，多活几十年也没多大害处。不像有些人，有些东西，满世界乱跑，让光阴满世界追他们。可能有时他们也偶尔躲过时间，活得年轻而滋润。光阴一旦追上他们就会狠狠报复一顿，一下从他们身上减去几十岁。事实证明，许多离开村庄去跑世界的人，最终都没有跑回来，死在外面了。他们没有赶回来的时间。

平常我也会自问：我是不是在一个地方生活得太久了？土地是不是已经烦我了？道路是否早

就厌倦了我的脚印，虽然它还不至于拒绝我走路，事实上我有很多年不在路上走了，我去一个地方，照直就去了，水里草里。一个人走过一些年月后就会发现，所谓的道路不过是一种摆设，供那些在大地上瞎兜圈子的人们玩耍的游戏。它从来都偏离真正的目的。不信去问问那些永远匆匆忙忙走在路上的人，他们走到自己的归宿了吗，没有。否则他们不会没完没了地在路上转悠。

而我呢，是不是过早地找到了归宿，多少年住在一间房子里，开一个门，关一扇窗，跟一个女人睡觉。是不是还有另一种活法，另一番滋味。我是否该挪挪身，面朝一生的另一些事情活一活。就像这幢房子，面南背北多少年，前墙都让太阳晒得发白脱皮了。我是不是把它掉个个儿，让一向阴潮的后墙根也晒几年太阳。

这样想着就会情不自禁在村里转一圈，果真看上一块地方，地势也高，地盘也宽敞。于是动起手来，花几个月时间盖起一院新房子。至于旧房子嘛，最好拆掉，尽管拆不到一根好檩子，一块整土块。毕竟是住了多年的旧窝，有感情，再贵卖给别人也会有种被人占有的不快感。墙最好也推倒，留下一个破墙圈，别人会把它当成天然的茅厕，或者用来喂羊圈猪，甚至会有人躲在里面干坏事。这样会损害我的名誉。

当然，旧家具会一件不剩地搬进新房子，柴火和草也一根不剩拉到新院子。大树砍掉，小树连根移过去。路无法搬走，但不能白留给别人走。在路上挖两个大坑。有些人在别人修好的路上走顺了，老想占别人的便宜，自己不愿出一点力。我不能让那些自私的人变得更加自私。

我只是把房子从村西头搬到了村南头。我想稍稍试验一下我能不能挪动。人们都说：树挪死，人挪活。树也是老树一挪就死，小树要挪到好地方会长得更旺呢。我在这块地方住了那么多年，已经是一棵老树，根根脉脉都扎在了这里，我担心挪不好把自己挪死。先试着在本村里动一下，要能行，我再往更远处挪动。

可这一挪麻烦事跟着就来了。在搬进新房子的好几年间，我收工回来经常不由自主地回到旧房子，看到一地的烂土块才恍然回过神。牲口几乎每天下午都回到已经拆掉的旧圈棚，在那里挤成一堆。我的所有的梦也都是在旧房子。有时半夜醒来，还当是门在南墙上。出去解手，还以为茅厕在西边的墙角。

不知道住多少年才能把一个新地方认成家。认定一个地方时或许人已经老了，或许到老也无法把一个新地方真正认成家。一个人心中的家，并不仅仅是一间属于自己的房子，而是长年累月在这间房子里度过的生活。尽管这房子低矮陈旧，清贫如洗，但堆满房子角角落落的那些黄金般珍贵的生活情节，只有你和你的家人共拥共享，别人是无法看到的。走进这间房子，你就会马上意识到：到家了。即使离乡多年，你也不会忘记回这个家的路。

我时常看到一些老人，在晴朗的天气里，背着手，在村外的田野里转悠。他们不仅仅是看庄稼的长势，也在瞅一块墓地。他们都是些幸福的人，在一个村庄的一间房子里，生活到老，知道自己快死了，在离家不远的地方，择一块墓地。虽说是离世，也离得不远。坟头和房顶日夜相望，儿女的脚步声在周围的田地间走动，说话声、鸡鸣狗吠时时传来。这样的死没有一丝悲哀，只像是搬一次家。离开喧闹的村子，找个清静处待待。地方是自己选好的，棺木是早几年便吩咐儿女们做好的。从木料、样式到颜色，都是照自己的意愿去做的，没有一丝让你不顺心不满意。

唯一舍不得的便是这间老房子,你觉得还没住够,亲人们也这么说:你不该早早离去。其实你已经住得太久太久,连脚下的地都住老了,头顶的天都活旧了。但你一点没觉得自己有多么“不自觉”。要不是命三番五次地催你,你还会装糊涂活下去,还会住在这间房子里,还进这个门,睡这个炕。

我一直庆幸自己没有离开这个村庄,没有把时间和精力白白耗费在另一片土地上。在我年轻的时候、年壮的时候,曾有许多诱惑让我险些远走他乡,但我留住了自己。我做得最成功的一件事,是没让自己从这片天空下消失。我还住在老地方,所谓盖新房搬家,不过是一个没有付诸行动的梦想。我怎么会轻易搬家呢。我们家屋顶上面的天空,经过多少年的炊烟熏染,已经跟别处的天空大不一样。当我在远处,还看不到村庄,望不见家园的时候,便能一眼认出我们家屋顶上面的那片天空,它像一块补丁,一幅图画,不管别处的天空怎样风云变幻,它总是晴朗祥和地贴在高处,家安安稳稳坐落在下面。家园周围的这一窝子空气,多少年被我吸进呼出,也已经完全成了我自己的气息,带着我的气味和温度。我在院子里挖井时,曾潜到三米多深的地下,看见厚厚的土层下面褐黄色的沙子,水就从细沙中缓缓渗出。而在西边的一个墙角上,我的尿水年复一年已经渗透到地壳深处,那里的一块岩石已被腐蚀得变了颜色。看看,我的生命上抵高天,下达深地。这都是我在一个地方地久天长生活的结果。我怎么会离开它呢。

一个人的村庄

我出去割草，去得太久，我会将钥匙压在门口的土坯下面。我一共放了四块土坯迷惑外人，东一块，西一块，南北各一块。有一年你回来，搬开土坯，发现钥匙锈迹斑斑，一场一场的雨浸透钥匙，使你顿觉离家多年。又一年，土坯下面是空的，你拍打着院门，大声喊我的名字。那时村里已没几户人家，到处是空房子，到处是无人耕种的荒地，你趴在院墙外，像个外人，张望我们生活多年的旧院子，泪眼涔涔。

芥，我说不准离家的日子，活着活着就到了别处。我曾作好一生一世的打算在黄沙梁等你，你知道的，我没这个耐力，随便一件小事都可能把我引向无法回来的远处。在过去的几十年里，村里人就是为一些小事情一个一个地走得不见了。以至多少年后有人问起走失的这些人，得到的回答仍旧是：

他割草去了。

她浇地去了。

人们总是把割草浇地这样的事看得太随便平常。出门时不作任何准备，不像出远门那样安顿好家里的一切。往往是凭一个念头，也不跟家里人打声招呼，提一把镰刀或扛一把锹就出去了，一天到晚也不见回来，一两年过去了还没有消息。许多人就是这样被留在了远处。他们太小看这些活计了，总认为三下五下就能应付掉。事实上随便一件小事都能消磨掉人的一辈子，随便一片树叶落下来都能盖掉人的一辈子。在我们看不见的角角落落里，我们找不到的那些人，正面对着这样那样的一两件小事，不知不觉地过去了一辈子。连抬头看一眼天的时间都没有，更别说地久天长地想念一个人。

我最终也一样，只能剩一院破旧的空房子和一把锈迹斑斑的钥匙——我让你熟悉的不知年月的这些东西在黄沙梁，等待遥无归期的你。我出去割草。我有一把好镰刀，你知道的。

多少年前的一个下午，村子里刮着大风，我爬到房顶,看一天没回家的父亲,我个子太矮,站在房顶那截黑乎乎的烟囱上,抬高脚尖朝远处望。当时我只看见村庄四周浩浩荡荡的一片草莽。风把村里没关好的门窗甩得啪啪直响,连一个人影都看不见,满天满地都是风声,我害怕得不敢下来。

我母亲说,父亲是天刚亮时扛一把锨出去的。父亲每天都是这个时候出去。我们从来不知道他在侍弄哪块地。只记得过不了多长时间,父亲的那把锨就磨得不能使了。他在换另一把锨时,总是坐在墙根那块石板上,一遍又一遍地刮磨那根粗糙的新锨把,干得认真而仔细。有时他抬头看看玩耍的我们,也偶尔使唤我给他端碗水拿样工具。我们还小,不知道堆在父亲一生里的那些活儿,他啥时候才能干完,更不知道有一件活儿会把父亲永远留在一块地里。

多少年来我总觉得父亲并没有走远,他就在村庄附近的某一块地里,某一片密不透风的草莽中,无声地挥动着铁锨。他干得忘记了时间,忘记了家和儿女,也忘记了累。多少年后我在这片荒野上游荡,有一天,在草莽深处我看见翻得整整齐齐的一大片耕地,我一下认出这是父亲干的活儿。我跑过去，扑在地上大喊父亲、父亲……我听见我的声音被另一个我接过去，向荒野尽头传递。我站起来，看见父亲的那把铁锨插在地头上，木把已朽。我知道父亲已经把活儿干完了，他正在回家的路上。我也该回家看看了。我记不清自己游荡了多少年，只觉得我的身体在荒野上没日没夜地飘游，没有方向，没有目的，也不知道累，若不是父亲翻虚的这片地挡住我，若不是父亲插在地头的铁锨提醒我，我就无边无际地游荡下去了。

芥，那时候家里只剩了你。我的兄弟们都不知到哪里去了，他们也和父亲一样，某个早晨扛一把锨出去，就再不回来了。我怎么也找不到他们。黄沙梁附近新出现了好多村子，我的兄弟们或许隐姓埋名生活在另一个村庄了。有些人就是喜欢把自己的一生像件宝贝似的藏起来不让人看，藏得深而僻远。

我记得三弟曾对我说过，一个人就这么可怜巴巴的一辈子，为啥活给别人看呢。三弟是在父亲走失后不久说这句话的，那时我就料到，三弟迟早会把自己的一生藏起来。没想到我的兄弟们都这样小气地把自己的一辈子藏在荒野中了。

我把钥匙压在门口的土坯下面，我做了这个记号给你，走出很远了又觉得不踏实。你想想，一头爱管闲事的猪可能会将钥匙拱到一边，甚至吞进嘴中嚼几下，咬得又弯又扁。一头闲溜达的牛也会一蹄子下去，把钥匙踩进土中。最可怕是被一个玩耍的孩子捡走，走得很远，连同他的童年岁月被扔到一边。多少年后，这把钥匙被一个有贼心的人捡到，定会拿着它挨家挨户地试探，在人们都不在的一天，从村子一头开始，一把锁一把锁地乱捅。尤其没开过的锁，往里捅时带着点儿阻力，涩涩的，能勾起人的兴致。即使根本捅不进去，他也要硬塞几下。一把好钥匙就这样被无端磨损，变细、变短，成为废物。遭它乱捅的锁孔，却变得深大而松弛，这种反向的磨损使本来亲密无间的东西日渐疏离。爱情也是这样。这么多年我循序渐进地深入你，是我把你造就得深远又宽柔。我创造了一个我到达不了的远方，挖了一口自己探不到底的深井。在这个漫长过程中我自己被消损得短而细小。爱情的距离就这样产生了。

早晨微明的天色透进窗户，你坐起身，轻轻移开我压在你腹部的一条腿。

你说:那块地都荒掉了。

哪块地?我似醒非醒地问你。

接着我听见锄头和铁锹轻碰的声音、开门的声音。

我醒来时不知是哪一个早晨,院子扫得干干净净,柴垛得整整齐齐,细绳上晾晒着洗干净的哪个冬天的厚重棉衣。你不在了。

村子里依旧刮着大风,我高晃晃地站在房顶朝四处望。风穿过空洞的门窗发出呜呜的鬼叫声。已经多少年了,每次爬上房顶我都在想,有一天我一定提一把镰刀出去,把村庄周围的草全都割倒。至少,割出一个豁口,割开一条道。我父亲走失的第五年,有一天,我在房顶上看见村西边的沙沟里有一片草在摇动。我猛然想到是不是父亲,我记得母亲说过,你父亲就喜欢扛一把锨在乱草中倒腾,他时不时地在一片草莽中翻出块地来,胡乱地撒些种子,就再不管了。吃午饭时,母亲又说:爬到房顶看看,哪片草动弹肯定是你父亲。

我翻过沙梁,一头钻进密密麻麻的深草。草高过了头顶,我感到每一株草都能把我挡到一边,我只有一株草一株草地拨开它们。结果我找到了一头驴。我认出是几年前王五家丢掉的那头，当时王五家为了这头驴惊动了方圆几百里，几乎远远近近每一条路上都把守着王五家的亲戚，村里每一户人家都被怀疑。没想到驴就藏在离王五家不远的一摊荒草中，几年间它没移动几步，嘴边就是青草，它卧在地上左一口右一口地就能吃饱肚子，对驴来说这是多好的日子。它当然不愿再回到村里去受苦。可王五家却惨了，本该驴做的事情都由王五家的人分担去做了。才几年工夫王五的腰就弓成驴背了。我出于好心把驴拉了回去送给王五家。王五的婆姨抱着驴脖子哭了好一阵，驴被感动了似的也吭吭地叫起来。王五的婆姨哭够了转过身来，用一双泥糊糊的眼睛瞪着我说：

你爹出去几年了。

五年了。我说。

那就对了。王五的婆姨一拍巴掌，说。

我家的驴也丢掉整整五年了，肯定是你爹把我家的驴拉出去使唤了五年，使唤成老驴了，才让你给送过来。你说，是不是？

芥，我记得我们种过一块地，离村庄很远。一个春天的早晨我们赶马车出去,绕过沙梁后走进一片白雾蒙蒙的草地,马打着响鼻。我趴在装满麦种的麻袋上,你躺在我身旁。我清楚地记得有一股大风刮过你的嘴唇,朝我的眼睛里吹拂,我什么都看不见了,只闻到一股熟悉的来自遥远山谷的芬芳气息。马车猛然间颠簸起来,一上一下,一高一低,一起一伏,我忘掉了时间,忘掉了路。不知道车又拐了多少个弯,爬了几道梁,过了几条沟。后来车停了下来,我抬起头,看见一望无际的一片野地。

芥,我一直把那一天当成一场梦,再想不起那片野地的方向和位置。我们做着身边手边的事,种着房前屋后的几小块地,多少个季节过去了,我似乎已经忘记我们曾无边无际地播种过一片麦子。我只依稀记得我们卸下农具和种子时,有一麻袋种子漏光在路上了。

后来我们往回走时,路上密密麻麻长满了麦子。我们漏在路上的麦种,在一场雨后全都长了出来,沿路弯弯曲曲一直生长到家门口,我们一路收割着回去。芥,我一直不敢相信的一段经历你却把它当真了。你背着我暗暗记住了路。那个早晨,我在睡眼蒙眬中听见你说:那块地长荒了。我竟没想到你在说那一片麦地。现在,你肯定走进那片无边无际的麦地中了。

我带走了狗,我不知道你回来的日子,狗留在家里,狗会因怀念而陷入无休止的回忆。跟了我二十年的一条狗,目睹一个人的变化,面目全非。二十年岁月把一个青年变成壮年,继而老态龙钟。狗对自己忠诚的怀疑将与年俱增。在狗眼里,人一生中的不同时期是不同面孔的好几个人。它忠心尾随的那个面孔的人,随着年月渐渐就不见了。取而代之的是另一副面孔另一番心境的一个人,还住在这个院子,还种着这块地。狗永远不能理解沧桑这回事。一条跟随人一辈子的忠犬,在它的自我感觉中已几易其主,它弄不清人一生中哪个时期的哪副面孔是它真正的主人。

狗留在家里,就像你漂泊在外,是我最放心不下的心事。

一条没有主人的狗,一条穷狗,会为一根干骨头走村串巷,挨家乞讨,备受人世冷暖,最后变得世故,低声下气,内心充满怨恨与感激。感激给过它半嘴馒馍的人,感激没用土块追打过它的人,感激垃圾堆中有一点儿饭渣的那户人。感激到最后就没有了狗性,没有一丁点儿怨恨,有怨也再不吭声,不汪不吠。游荡一圈回到空荡荡的窝中,见物思人,主人的身影在狗脑子里渐渐怀念成一个幻影,一个不真实的梦。

这还不是最重要的。你回来晚了,狗老死在窝里,它没见过的狗子狗孙们把守着院子。它们没有主人,纯粹是一群野狗,把你的家当狗窝,不让你进去。

家是很容易丢掉的,人一走,家便成一幢空房子。锁住的仅仅是一房子空气,有腿的家具不会等你,有轱辘的木车不会等你,你锁住一扇门,到处都是路,一切都会走掉。门上的红油漆沿斑驳的褪色之路,木梁沿坑坑洼洼的腐朽之路,泥墙沿深深浅浅的风化之路,箱子里的钱和票据沿发黄的作废之路……无穷无尽地走啊。

我在荒草没腰的野地偶一抬头,看见我们家的烟囱青烟直冒,我马上想到是你回来了,怎么可能呢,都这么多年了,都这么多年了,我快过惯没有你的日子。

我扔下镰刀往回跑。

一个在野外劳动的人,看见自己家的炊烟连

天接地地袅袅上升,那种子孙连绵的感觉会油然而生。炊烟是家的根。生存在大地深处的人们,就是靠扎向天空的缕缕炊烟与高远陌生的外界保持着某种神秘的联系。

炊烟一袅袅,一个家便活了。一个村庄顿时有了生机。

没有一朵云,空荡荡的天空中只有我们家那股炊烟高高大大地挡住太阳,我在它的阴影中奔跑,家越来越近。

我推开院门,一个陌生男人正往锅头里塞柴火,我一下愣住了,才一会儿工夫,家就被别人占了。我操了根木棍,朝那个男人蹲着的背影走去。

听到脚步声他慢腾腾地转过身。

你找谁?他问。

你找谁?我问。

我不找谁。他说着又往锅头里塞了根柴火,我看见半锅水已经开了,噗噗地冒着热气。

(节选自散文《一个人的村庄》)

驴　叫

驴叫是红色的。全村的驴齐鸣时村子覆盖在声音的红色拱顶里。驴叫把鸡鸣压在草垛下，把狗吠压在树荫下，把人声和牛哞压在屋檐下。狗吠是黑色的，狗在夜里对月长吠，声音飘忽悠远，仿佛月亮在叫。羊咩是绿色，在羊绵长的叫声里，草木忍不住生发出翠绿嫩芽。鸡鸣是白色，鸡把天叫亮后，便静悄悄了。

也有人说黑驴的叫声是黑色，灰驴的叫声是灰色。都是胡说。驴叫刚出口时，是紫红色，白杨树干一样直戳天空，到空中爆炸成红色蘑菇云，向四面八方覆盖下来。驴叫时人的耳朵和心里都充满血，仿佛自己的另一个喉咙在叫。人没有另一个喉咙。人的声音低哑地混杂在拖拉机、汽车和各种动物的叫声中。

拖拉机的叫声没有颜色，它的皮是红色，也有绿皮的，冒出的烟是黑色，跑起来好像有生命，停下就变成一堆死铁。拖拉机到底有没有生命狗一直没弄清楚，驴也一直没弄清楚，驴跟拖拉机比叫声，比了几十年，还在比。

拖拉机没到来前，驴是帕尔其村声音世界的王。驴鸣朝四面八方，拱圆地膨胀开它的声音世界。驴鸣之外一片寂静。寂静是黑色的，走到尽头才能听见它。

驴顶风鸣叫。驴叫能把风顶回去五里。刮西风时帕尔其全村的驴顶风鸣叫，风就刮不过村子。

下雨时驴都不叫。帕尔其村很少下雨。毛驴子多的地方都没有雨。驴不喜欢雨，雨直接下到竖起的耳朵里，驴耳朵进了水，倒不出来，甩头，打滚，耳朵里水在响，久了里面发炎，流黄水。驴耳朵聋了，驴便活不成。驴听不到自己的叫声，它拼命叫，直到嗓子叫烂，喉咙鸣断。

所以，天上云一聚堆，驴就仰头鸣叫。驴叫把云冲散，把云块顶翻。云一翻动，就悠悠晃晃地走散。民间谚语也这么说：若要天下雨，驴嘴早闭住。

聪明的狗会借驴劲儿。驴叫时，狗站在驴后

面，嘴朝着驴嘴的方向，驴先叫，声音起来后狗跟着叫，狗叫就爬到了驴叫上，借势蹿到半空。然后狗叫和驴叫在空中分开，狗叫落向远处，驴鸣继续往高处蹿，顶到云为止。

人喊人时也借驴声。从村里往地里喊人，人喊一嗓子，声音传不到村外。人借着驴叫喊，人声就骑在驴鸣上，近处听驴叫把人声压住了，远处听驴叫是驴叫，人声是人声，一个驮着一个。

驴叫就像一架声音的车，拉着帕尔其村所有声音往天上跑，好多声音跑一截子跳下来，碎碎地散落了，剩下驴叫孤独地往上跑，跑到驴耳朵听不到的地方。

驴师傅艾塔尔说，每声驴叫都是一个拔地而起的桩子，桩子上拴着人住的房子、驴圈羊圈、庄稼、鸡狗和人。

驴叫让帕尔其村高大、宏伟、顶天立地。驴叫时村庄在天地间呈现出一头看不见的驴样子。狗吠时村庄像狗跑一样扯展身子。鸡鸣中村庄到处是窟窿和口子，鸡的尖细鸣叫在穿针引线地缝补。而在牛哞的温厚棉被里，村庄像一个熟睡的孩子。

这个声音做的村子，庄稼的生长像尘土一样

安静，母亲喊孩子的细长叫声将她拎到半空，在铁匠铺大锤小锤叮叮当当的敲打声里，驴蹄声嘀嗒嘀嗒，大卡车轰隆隆，拖拉机的突突声像一截木头硬捣在空气里，摩托车的声音像一个放不完的长屁，自行车的铃铛声像一串白葡萄熟了，高音喇叭里的说话声像没打好的雷声，又像一棵高高的白杨树往下倒，嘎嘎巴巴响，在哪儿卡住了，倒不下来。

村子的声音像一棵模样古怪的老榆树。蹲下听到声音的主干，粗壮静默。站着听到声音的喧哗枝叶。上到房顶，听到声音的梢，飘飘忽忽，直上云中。

往远处走村庄的声音一声声丢失。鸡鸣五更天，狗吠十里地。二里外听不见羊咩，三里外听不见牛哞，人声在七里外消失，剩下狗吠驴鸣。在远处听村庄是狗和驴的，没有人的一丝声息。更远处听，狗吠也消失了，村庄是驴的。在村外河岸边张旺才家的房顶上听，村庄所有的声音都在。张旺才家离村子二里地，村里的鸡鸣狗吠驴叫和人声，还有开门关门的声音都在他的耳朵里。他家的狗吠人声也在村里人的耳朵里。

我走到帕尔其村边时突然听到驴叫。我好久听不到声音,我的耳朵被炮震聋了。前天,在矿区吃午饭时,我看见一个工友在喊我,朝我大张嘴说话,挥手招呼,我走到跟前才隐约听见他在喊:“帕尔其、帕尔其,广播里在说你们帕尔其村出事了。”他把收音机贴到我的耳朵上,我听着里面就像蚊子叫一样。

“你们帕尔其村出事了。”他对着我的耳朵大喊,声音远远的,像在半里外。

我从矿山赶到县城,我母亲住在县城医院的妹妹家。我问母亲帕尔其到底出啥事了,我看见母亲对着我说话。我说:“妈,你大声点儿我听不清。”母亲瞪大眼睛望着我,她的儿子出去打了两年工,变成一个聋子回来,她着急地对着我的耳朵喊,我听着她的喊声仿佛远在童年。她让我赶紧到医院去治,“你妹妹就在医院,给你找个好医生看看。”我说去过医院了,医生让我没事就回想脑子里以前的声音。“医生说,那些过去的声音能唤醒我的听觉。”我喊着对母亲说。我听见我的喊声也远远的,仿佛我在另外的地方。

母亲不让我回村子。她说村子都戒严了。我说,我还是回去看看我爸。母亲说,那你千万要小心，在家待着，别去村子里转。我啊啊地答应着。

我从县城坐中巴车到乡上，改乘去村里的三轮摩托。以前从乡里到村里的路上都是驴车。现在也有驴车在跑，但坐驴车的人少了。驴车太慢。

三轮车斗里坐着五个人，都是帕尔其村人，我向他们打招呼，问好。坐在我身边的阿地力大叔看着我说了几句话，我只听清楚“巴郎子”三个字。是在说我这个巴郎子回来了，还是说，这个巴郎子长大了。还是别的。我装着听清了，对他笑笑。早年我父亲张旺才听村里人跟他说话，第一个表情也是张嘴笑笑，父亲不聋，但村里人说的话他多半听不懂，就对人家笑，不管好话坏话他都傻笑。我什么话都能听懂，父亲张旺才的河南话，母亲王兰兰的甘肃武威话，村里人说的当地方言，我都懂。母亲说我出生后说的第一句话不是普通话是当地方言。我不光能听懂人说的话，还能听懂驴叫牛哞鸡鸣狗吠。现在我啥都听不清。我不想让他们知道我聋了，别人出去打工都是挣钱回来，我钱没挣上，变成一个聋子回来。这是一件丢人的事情。

车上人挤得很紧，我夹在阿地力和一个胖阿姨中间，他们身上的味道把我夹得更紧。我从小在这种味道里长大,以前我身上也有和他们一样的味道,现在好像淡了,我闻不到。可能别人还能闻到,别处的人还会凭嗅觉知道我是从哪儿来的。没办法,一个人的气味里带着他从小吃的粮食、喝的水、吸的空气,还有身边的人、牲畜、果木以及全村子的味道,这是洗不掉的。三轮车左右晃动时,夹着我的气味也在晃动,我的头有点儿晕,耳朵里寂寂静静的,车上的人、三轮车、车外熟悉的村庄田野,都没有一点儿声音。

到村头,我跳下车,向他们笑了笑,算打招呼。我站在路边朝村子里望,看见村中间柏油路上停着一辆警车,警灯闪着。路上没有行人,也没有驴车,也不见毛驴,也没驴叫。往年这季节正是驴撒野的时候,庄稼收光了,拴了大半年的驴都撒开,聚成一群一群。那些拉车的驴,驮人的驴,都解开缰绳回到驴群里,巷子和马路成了驴撒欢儿的地方,村外打麦场成了驴聚会的场所,摘完棉花的地里到处是找草吃的毛驴。驴从来不安心吃草,眼睛盯着路,见人走过来就偏着头看。我经常遇见偏着头看我的驴,一直看着我走过去,再盯着我的背影看。我能感到驴的目光落在后背上,一种鬼鬼的好像来自另一个世界的注视。我不回头,我等着驴叫。我知道驴会叫。驴叫时我的心会一起上升,驴叫多高我的心升多高。

今年的毛驴呢?驴都到哪去了?村庄没有驴看着不对劲儿,好像没腿了。在我小时候的记忆里,村庄是一个长着几千条驴腿的东西,人坐在驴车上,骑在驴背上,好多东西装在驴车上,驮在驴背上,千百条驴腿在村庄下面动,村子就跟着动起来,房子、树、路跟着动起来,天上的云一起动起来。没有驴的帕尔其村一下变成另外的样子,它没腿了,卧倒在土里。

我母亲说我是驴叫出来的。给我接生的古丽阿娜(妈妈)也这样说,母亲生我时难产,都看见头顶了,就是不出来,古丽阿娜着急得没办法,让我妈使劲儿。我妈早喊叫得没有力气,去县上医院已经来不及,眼看着我就要憋死在里面。这时候,院子里的驴叫开了,"昂——叽昂叽昂叽"——古丽阿娜这样给我学驴叫。一头一叫,邻居家的驴也叫开了,全村的驴都叫起来。我在一片驴叫声里降生。

"驴不叫,你不出来。"古丽阿娜说。

我出生在阿地力家的房子,阿依古丽给我接生,她剪断我的脐带,她是我的脐母。我叫她阿娜。我在阿娜家住到三岁,她把我当她的孩子,教我说当地方言,给我馕吃,给我葡萄干。那时我父亲张旺才正盖房子,我看见村里好多人帮我们家盖房子。我记住了夯打地基的声音,“腾、腾”,那些声音朝地下沉,沉到一个很深的地方,停住。地基打好了,开始垒墙,我记得他们往墙上扔土块和泥巴,一个人站在高高的墙头,一个人在墙下往上扔土块,扔的时候喊一声,喊声和土块一起飞上天。抹墙时我听见往墙上甩泥巴的声音,“叭、叭”,一坨一坨的泥巴甩在裸墙上又被抹平。声音没法被抹平,声音有形状和颜色。

我小时候听见所有声音都有颜色,鸡叫是白色,羊咩声绿油油,是那种春天最嫩的青草的颜色,老鼠叫声是土灰色,蚂蚁的叫声是土黄色,母亲的喊声是米饭和白面馍馍的颜色,她黄昏时站在河岸上叫我。那时我们家已经搬出村子住在了河岸,我放学在村里玩忘了时间,她喊我回家吃饭。我听见了就往家走,河边小路是我一个人走出来的,我有一条自己的小路。我几天不去村里学校，小路上就踏满驴蹄印。我喜欢驴蹄印，喜欢跟在驴后面走，看它扭动屁股，调皮地甩打尾巴，只要它不对我放屁。

我的耳朵里突然响起驴叫。像从很远处，驴鸣叫着跑过来，叫声越来越大。先是一头驴在叫，接着好多驴一起叫。驴叫声是红色的，一道一道声音的虹从田野村庄升起来。我四处望，望见红色驴鸣声里的帕尔其村，望见河岸上我们家孤零零的烟囱。没有一头驴。我不知道帕尔其的驴真的叫了，还是，我耳朵里以前的驴叫声。

我听了母亲的话没有进村。从河边小路走到家，就一会儿工夫。我们家菜地没人，屋门朝里顶着，我推了几下，推开一个缝，手伸进去移开顶门棍，我知道父亲在他的地洞里，我走进里屋，掀开盖在洞口的纸箱壳，嘴对着下面喊了一声。我听不见我的声音，也听不见喊声在洞里的回响。我知道父亲会听见，听见了他会出来。

我坐在门口看河，河依旧流淌着，却没有声音了，河边的帕尔其村也没有一丝声音，这个村庄几天前出了件大事，它一下变得不一样。也许是我变得不一样，我的耳朵聋了。

耳聋后我瞒着母亲和妹妹去过两次医院，前一个医生让我住院治疗，我摇摇头，说我没钱。后一个医生给我开了一个不花钱的方子，让我没事就回想，“那些过去的声音能唤醒你的听觉”。我望着医生，直摇头，脑子里空空的啥声音都没有。

“那你回想小时候村子里的声音。”他不问都知道我是村子里出来的人。

往村里走的一路上，我都在回想这个村庄的声音，我以为那些声音都死掉了。刚才在村边听到驴叫我有多高兴。我知道它们还在。我坐在河岸上，想着村子里所有的声音，我不知道这个由声音回想起来的村庄，离现实的帕尔其村有多远，就像我耳聋以后，身边的声音变远，那些早已远去的声音背后的故事却逐渐地清晰起来。这是一个聋子耳朵里的声音世界。我闭住眼睛回想时，我听到了毛驴的鸣叫，听到铁匠铺的打铁声，听到这一村庄人平常安静的当地方言，听到狗吠羊咩和拖拉机汽车的轰隆声，再就是我父亲挖洞的声音。他挖了二十多年洞，耳聋之后我才清晰地听到他的声音。

他该出来了吧。

村庄的劲

一个村庄要是乏掉了,好些年缓不过来。首先庄稼没劲儿长了,因为鸡没劲儿叫鸣,就叫不醒人,人一觉睡到半晌午。草狂长,把庄稼吃掉。人醒来也没用,无精打采,影子皱巴巴拖在地上。人连自己的影子都拖不展。牛拉空车也大喘粗气。一头一头的牛陷在多年前一个泥潭。

这个泥潭现在干涸了。它先是把牛整乏,牛的活儿全压到人身上,又把人整乏。一个村庄就这样乏掉了。

牛在被整乏的第二年,还相信自己能缓过劲儿来。牛像渴望青草一样渴望明年。牛真憨,总以为明年是一个可以摆脱去年今年的远地,低着头,使劲儿跑。可是,第三年牛就知道那个泥潭的厉害了,不管它走哪条路,拉哪架车,车上装草还是沙土,它的腿永远在那片以往的泥潭中，拔不出来。

刘二爷说，牛得死掉好几茬，才能填平那个泥潭。这个泥潭的最底层，得垫上他自己和正使唤的这一茬牲畜的骨头。第二层是他儿子和还未出生那一茬牲畜的骨头。数百年后，曾深陷过我们的大坑将变成一座高山。它同样会整乏那时的人。

过去是一座越积越高，最后无论我们费多大劲儿都无法翻过的大山。我们在未来遇见的，全是自己的过去。它最终挡住我们。

王四当村长那年，动员全村人在玛纳斯河上压坝，把水聚起来浇地。这事得全村人上阵，少一个人都无法完成。仅压坝用料——红柳条一千四百二十捆，木桩八百九十根，抬把子八百个，铁锹、坎土曼各三百把，绳子五百根（每根长四米），就够全村人准备两年。

王五爷出来说话了。

王五爷说，不能把一个村庄的劲儿全用完。

再大的事也不能把全村人牵扯进去，也不能把牲口全牵扯进去。

有些人的劲儿是留给明年、后年用的。有些人，白吃几十年饭，啥也不干。不能小看这种人。他干的事我们看不清，多少年后我们才有可能知道他在往哪儿用劲儿。

确实这样，一个没有劲儿的村庄里，真有一两个有劲儿的人，在人们风风火火干大事的年代，这个人垂头丧气，无所事事。他把劲儿攒下了。

现在，所有人都疲乏得抬不起头时，这个人的腰突然挺直了，他的劲儿一下子派上用途。那些没劲儿的人扔在路边的木头，没力气收回的粮食，都被这个有劲儿的人弄了回来，他空荡多年的院子顷刻间堆满东西。

这个人是谁我就不说了，他没有名字。

因为他从不跟村里人一块干事情，就没人叫过他名字。他等这一天肯定等了好多年，别人去北沙漠拉柴火，到西戈壁砍胡杨树，他躺在路边的土堆上，像个累坏的人，连眼睛都没力气睁大。有柴火、木头的地方越来越少，那些人就越走越远，在几十里几百里外砍倒大树，扔掉枝丫，把粗直的枝干锯成木头装上车；在千里外弄到磨盘或铁钻子。这些好东西一天天朝村庄走近,人马一天天耗掉力气。那些路有多远谁也说不清楚。即使短短一截路,长年累月,反反复复地跑,也跑成了远路。那些负载重物的人马,有些就在离村子不远处,人累折腰,牲口跑断腿,车散架,满载的东西扔到一边。离村庄不远的路上,扔着好多好东西,人们没力气要它了。

有些弄到门口的大东西,比如大木梁,也没劲儿担到墙壁。任其在太阳下干裂,朽掉。

村子里看见最多的是没封顶的房子,可以看出动工前人的雄心,厚实的墙基,宽大的院子,坚固的墙壁,到了顶上却只胡乱搭个草棚,或干脆朝天敞着。人在干许多事情前都没细想过自己的寿命和力气。有些事情只是属于某一代人,跟下一辈人没关系。尽管一辈人的劲儿用完了,下一辈人的劲儿又攒足了,但上辈人没搬动的一块石头,下辈人可能不会接着去搬它。他们有自己的事。

一个村庄某一些年朝哪个方向哪些事上用劲儿,从村庄的架势可以看出来。从路的方向和路上的尘土可以看出来,从人鞋底上的泥土一样能看出来。

有一些年西边的地荒掉了，朝西走的路上长满草，人被东边的河湾地吸引，种啥成啥，连新盖的房子都门朝东开。村里的地面变成褐黄色，因为人的鞋底和牲口的蹄子，从河湾带回太多的褐黄泥土。又过了几年，人们撂荒东边的地，因为常年浇灌含碱的河水让地变成碱滩，北沙漠的荒滩又成了人挥锨舞锄的好场所。村里的地面也随之变成银灰的沙子色。

并不是把村里所有人和牲口的劲儿全加起来，就是村庄的劲儿。如果两个村庄打一架，也不能证明打赢的那个村子就一定劲儿大。一个村庄的劲儿有时蓄在一棵树上，在一地关节粗壮的苞谷秆上，还有可能在一颗硕大的土豆上。

村庄每时每刻都在使劲儿。鸟的翅膀、炊烟、树、人的头发和喊叫，这些在向上用劲儿。而根、房基、死人、人的年龄都往下沉。朝各个方向伸出去的路，都只会把村庄固定在原地。

一个人要找到自己的劲儿，就有奔头了。村庄也这样。光狠劲儿吃粮食不行。

留下这个村庄

我没想这样早地回到黄沙梁。应该再晚一些，再晚一些。黄沙梁埋着太多的往事。我不想过早地触动它。一旦我挨近那些房子和地，一旦我的脚踩上那条土路，我一生的回想将从此开始。我会越来越深地陷入以往的年月里，再没有机会扭头看一眼我未来的日子。

我来老沙湾只是为了离它稍近一些，能隐约听见它的一点声音，闻到它的一丝气息。我给自己留下这个村庄，今生今世，我都不会轻易地走进它，打扰它。

我会克制地，不让自己去踩那条路、推那扇门、开那页窗……在我的感觉中它们安静下来，树停住生长，土路上还是我离开时的那几行脚印，牲畜和人，也是那时的样子，走或叫，都无声无息。那扇门永远为我一个人虚掩着，木窗半合，树叶铺满院子，风不再吹刮它们。

我曾在一个秋天的傍晚，站在黄沙梁东边的荒野上，让吹过它的秋风一遍遍吹刮我的身体。我本来可以绕过河湾走进村子，却没这样做。我在荒野上找我熟悉的一棵老榆树。连根都没有了。根挖走后留下的树坑也让风刮平了。我只好站在它站立过的那地方，像一截枯木一样，迎风张望着那个已经光秃秃的村子。

我太熟悉这里的风了。多少年前它这样吹来时，我还是个孩子。多少年后我依旧像一个孩子，怀着初次的、莫名的惊奇、惆怅和欢喜，任由它一遍遍地吹拂。它像吹那些秃墙一样吹我长大硬朗的身体。刮乱草垛一样刮我的头发。抖动树叶般抖我浑身的衣服。我感到它要穿透我了。我敞开心，松开每一节骨缝，让穿过村庄的一场风，同样呼啸着穿过我。那一刻，我就像与它静静相守的另一个村庄，它看不见我。我把它的一草一木，一事一物，把所有它知道不知道的全拿走了，收藏了，它不知觉。它快变成一片一无所有的废墟和影子了，它不理识。

还有一次，我几乎走到这个村庄跟前了。我搭乘认识不久的一个朋友的汽车，到沙梁下的下闸板口村随他看亲戚。一次偶然相遇中，这位朋友听说我是沙湾县人，就问我知不知道下闸板口村，他的老表舅在这个村子里，也是甘肃人。三十年前逃荒进新疆后没了音信，前不久刚联系上。他想去看看。

我说我太熟悉那个地方了，正好我也想去一趟，可以随他同去。

我没告诉这个朋友我是黄沙梁人。一开始他便误认为我在沙湾县城长大。我已不太像一个农民。当车穿过那些荒野和田地，渐渐地接近黄沙梁时，早年的生活情景像泉水一般涌上心头。有几次，我险些就要忍不住说出来了，又觉得不应该把这么大的隐秘告诉一个才认识不久的人。

故乡是一个人的羞涩处，也是一个人最大的隐秘。我把故乡隐藏在身后，单枪匹马去闯荡生活。我在世界的任何一个地方走动、居住和生活，那不是我的，我不会留下脚印。

我是在黄沙梁长大的树木，不管我的杈伸到哪里，枝条蔓过篱笆和墙，在别处开了花结了果，我的根还在黄沙梁。

他们整不死我，也无法改变我。

他们可以修理我的枝条，砍折我的丫杈，但无法整治我的根。他们的刀斧伸不到黄沙梁。

我和你相处再久，交情再深，只要你没去过(不知道)我的故乡，在内心深处我们便是陌路人。

汽车在不停的颠簸中驶过冒着热气的早春田野，到达下闸板口村已是半下午。这是离黄沙梁最近的一个村子，相距三四里路。我担心这个村里的人会认出我。他们每个人我看着都熟悉，像那条大路那片旧房子一样熟悉。虽然叫不上名字。那时我几乎天天穿过这个村子到十里外的上闸板口村上学，村里的狗都认下我们，不拦路追咬了。

我没跟那个朋友进他老舅家。我在马路上下了车。已经没人认得我。我从村中间穿过时，碰上好几个熟人，他们看一眼我，原低头走路或干活儿。窜出一条白狗，险些咬住我的腿。我一蹲身，它后退了几步。再扑咬时被一个老人叫住。

好着呢嘛，老人家。我说。

我认识这个老人。我那时经常从他家门口过。这是一大户人家，院子很大，里面时常有许多人。每次路过院门我都朝里望一眼。有时他们也朝外看一眼。

老人家没有理我的问候。他望了一眼我，低头摸着白狗的脖子。

黄沙梁还有哪些人。我又问。

不知道。他没抬头，像对着狗耳朵在说。

王占还在不在。

在呢。他仍没抬头。去年冬天见他穿个皮袄从门口过去。不过也老掉了。

我又问了黄沙梁的一些事情，他都不知道。

那个村子经常没人。他说，尤其农忙时一连几个月听不到一点人声。也不知道那一村人在忙啥。地让他们越种越远。村子附近的地全撂荒了。

我走出村子，站在村后的沙梁上，久久久久地看着近在眼底的黄沙梁村。它像一堆破旧东西扔在荒野里。正是黄昏，四野里零星的人和牲畜，缓缓地朝村庄移动。到收工回家的时候了。烟尘稀淡地散在村庄上空。人说话的声音、狗叫声、开门的声音、铁锨锄头碰击的声音……听上去远远的，像远在多少年前。

我莫名地流着泪。什么时候，这个村庄的喧闹中，能再加进我的一两句声音，加在那声牛哞的后面，那个敲门声前面，或者那个母亲叫唤孩子的声音中间……

我突然那么渴望听见自己的声音，哪怕极微小的一声。

我知道它早已经不在那里。

这个村庄长着二百零七只眼睛

那个上面来的人走了以后，村里开了个会。

我们村里的事得自己搞清楚，不能一问三不知。我们住得这么偏远，外面发生了啥事全不知道。但村里的事我们得全知道。

这次上面来人要树的数字，下次要是来统计树上有多少片叶子，我们也要一口说出来，绝不能大概。

我们想隐瞒多少是自己的事，但必须知道个准确数字。

弄不好想胡编却一口说准了，聪明反被聪明误。

还要一棵树一棵树爬上去数吗？我问。

不用。等秋天树叶落光，全村的叶子扫到一起一点就清楚了。

羊吃掉的，风刮走的我们都能看见。

刮风时村里专门有几只眼睛盯着天。

羊吃掉多少叶子放羊人心里有数。

即使吃进去时没看见拉出来时也能看见。一个放了两年羊的人,只要数一下羊粪蛋子就知道羊吃了多少片叶子。

当然最准确是在树发芽时数树芽。

树每年发多少芽都不一样,那取决于树的情况。但一个村庄每年长多少片树叶大致差不多。就像一村庄人每年说的话大致差不多一样。你今年多说了几句,别人少说了几句,总共还是说了一样多。

树发芽也是地在说话。地闷得很,它要把底下的事情说出来。

那些叶子全是地的话。每一片都有意思呢。地不说废话。

我们好像觉得树每年都在重复那些叶子。好像它再没别的。

其实它再重复一千遍一万遍,我们仍旧听不懂记不住。那是地底下的事情。

人要是像树根一样在土里埋几十年出来,就知道地底下的事了。

可是人一埋下去就再出不来了。就像刘扁,

挖一个洞朝地下跑掉了。我们不知道他看见了啥。他儿子每天从洞口往下看,侧着耳朵听,从洞口冒出来的只有一阵阵的凉气。

有几年我们停住没走,就是在等一个叫刘扁的人从地下出来。有几年好像在等一个孩子从树上下来,后来他不见了。另外的年月我们都在等你,等你从一场一场的梦中回来。

我还是不住地扭头望,有一些话语从那边飘过来,凉飕飕的,钻进耳朵里。

那些话语一直悬浮在空气中,只是刚才,这伙男人的话把我的耳朵塞满了,它们一句紧接一句涌进耳朵时,我的耳孔被撑大了许多。现在他们停顿了一下,好像觉得话说远了,得往回扯。女人们的声音趁机钻进耳朵。

我的一根针掉到土里了,谁帮我找找。我的眼睛坏掉了,看啥都模糊。

你先在掉针的地方画个圈。

我画了,好像没画圆。

喂,过来,喊你呢。在这个圈圈里给我找一根针。

我拨开一层土，又拨开一层，接着往下挖，挖出一个扁扁的洞，一拃多深。

让你找针你却挖个洞。

这娃小小的就知道在地上挖洞洞。

你小的时候也一样，就喜欢用手堆土桩桩。看上去傻傻的，啥也不懂，却好像不用人教早早地啥都懂了。

男孩在地下挖许多洞洞，有圆的有扁的，有深的有浅的，最后他会找到一个洞洞是自己的。

女孩在地下垒许多土桩桩，有粗的有细的，有长的也有短的，最后她会认定一个自己喜欢的。

全是些过去的声音，我听出来了，那些话在空气中放凉了，不像刚说出口的话，带着热气。它们像一阵爽风刮进耳朵里，挺舒服的。

这个村庄长着二百零七只眼睛。

这么说你会认为村庄是个怪物。

它就是个怪物。你贴着地皮看过去村庄有三千七百五十一条腿。有人的腿，牛羊的腿，鸡猫狗和驴的腿，它们永远匆匆忙忙朝不同方向移动，所以走了多少年村庄还在原地。

村庄有它自己的道路。

村庄比我们每个人走得都远。

我们留住它的唯一办法是住在村庄里。

我们给它看着天上地下的路。我们知道它每时每刻都顺着这条路逐渐地离我们而去。

我们的眼睛全是村庄的。

在它没让我们闭上眼之前看见的一切都是它的。

如果村庄突然凝固，用土把村庄埋掉，再用泥巴糊住，只留出人的眼睛，一只眼睛一个洞，你会看见村庄是一个朝外开着许多小窟窿的泥土堆，没有哪个方向是这堆泥土看不见的，也没有哪个角度是盲区。

你的眼睛就是其中的一对窟窿。

我们一直都把你的眼睛算上。虽然你很多年不在村庄，但你在时看见了一些事情。我们知道你看见过一个早晨。

你走掉这些年我们用二百零五只眼睛看事情。

少一双眼睛不要紧。睁一只眼闭一只眼也不要紧。

有一两个瞎子也不要紧，顶多少看见几件

事。但是,要有一只眼睛把看见的藏起来带走了,那就可怕了。

这个道理不知你懂不懂。懂了就好。

你要知道村庄看见的,永远比你多得多,全面得多。

驴丢了

艾疆去地里割草，套车时驴不见了，喊了几声，也没应。

“这个牲口毛驴子，跑哪去了。”艾疆嘟囔着走出院子。

中午他把驴放开，给了把草，没拴。外面太阳火烧，驴一般不会跑远，即使出去，也在房后墙根乘凉。

艾疆房前房后转了一圈，没有。他又沿马路往前找。路上白晃晃的，白杨树的影子都缩回树根，这个时候，人和牲口都在家里圈棚里避暑，萨朗(傻子)才把头伸给太阳晒呢。艾疆快走到村头了，碰见扛坎土曼走来的阿比。

“我的毛驴子看见没有？”艾疆问。

“找相好的去了吧。”阿比说。

“这么烧热的天，公驴哪有性子找母驴。”艾疆说。

艾疆知道他的毛驴有一个相好的，一头四岁半的黑母驴，以前是本村突洪家的，春天突洪家缺钱，种不下地，就把驴牵到巴扎上卖了。艾疆认识买去驴的那户人，阿依村的，艾疆经常在夜里听到两头驴隔着村子叫，这头喊一声，那头应两声。它们去年交配生的驴娃子还在突洪家，也是头小黑母驴。

这个牲口毛驴子，难道真的去找相好的了？

艾疆心里想着，脚已经走出村子。阿依村跟帕尔其村隔着一块棉花地和一片墓地。墓地在高坡上，从棉花地中间一路上坡，接着是一座紧挨一座的墓，土路深陷在拥挤的坟墓中间，路上虚土没鞋。大中午天气暴热，墓地上面更热，艾疆闻到一股死人出汗的味道。

这家男人不在。洋冈子（妻子）一个人在家里，见了艾疆就笑着说："哎呀，我们的亲戚来了，咋不骑着毛驴子来呢，我们的毛驴子天天想你的毛驴子，你也不骑过来让它们相好一下。"

"我的毛驴子找不见了。"艾疆说，"我还以为它到你们家找相好的来了。"

艾疆认识这个漂亮洋冈子，春天她和丈夫在

巴扎上买驴时，艾疆的驴车就停在旁边，两头驴交头接耳，亲热得不得了。买卖成交后，艾疆说：“你把我们家毛驴子的老相好买走了，我们的毛驴子发情的时候咋办。”

“骑到我们家去认亲戚嘛。”漂亮洋冈子说。

她的丈夫忙着看刚买到手的毛驴，艾疆就大着胆子看着她。

“那我真的骑着毛驴子去了，你不会不接待吧。”艾疆说。

“哪里的话，我们不看你的面子也看驴的面子。你的公驴这么壮实，只要我们的毛驴子喜欢它，我们就是亲戚。不过，你要来勤点儿，我们村里年轻公驴多得很，它要找到新相好的，不喜欢你的公驴了，我们也就没关系了。”

艾疆从那时记住了这个漂亮洋冈子。她叫玫丽古丽。有时听着两头驴隔着村子叫，他也有一股想喊叫一声的冲动。在夏天漫长的夜晚，驴寂寞了，在院子里高叫几声，过一阵，听见另一头驴的叫声远远传来，艾疆知道那是墓地北边阿依村的那头母驴在回应，就想着睡在那个院子里的女人，她一定被自己的驴叫醒了，她听到我的驴叫了吗？应该听到了，听到她会怎么想呢，是不是和我一样睡不着，身子翻过来掉过去？她身旁有丈夫，驴叫不会把她丈夫也叫醒吧？要是两个人都醒了，睡不着，就有事情做了。艾疆身边没有女人，他的洋冈子前年跟别人跑掉了，他只有一个人翻来覆去。

玫丽古丽家院子里静静的，巴郎子上学去了，老头子赶驴车到巴扎上去了，要不是毛驴子丢了，艾疆真愿意多待一会儿。哪怕跟她多说几句话，多看两眼。这个洋冈子浑身散发着让人走不开的东西。春天她在巴扎上看他的一个眼神还留在艾疆心里。

艾疆回到村里，满村子"嗷嗷"地喊驴，驴认得主人的声音，听到了就会跑回来。好几年没听说谁家丢驴了，丢羊和牛的事经常发生。丢狗的事也有。再就是近些年才有的丢摩托车和拖拉机。好像驴被小偷忘记了，想不起来偷驴。艾疆的驴丢了一下成了全村的大事，好多人过来打问。

黄昏了，驴还没找到，艾疆着急了，又去了趟阿依村。玫丽古丽的男人赶巴扎回来了，黑母驴拴在圈棚下，看见艾疆叫了一声，以为主人身后跟着它的相好的，却没有。

艾疆说:“我心想我的驴是不是跟着你的驴上巴扎了,才又来看看。”

“你的公驴变心了吧,去找别的母驴了。”玫丽古丽眼睛盯着艾疆说。

“别开玩笑了,大姐,我的毛驴子真的丢掉了。它别的地方不去。”

“别急嘛,艾疆大哥,坐下来喝碗茶,让我的毛驴子吃把草,歇一阵,你骑着母驴找你的公驴去。我的母驴叫几声,你的公驴听见了,一趟子就跑过来了。”

艾疆觉得玫丽古丽说的有道理。玫丽古丽的丈夫也客气地让座,艾疆就在葡萄架下的大炕上坐下,喝茶吃馕。玫丽古丽的男人坐在旁边陪他喝茶。艾疆心神不定,一会儿朝门外看,一会儿又忍不住瞟一眼玫丽古丽。

艾疆骑着玫丽古丽家的母驴在阿依村转了一圈,见人就打问毛驴,听到的却是几个熟人的调笑。

“哎,艾疆,那不是你的公驴爬的地方吗,你怎么爬上去了?”

“让你的公驴看见了会踢断你的小腿。”

“什么?你的公驴丢掉了?啊呀,公驴刚丢掉你就上到人家的母驴身上了。”

第二天一大早，艾疆听见搡门声，以为驴回来了，打开门见五保户阿亚孜站在门口。阿亚孜到人家不敲门，拿肩膀搡，搡开门进去。

“艾疆，我晚上听到地下有驴叫。是不是你的毛驴子掉到谁家菜窖里了？还是被谁偷去藏在地窖里？”

“你在哪儿听到地下有驴叫了？”艾疆问。

“就在我们家邻居阿地力的房子下面。我睡到半夜突然听到有一头驴在地下叫，叫了两声，天快亮时又叫了两声。”阿亚孜说。

艾疆知道阿亚孜是一个黑白颠倒的人，自从当了五保户，他就把觉移到白天睡。他是帕尔其村唯一一个晚上没瞌睡的人。白天他在白杨树下睡够了觉，晚上就没瞌睡了。他听到过帕尔其村夜晚的很多声音。村里那些晚上发生的事情，都是从他嘴里传出来的。

“我以为是邻居阿地力家的驴掉进地窖了，一早搡开阿地力家的门问，看见他家的驴在院子里呢。”阿亚孜说。

艾疆对阿亚孜说了声“谢谢”，也没当回事。

这个阿亚孜，经常爱给人说一些晚上听到的事情。谁知道是不是真的。艾疆想一大早再去趟阿依村，他的毛驴子这几日正在发情呢，说不定就是找相好的去了。他这样想时，脑子里全是那个漂亮洋冈子玫丽古丽的影子。

艾疆没走出村却改变了主意，遇见的几个人都对他说听见地下有驴叫的事。

“你的驴是不是真掉进地窖了？”村长哈里也骑摩托过来问。

这个夜晚艾疆没睡觉，先到听到驴叫的阿亚孜家院子周围，趴在地上听，听到半夜，什么声音都没听见。又在附近的巷子听，偏着头，耳朵朝地，依旧什么声音都没听见。

艾疆没听见驴叫，别人却听见了。第二天，又有好几个人给艾疆说听到地下驴叫了。

“你们都在说梦话吧，地下哪有驴叫声。要是我的驴在地下叫，肯定我先听到。”艾疆说，“你们的耳朵早让驴叫声灌满了，头摇一下驴叫声都会冒出来，你们就别拿我的驴开玩笑了。”

听到驴叫的人说，驴叫从墙缝、从树根底下、从地上的裂口挤成扁扁的传出来，听不出是谁家的驴在叫。要在平常，村里随便哪头驴一叫，谁都能听出是谁家的。驴的口音比人的好辨认。但这个驴叫声被挤扁了。

没听到驴叫的人，也把这句话当了回事，查看自家的地窖和水井。每家都有地窖、水井，有的废弃了，有的在使用。丢了一头驴，在帕尔其村也是件大事。一时间好多人说自己听见地下有驴叫了。有人把驴叫的声音都学出来。

但还是有人提出不同看法，说夜晚地下传出的声音根本不是驴叫，驴怎么会跑到那么深的地下叫呢？肯定是打油井的钻头钻到了村子底下，人听到的是钻头钻地的声音，钻头把地钻得直叫唤。说打石油的那个钻头会拐弯，钻下去以后，就斜着朝村子下面捣过来了。

说这个话的是阿比，村里的狗师傅，帕尔其村每样牲畜都有一个师傅，也就是专家的意思。狗师傅阿比说他领着狗从石油井架下经过，往井架顶上看，头仰得帽子都掉了。

阿比说，井架上站着好多人，还有好多铁手臂，全扶着一个檩子一样粗的铁家伙往地下捣，拔出来，捣进去，又拔出来捣进去。地要有肠子，也被它捣断了,要有心肝肺,也被它捣烂了。地被捣坏了,它疼得没办法了,就叫,用驴一样的声音叫。

村长哈里让艾疆别听狗师傅胡说,狗嘴里吐不出象牙。驴丢了不去找驴师傅艾塔尔,听狗师傅瞎说啥。艾疆这才想起驴师傅艾塔尔,怎么没听到他说什么,以往只要有关驴的事,艾塔尔都会出来说话。驴丢了后,艾疆就没看见艾塔尔的影子。艾疆去艾塔尔家找,洋冈子说艾塔尔去老城大巴扎上贩驴去了。艾疆没找到驴师傅艾塔尔,就又去了趟乡派出所。

驴丢掉的第二天一早,艾疆就向乡派出所报了案,干警开一辆旧桑塔纳警车到村里转了一圈,还作了记录,什么时间丢的,驴的毛色,体格大小,公母,在别的村有没有相好的,都记了。驴和人一样有交情,它发情时配过哪头母驴,就会时常去看它。谁家的驴和谁家的驴是朋友,哪两头驴有仇,一见面就互相咬踢,养驴人清楚得很。有的驴相好的在同村,有的在外村。一般人家丢了驴,别人都会说,没麻达(麻烦),找相好的去了,天黑就回来了。别人家不会拿你的驴使坏,两家驴相好了,人也会莫名其妙好起来。在村子里这是常有的事。本来两户人家没什么往来，就因为一家的公驴和另一家的母驴相爱了，人经常去找驴，也相互走动起来。早两年，铁匠吐迪家的母驴爱往卡德家跑。卡德家的公驴隔着半个村子一叫，吐迪家母驴就受不了，屁颠屁颠跑过去。吐迪经常骂自己家的母驴是没出息的东西，太主动了。母驴和女人一样，应该有点架子，让公的过来追你，哪有自己送上门的事。吐迪的儿子吐逊经常到卡德家找驴，就和卡德的小女儿阿依古丽恋爱上了。有一天，就把阿依古丽驮在驴背上带回家。吐迪现在还说，他儿媳妇是毛驴子做的媒。

派出所这次没来人，干警让艾疆回去，自己挨家挨户找找，驴是不是真的掉进谁家菜窖了。

艾疆说，驴比人熟悉村子，谁家菜窖在哪儿，驴都知道。几辈子人都没听说过驴会掉进菜窖。驴把桥踏断都不会掉进水渠。驴有四个蹄子，掉进去一个还有三个，掉进去两个还有两个，三个蹄子都掉进去，还有一个在外面，它蹬着一个地方就会奔出来。驴的身体就是一座桥嘛。

干警又问了听到地下有驴叫声的那几个人的名字，家住的位置，旁边都有谁家，艾疆都一一说了。

干警说，你先回去吧，我们忙着抓犯罪分子，顾不上你的毛驴子。你自己到巴扎上转转，你的驴你认识。贼娃子偷了驴，肯定会到巴扎上卖，没有偷了驴自己用的傻子。

今天是老城大巴扎。县里五个乡，从周一开始，每个乡一天巴扎日，当地的物产，就在这些巴扎上转，在赶巴扎的路上转，今天拉到齐满乡巴扎，明天运到牙哈乡巴扎，后天又到色满乡巴扎，五天后，全部转回到老城大巴扎。通往巴扎的路上每天走满毛驴车、小四轮拖拉机和汽车，到周末，老城大巴扎是一个高潮，全县的毛驴和驴车都进了老城。

艾疆第一次在大巴扎上找驴，一眼望去，驴头人头一样多。驴和人站在一起不分高低，人胸脯在驴背位置，脖子在驴脖子位置，头和驴头平齐，驴头大，人头小，头和头挨挨挤挤，让人眼花缭乱。艾疆走累了就在街边蹲一阵，一蹲下眼前全是腿，驴腿比人腿多，驴比人多两条腿。一头驴在街上占三个人的位子，驴头占一个人的位子，肚子占一个，后腿和屁股占一个。

桥下宽阔的河滩上，停满驴车，河水从岸边的一条水渠引走了，宽阔的河床空出来，每个周末被驴车人流挤满。这条从帕尔其村边流过的河，流到老城变成一个干河床，不知道他们把水弄哪去了。

河滩是交易草料、农产品和停放驴车的地方，牲口市场在河滩东岸上，和皮具市场挨着，艾疆先在牲口巴扎转，又转到河滩上，都转完了。满眼毛驴，就是没看见自己的驴。

贼娃子也许不敢把驴拉到大街上卖。艾疆想着，爬上河岸，拐进一条偏僻的木头巷子。

木头巷一里多长，两边竖着躺着成堆成摞白生生的白杨木，全刮了皮。就像羊宰了剥皮卖肉，树也一样，卖树的人把树皮剥在家，当柴烧，精光的木头拉来卖。艾疆去年在木头巷卖过木头，房子后面的一棵白杨树，长了十三年，他结婚那年春天栽的，他还记得他的洋冈子扶着树苗，他填土，一共栽了七棵，都长成材，洋冈子却跑了，嫌他没有把日子过好，跟别人过好日子去了，给他丢下三个孩子。她可能已经过上好日子了，有时偷偷地托人给孩子带几件衣服，一点儿钱。砍树的时候艾疆又想起洋冈子的手，那时候她多美啊，和白杨树站在一起，手指就像刚发出的嫩芽一样。

大中午，木头巷停着好多拉木头的驴车，满巷子木头味道，除了驴叫、人讨价还价的声音，再就是木头的声音。木头的声音响成一片，大得吓人。所有木头在叫，剥了皮的木头，太阳一晒就张开口，开一个口子叫一声，口子大声音也大，口张到最大时就没声音了。艾疆去年把木头卖给巷子中间的乌普。那是个聋子，跟他说话太费劲儿。好在讨价还价都在袖子里摸手完成。乌普做了几十年木头买卖，他说自己的耳朵是被听不见的声音吵聋的。木头巷的吵别人听不见。人们讨价还价的时候，木头在裂口子，人的口比木头咧得大，听不见木头声音。等买木头卖木头的人走了，巷子空了，木头的声音全出来了，那时候只有乌普的两只耳朵在听，多少万个木头的声音啊，往一个人的耳朵里灌。就像现在，巴扎上几万头毛驴，就艾疆一个人在中间找驴。

木头巷拐过来是粮食巷。大米、苞谷、豆子都堆在店外地上的布单上，盛在盆子桶子里。人轻脚走来慢脚走去。看到粮食，人的脚步都轻缓了，驴的脚步也轻了。粮食巷窄窄的，人走进去就挨近粮食。艾疆朝粮食巷望了望，没有进去。再往前是剃头巷，补鞋擦鞋巷，钉铁皮做皮活儿的巷子，这些营生不跟着巴扎跑，但巴扎日生意会红火些。也有拉着一车沉重木头赶巴扎的，从一个巴扎拉到另一个巴扎。累坏了毛驴，木头还没卖掉。还有背着剃头箱子赶巴扎的，今天这个巴扎剃两个头，明天那个巴扎刮三张脸。

河滩西岸是一溜鸽子巴扎，和斗鸡、斗羊巴扎连着。那里驴车和驴都挤不进去。

拐到桥东边的打铁巷子时已经过了中午，四五个铁匠铺排在巷子里，铁匠巷子是老城最热闹的地方，人和驴车挤成一堆。

老城铁匠铺和帕尔其村的铁匠铺一样，这阵子都为打坎土曼忙碌。老城里补鞋的、打馕的每人都买了把坎土曼，刃子磨开等着。街上没事的闲人就更不用说了，每人一把坎土曼握在手里。一个传说了一年多的工程一旦开工，就是坎土曼捞钱的大好机会。用坎土曼捞钱谁不会啊。人们传言工程上财大气粗，挖管沟给的工钱高得很，一坎土曼挖下去，往回一搂，就是一块钱。艾疆也早在村里的铁匠铺打了一把新坎土曼，又把旧坎土曼回火翻新了一番，等着到时候大干一场。可是，就在这个节骨眼儿上，毛驴子丢掉了，你说倒不倒霉。挖管沟虽然不用毛驴，但驴和驴车是交通工具，吃的喝的用的都在驴车上。毛驴没有了，只有自己扛着坎土曼背着水和馕去。挖沟的地方肯定不近，赶走过去人都累了，哪有劲儿干活儿呢？

艾疆跟着巴扎转了一星期，五个乡的巴扎都转了。每天都有去赶巴扎的村里人，艾疆驴丢了，只有坐别人家的驴车。艾疆也不白去，抱一个葫芦，在巴扎上边找驴边卖，走累了就坐在街边，葫芦放在前面，大小也是一个买卖，总比空坐着啥买卖都没有的人强。艾疆的一个葫芦，在巴扎上不算小生意，他旁边一个老头，眼前摆着五个螺丝帽在卖，也不知是啥螺丝上的帽，两个杏子大小的，三个纽扣大小，都旧旧的。另一个老头在卖两个生鸡蛋。还有一个老头，脖子上套一个没玻璃的旧窗扇，站在街边卖。

五天来只有两个人问过艾疆的葫芦。

“三块五。”艾疆用不还价的口吻说。

这个价叫贵了点儿，去年的一个歪葫芦，有点儿干瘪，卖两块就不错了，三块五是不想出手的价，问价的人也明白，这个人是抱着葫芦做样子呢。你给三块五他也不一定卖。确实这样，艾疆家里可卖的，就一个葫芦，要是今天卖了，明天他就空着手转巴扎，被人笑话呢。他原打算抱一只母鸡来卖，母鸡正下蛋呢，家里的油盐，都靠鸡蛋换。村里赶巴扎的人家，有的驴车上放一张羊皮，有的是一只羊羔，还有的是半筐皮牙子，几个土豆，生意不在大小，多少都是钱。赚一点儿算一点儿。

艾疆转了一周，驴没找到，葫芦也没卖掉。最后一天，巴扎都转完了，他的胳膊也早抱困了，就想把葫芦卖了。他坐在街边喊。

“喀巴克（葫芦）便宜了，两块钱。”没人理他。

“一块五。”还没人理他。

“一块。”

他喊这一声时好几个人扭头看着他，像看一个萨朗一样。巴扎上的人，都认识这个抱一个歪葫芦转了好多天的人了，没人再对他的葫芦有兴趣。

艾疆逛完最后一个巴扎，抱着那只葫芦回到

村里，人们已经不怎么议论地下的驴叫了。驴叫声在一个夜晚消失了，没有了，谁也听不见了。地下的驴不叫了，地上的驴也没声音了，整个帕尔其村变得愣愣的，像一个没睡醒的人。

听到驴叫的人再没听到，也就不说了。没听到驴叫的人一直没听到，也不相信了。艾疆也不到处跑着找驴了。好像驴没丢似的。人们以为艾疆的驴找到了，却没有。艾疆还过着没驴的日子，走在路上再没有一头驴跟在后面，有时看见艾疆自己站在车辕间，皮袢搭在肩上，拉一车草往回走。

“艾疆，我的毛驴子闲着呢，你牵来用嘛。”

“家里有活儿你吭一声嘛，谁家的驴都可以借来用嘛。驴闲着也不下蛋。”

“就是啊，拉车本来是驴干的，你钻到车辕中间，把自己当驴使唤，让毛驴子看见了，我们人多没面子。”

艾疆只是望着人笑笑。驴丢了以后没见他笑过，整天愁苦着脸，现在笑了，好像驴丢掉是别人家的事。这个艾疆，这么快就从丢驴的痛苦中缓过气来，让人想不明白。

狗和拖拉机

狗闻出拖拉机味道是臭的，样子也不好看，没有嘴和鼻子，前面两个大眼睛，白天是白的，晚上在路上跑的时候发红光。发的光像两棵横长的白杨树，直伸到远处。拖拉机晚上停在狗窝旁，狗知道主人让它看守好这个新来的牲口。

狗对拖拉机叫两声，拖拉机不理睬。主人家睡着了，月亮悬在狗窝上头，狗觉得应该和这个东西熟悉一下。狗忍住难闻气味，凑到拖拉机跟前，眼睛盯着拖拉机眼睛看，用爪子抓车轮，拖拉机不反应。狗试着咬了它一口，险些把牙崩掉。这个东西，浑身上下没一块狗能啃动的地方。

狗退回狗窝旁，看月亮下的拖拉机，感觉它和一堆柴、几根码在墙边的木头一样，属于死东西。狗认为院子里有两种东西，一是活东西：人、驴、羊、鸡、老鼠、蚊子、苍蝇、蜜蜂、蜻蜓，这些东西和自己一样是活的；二是死东西：木头、房子、圈棚、馕坑、坎土曼、井、树，它们和自己不一样，是死的。

狗的这些看法人也基本认可。只有树，人认为树是有生命的活东西。树在生长。狗不这样看。狗认为生长不代表有生命。木头也在生长裂缝。铁也生长锈。一个东西是不是死东西，主要看它能不能拴狗。人经常把狗拴在木头上，拴在树上，拴在铁镢子上，这些东西是可靠的，是死的。人从来不把狗拴在羊身上，拴在兔子和鸡身上，它们是活的，会跑。狗喜欢在树上、电线杆上撒尿，在芨芨墩、墙角撒尿，狗以自己的尿做记号，狗认为它们是死东西，过多久回来它们还在原地。狗不会把尿撒在一个活的跑动的东西上。

可是，拖拉机这种东西还是让狗难以判断，它跑起来有叫声，有动作，会出气，还有脾气，是个活东西。停下来死了，啥都没有了，变成一堆冰铁。人拿一个拐把子铁棒，塞进它肚子里，搅几下，它吐几口黑气，“轰轰轰轰”叫着又活了。它是一个死掉还能活过来的新东西。狗以前也在停住的拖拉机轮子上撒尿，狗眼见自己的尿味被飞转的轮子带到狗跑不到的远处，狗始终搞不懂拖拉机。

说到拖拉机的脾气，狗可是见识过。一次，花狗把一个瘸腿人的腿咬了一口，那个人经常开拖拉机到村里，装一车斗羊开走，狗认识他。这一次，瘸腿人把狗主人家的三只羊装在拖拉机上要拉走。羊是狗的朋友，在一个院子里长大。羊和狗最有感情，羊和驴不行，驴经常欺负羊。驴和狗面和心不和。狗和鸡更是有仇。狗虽然不敢吃鸡，狗知道自己的天性是可以吃鸡的，鸡也知道狗会吃它，因为有主人它才不敢下口。狗看鸡的眼神是"我吃了你"。鸡看狗眼睛瞪得圆圆："有本事你来吃。"只有羊和狗没冲突，狗不和羊争草吃，羊有时会吃狗食，尝尝味道。冬天太冷了，狗钻到羊圈，卧在几只羊中间，头伸到羊毛下面。不过，羊粪味儿狗还是受不了。狗不吃羊粪、牛粪、驴粪，狗只吃人粪。狗所以跟着人，被人驯养，主要原因是狗认为人的粪是天下最香最好吃的。狗必须时刻跟在人屁股后面，才能吃上。狗吃羊肉，啃羊骨头，那是羊被人宰杀以后，狗沾点光。羊活的时候，狗是万万不敢想它的肉的。它们是相依为命的好朋友。

狗知道羊一旦被拖拉机拉走，就再回不来了。瘸腿人装上狗主人家的三只羊，往前开了一截，又装上邻居家的五只羊。狗一直跟着拖拉机跑,羊在车上望着狗叫,狗在下面追着叫。在装另一户人家的羊时,狗悄悄溜到瘸腿人后面,对着没瘸的那只腿,狠咬一口,瘸腿人大叫一声,狗吓坏了,掉头跑出几十米,停下看。瘸腿人跌坐在地上,看看自己流血的腿,狠狠地看着咬他的花狗,两条腿一起瘸着爬上拖拉机。花狗以为他要走了,拖拉机转了一个弯,吼叫着,喷着黑烟朝花狗轧过来,花狗躲到一边,拖拉机拐到一边,花狗在路上跑,拖拉机在路上追,花狗跑进巷子,拖拉机追进巷子。路旁的驴和人都看呆了,这个铁牲口疯掉了,车斗上的羊颠得七倒八歪也不管。花狗边跑边叫,叫来好多狗,有的跟着花狗跑,有的跟着拖拉机跑,狗头大白狗也跑来了,看见这个铁牲口追自己心爱的花母狗,直冲上去,追着拖拉机咬,追到前面,想把拖拉机挡住,拖拉机头一拐,朝它身上冲过去,白狗躲闪不及,被撞倒在车下。

狗花好多年时间琢磨拖拉机是怎么回事。拖拉机刚进村时,狗以为来了一个大牲口,追着咬。咬不动。只有轮子软一些,也咬不烂。只尝出跟驴车轮子一样的胶皮味道。

后来狗看到村里的羊被装上拖拉机拉走,牛被装上拖拉机拉走,驴被装上拖拉机拉走,狗才知道这个东西不是牲口,是一个能飞跑的牲口圈。

再后来,拖拉机走进村里人家的院子,晚上和羊、牛、毛驴、狗一起待在月光里,主人把狗拴在拖拉机旁边,狗从那时候起对所有新鲜东西都不好奇了,不管村里来了啥稀奇东西,晚上都要交给狗看守。第一台链轨车哗哗啦啦开进村的时候,晚上车前车后拴了三条狗。摩托车白天夹在主人沟子下面跑,晚上停在院子的狗窝边。自行车停在狗窝旁。坎土曼镰刀放在狗窝旁。除了肉,主人觉得值钱的东西晚上都可以集中到狗窝旁。

在狗的记忆里,早年晚上偷东西的人有扛一段木头、背半麻袋粮食、牵一头牛、赶一只羊、提一个羊腿这几种,现在不一样了,滚一只偷卸的车轱辘、抱一台电视、推一辆自行车或摩托车、脖子上套一圈电线、驴车拉几个油泵油阀。以前,狗见过贼偷的最大东西是牛,现在拖拉机、汽车也有人偷。狗觉得让它看守这些它搞不清楚的东西是不对的,村里来了这么多新东西,都让狗看守,狗半点儿好处都没有,狗窝边并没多一根干骨头。

我们院子的猫

窄如母腹的缝隙

它在一个早晨消失了，和我们仅有短浅的一点缘分。或许什么缘分都没有，它没看清也没记住院子里的一个人，我也差不多忘记它的样子了，但那个小生命最后的挣扎一直在我心里。

它刚出生一个月，不懂事，去黑狗月亮嘴边吃食，被咬了一口。它尖厉地叫喊一声，然后没声音了，只是身子歪斜着打转，倒着转，像要转回到刚刚发生的那一刻之前。

后来不转了，歪着身子往草丛里钻。我把它抱在怀里，它使劲儿往我腋窝里钻。放在屋里地上，倒一碟牛奶，它不知道喝，只是低着头，往墙角钻，钻进一把合住的老式雨伞里，它的头和身子一直钻进筋骨密织的伞顶尖，我几乎拽不出它。后来它又钻进床下的纸箱中间，一夜里我听见它在那些窄窄的纸箱缝隙爬上爬下。

第二天早晨，我在最里面的纸箱缝里看见它，一对眼睛惊恐无助地看我，伸手去握住它的腰，它后退，不出来。夜里它钻遍这个屋里所有的窄小缝隙，仿佛它在找一条能让它回到母腹的缝隙。它不喜欢刚来到的这个世界，它带着幼小身体的剧痛，想回到疼痛发生之前的时间里。它往所有最小的缝隙里钻，每个缝隙的尽头都是绝壁，但它不信，它看见了绝壁上更小的缝隙，那里有它的生路，我看不见。

吃早饭时我抱它到厨房门口，那是昨天傍晚它被狠狠咬了一口的地方，牧羊犬月亮站在那里等食，黄狗星星站在月亮后面等食，星星早就知道月亮的霸道，给月亮的吃食，它是连看都不敢看的。可是刚出生一个月的小黑猫不知道。看见月亮它又歪着身子移过去，这下把月亮吓住了，它龇牙发怒，小黑猫不怕，又靠近，它后退发怒，小黑猫依然靠近。直到我喝退月亮。

小黑猫就在我们吃早饭的工夫不见了，厨房前的草丛、韭菜地、玉米地、砖垛后面、餐厅、屋后菜地，全找遍了，都没有。

一直到秋天，草和蔬菜的叶子落光，地上所有被遮蔽的地方都一眼望穿，也没见它。

入冬前清除院子里的杂草，也没见它。

我想，它一定钻到了我们看不见的一个窄如母腹的缝隙里，永远地藏了起来。

大白游世界去了

大白生的一窝小猫，小黑让月亮咬伤消失了，另一只杂色猫送了人，最后剩下一对黄猫，长得一模一样，都是母猫，留了下来。

又过了一个冬天，大白不见了。开始十天半月不回来，以为丢了，有一天突然出现在厨房门口，看我们的眼神有点生。我妈说给大白喂点好吃的，猫都是嫌贫爱富的。金子拿出一块肉递给它。我想它在别人家也不会吃得有多好。刚收留了它的人家，会给点好吃的想留住猫，过几天见猫不走了，养家了，便有一顿没一顿的。哪像我们书院，一日三餐都有猫狗的。夏天有喜欢猫狗的客人，都会多点一个肉菜，自己吃两口，剩给猫和狗。我们啃骨头时，听见屋外猫狗的叫声，也会嘴下留情，不把骨头啃太干净，留一些肉给它们。我想大白吃了肉，该不会再跑了吧。但它又不见了，而且再没回来。

有一次我在离书院五公里的月亮地村，看见大白在一家客栈院子里，我叫“大白”，它望我一眼。好似隐约记得自己有个大白的名字，也隐约记得眼前这个人曾经抱过它，喂过它食。但它记不记得谁知道呢。我叫着“大白”轻轻走过去想抱它，它扭身跑了。

给客栈女主人说，这只猫是我们书院的大白。

女主人说，我们养了快半年了，不过也养不熟，经常往外跑。

它去转世界了。

它从我们书院出去，头朝北往路两旁的人家里逛。哪家对它好，便多待几日。它越走心越野。走到菜籽沟头，要穿过一片坡地麦田，和一条车来车往的马路，才是月亮地村。它可能从别的野猫那里得知月亮地村客栈多，游客不断，猫自然少不了吃肉啃骨头。按说我们书院的伙食也好，怎么留不住它呢。

后来我想,或许书院的老鼠不够几只猫吃。

猫最爱吃的还是老鼠。以前书院没养猫时,老鼠多到泛滥。后来养了一只黑猫,忙不过来。最多时有过五只猫,一个秋天和冬天过去,终于把老鼠吃得看不见了。以前老鼠多的时候,冬天雪地上到处是老鼠的小爪印,走成细细的长线,走到一处突然不见了,一个小洞进到深雪中。老鼠在雪底下也有路,它们顺着埋在雪下的草根,找草籽吃。吃饱了爬出来,在雪上面走。月亮和星星能闻出雪下有老鼠,位置判断准了,跳起来一头扎进雪里,咬出一只老鼠来,也不吃,逗着玩。

或许它到屋里有老鼠的人家,逮几天老鼠,觉得老鼠少了逮起来费劲儿,便换一户人家。猫到谁家都受欢迎,没人会伤害猫。

或许它把这个大院子留给自己的两个女儿。这两个完全不像它的女儿,也渐渐地跟它变得疏离。母猫在生育喂养小猫时跟人一样,自己瘦得皮包骨头,但每天去几趟后山坡捉老鼠,衔回来给小猫吃。它不把我们喂给它的肉给小猫,它要让小猫自小尝老鼠的味道,知道来到世上是要捉老鼠的。

猫妈妈为给小猫断奶,会躲出去失踪几天,让小猫自己出来捉老鼠吃。

小猫一旦长大,便不怎么亲了,也不会给年老的母亲养老,甚至不会捉一只老鼠来喂给母亲,像幼小时母亲喂它们那样。

其实我们院子从来也没断过老鼠,后山坡杏树下的草地上,一个夏天都有新土从老鼠洞刨出来,仿佛那一块坡地会生长老鼠,经常看见猫从坡上逮老鼠下来,那地方的老鼠就是逮不完。

后来我想,那是从别处跑来的老鼠吧,杏林南边是一大坡的麦地,一直通到村委会。朝西翻过山梁是更大的一坡麦地,周围布满大大小小的老鼠洞。麦地源源不断地养活出的老鼠,有一部分跑过栅栏到书院的坡地上安家,这是老鼠最好的安家地。老鼠偷了地里的麦子,躲到我们书院来吃,村民也不会翻过院墙到我们书院来灭老鼠。头顶的杏子落下来,也是老鼠最爱吃的甜食。入冬前还有机会钻进我们的房子,偷吃东西。不过,老鼠从来不认为自己在偷吃东西,不管地里的麦子还是屋里的粮食,在老鼠眼里都是它的食物。它吃饱吃胖了,又成为猫的食物。我们书院的老鼠,是多少只猫都吃不完的。

那大白为什么还要往别处跑呢?

丢掉的小猫

大白的两个女儿大黄小黄倒是留住了,姊妹俩干啥都在一起,一起卧在窗台上晒太阳,抱在一起懒洋洋躺在地上午睡,还一起怀了孕,但没生在一个窝里。姐姐生在厨房后面的木头垛里。妹妹生在我妈给铺垫好的纸箱里。

我一直没分辨清这对黄猫,金子说,它们一只是全身黄,一只鼻子嘴是白的,这可能是母亲大白留下的一点痕迹吧。

我探头数生在纸箱里的小猫,有七只,拿手机拍了照。当晚大猫就叼着小猫转移了。过了两天,发现它转移到狗洞上面的一个纸箱子里。也不知道它嘴里叼着小猫怎么跳上去的。我趁它不在,掀开纸箱盖看,少了一只小猫,可能它在搬家途中丢了。这一看又引起母猫警惕,它又挪窝了。这次是在下午,我看见它嘴里叼着小猫,往木头垛里钻。这是它姐姐大黄的地盘,它们俩平时不分不离,当了母亲后却不一样,有了各自的孩子,姐姐竟然把妹妹撵出来,不让它把小猫叼到住着自己孩子的木头垛里。它又往别处挪窝,一个晚上过去,不知道它把小猫转移到哪里了。

其间我对生在木头垛下面的小猫好奇,趴在木头上看了两次,想数清这位猫姐姐生了几个孩子。有一天,一群小黄猫站在木头上晒太阳,我拿手机拍了照,是五只跟妈妈一样颜色的小猫。但是第二天,木头垛里的小猫不见了。我妈开着她的电动车,在鸡圈旁的一个纸箱里发现了小猫,只剩下了三只。鸡圈离厨房后面的木头垛不远,我沿路找猫丢掉的孩子,怎么也找不到。

我说,可能母猫嫌孩子多,奶不过来,扔掉了两只。

我妈说,母猫不会扔掉自己的孩子。

大猫不断地捉老鼠回来喂小猫。猫捉了老鼠可自豪了,衔着在人前走过,有意让人看见,让狗和鸡看见。狗看见了会追去抢,抢来也不吃,咬一口扔了。只要狗咬过的老鼠,猫便再不去吃。可能嫌弃。

有时猫把老鼠衔到我们面前捉弄,故意放开让老鼠逃跑,然后又一爪子按住。那只黄猫还把老鼠衔到我脚边,眼睛朝上看人。我听说村里人家养了只猫,晚上经常把老鼠捉来放在主人枕头边。主人说,这是猫心好,知道答谢主人。主人给猫好吃的,猫便把自己认为最好吃的老鼠献给主人。

猫姐姐的这三个孩子,也在一个早晨不见了。我妈说,大猫领着小猫学捉老鼠了。我们都以为过几天它们会回来。已经过了许多天,两只大猫回来了,还有一只毛色灰杂的小猫跟着它们。这姐妹俩生了两窝小猫,最后只剩下这只一点不像它们的小杂猫。也不知是哪只黄猫生的,两只猫争着给喂奶,争相捉老鼠来给小猫吃,衔活老鼠扔给小猫玩耍。

其他的小猫呢?我妈说,大猫把小猫带出去送人了。这只小杂猫没人要,带回来了。

果真是这样,大猫打着带小猫出去捉老鼠的幌子,把小猫带到后面的人家,一只一只地送了人。它看哪家没猫,就丢下一只。再带着其他小猫往前走,到另一家又丢下一只。

我在书院后面老王家,看见丢掉的一只小黄猫。老王说,是你们家大猫领来的,你抱回去吧。

我说,你们留着养吧。

可能大猫不愿小猫长大后取代自己在我们院子的地位,早早把它们带出去送给别人家。

老　白

张奶奶给刘予儿一只小黑猫。他们家老白生的,一窝生了七只,活下来五只,一出月子四只就给左右邻居抱走了。张奶奶说,送人的四只都是白的,就这只纯黑。本来留下自己养的,见刘予儿喜欢就给她了。

张奶奶说,这是老白最后一胎了。它已经生了十三胎,应该再没有了。

刘予儿抱小黑来书院时,它的眼神一瞬间感染了我。那眼睛里的忧郁,仿佛是积攒了多少年的,它其实刚刚出生不到两个月。

还有它的黑,像从最深的夜里带来的,一种从头到尾没有一点杂色的漆黑。

它害怕书院的那几只大猫,也不跟两只小白猫玩。它们并排蹲在窗台上,小白猫蹲一边,它蹲另一边,看上去像两个白天和一个黑夜。只是,它的孤独黑夜不会走到白天里。

小黑活了三个月,或更长一点,我记不清了。

早晨看见它时,已经口吐白沫,半死不活。给它喂水,不喝。抬眼望着我,那眼睛里的忧郁已经有气无力,但更加让人看着伤心。

小黑是吃村民投的老鼠药毒死的。

书院后的人家没养猫,放了老鼠药灭鼠。老鼠吃了浸毒药的麦粒,知道自己要死了,也不往洞里跑,摇晃着走到路上,也不怕猫了,专往猫嘴里送。

过去的几十年间,菜籽沟的猫就这样死绝了。

唯独老白幸存下来。

张奶奶说,老白认得吃了毒药的老鼠。它以前生的猫娃子,送到村里人家,大都给药死了,没有活过它的。

张奶奶还说,老白出院门后,像人一样左右看看,路上没车了才过马路。

村里许多猫和狗,还有鸡,都不会像人一样探头看看再过马路。路上轧死最多的就是猫和狗,它们因为跑的速度快,突然出现在路上,司机来不及刹车,轧死了。相反,那些慢腾腾的从来不看汽车也不管喇叭声的牛和羊,却很少被车撞。

我没有见过老白出院门后左右看路的眼神,我想,那一定是一个老年人缓慢又谨慎的眼神。我只在冬天的第一场大雪后,见过一次老白,它站在果园的土墙上,朝我们院子望。院子里有狗,它没有进来。只是站在墙头上,朝院子里喵喵地叫。

那时小黑已经不在一个月了。

它或许不知道它的小黑不在了。

年过后,张奶奶走了。

我再没看见老白的影子。也再没听人说起过老白。

我想,张奶奶把老白领走了吧,她不会空着手去那个世界。她领着一只生了十三窝猫仔的老猫,悠闲地散步。在那个依旧会有老鼠的世界里,老白死去的孩子都活着,被它们吃掉的老鼠,也都活着。

张奶奶去世后,我很少去书院西面的山沟晨跑了。以前每次路过张奶奶家,看见她在院子里咯咯地叫鸡,给它们喂食。她家老白捉了一夜老鼠,或许在哪个角落慵懒地卧着呢。

路在桥头那里一拐弯,就仿佛与世隔绝了。书院西边的山谷空空的,没有人家。那时我在山后跑步,黑狗月亮和黄狗太阳跟前跑后,小白猫和黄猫跟在后面。如今黄狗太阳早不在了,月亮也老了,那两只猫,也早不知跑哪儿去了。它们从我生活中消失的时候,我都没有觉察。就像我每天坚持的跑步,在哪个早晨停下的,我都记不清了。

大白鹅的冬天

冬　天

雪地上没有鹅的脚印，以为它在窝里没出来。我提着一壶开水，烫开水盆里的冰，又烫食盆里的苞谷糁子，这是给鹅和猫狗的早餐。

这时听见鹅在前面“鹅鹅”地叫，声音翻过积着厚雪的屋顶落下来。我放下水壶过去，见鹅在松树下没雪的地方站着。雪被茂密的树冠兜住，松枝都压弯了，树冠下落了厚厚一层松针，看上去比别处暖和。

它看着我又叫了两声，嗓门宽阔有力，像在空中打开一扇门。我赶着它去吃食。地上的雪没扫，它好像眼盲了，认不得路，跑到两排松树间的大道上，头顶到院门才知道走错了，又掉转回来。

我紧追几步,它扇动翅膀跑起来,一副要飞的样子。我真希望它飞起来,飞得找不见,我们也不用每天操心喂它。它也不会每天受冻。但这冰天雪地的它能飞到哪里。南飞的天鹅和大雁,早在三个月前就飞走了。那时一行行的雁群飞过书院上空。大白鹅时常仰头朝天上叫,翅膀张开助跑一段想要飞起来。我妈说,白鹅的翅膀该剪了,不然会飞走。

但一直没剪。那时它吃得肥胖,走路都费劲儿,怎么可能飞走。顶多有飞的愿望吧。如今它已经瘦得只剩下一堆羽毛了。它跑起来,翅膀张开,真像要飞起来的样子。却一头撞到雪堆上,整个身体陷在深雪中,张开的翅膀被雪托住。

我把它抱出来,放地上撵它走,看它的红爪子踩在雪里,整个肚子躺在雪里。我都能感觉到它的脚冷。

到了食盆旁,看见一小堆绿韭菜叶,它使劲儿啄食起来。那是金子昨天拿过来给鹅的。它卧在雪里吃菜叶,把冻红的脚丫捂在肚子下面。它能暖热自己的脚丫子吗,下面全是冰雪。我给它在地上铺了纸箱板,又铺了松针和树叶,希望它站在上面脚不会太冰。它不领情,固执地卧在纸壳边的冰雪中。

我真担心它过不了冬天。每天一早推开窗户,最想听见的就是大白鹅的叫声。只要它叫一声,我便放心了。它似乎知道我在这时醒来,它在松树下叫,叫声翻过两栋房子的屋顶和积了厚雪的菜地,传到我耳朵。

寄　养

这是它跟我们生活的第一个冬天。

去年冬天我们把它寄养在老郭家。四月金子带着我妈从养殖场买了两只小鹅和两只麻鸭,养到八月开始下蛋。大白鹅的蛋又大又白,麻鸭蛋和它的名字一样灰皮麻点。那时它们跟鸡圈在一起。鹅整天扬起脖子,“鹅鹅”地撵鸡,哪只不听话就拿嘴啄鸡毛。它们成了鸡群里的老大。两只麻鸭个头比公鸡小,只能灰溜溜地待着,不和鸡合群,也不跟鹅混。

金子每天去鸡圈好几趟,喂食,添水,收蛋。每次收了鹅蛋鸭蛋,都高兴得跟小孩似的。鸡蛋给厨房,鹅蛋鸭蛋她存起来,排成排摆在篮子里,说要等女儿回来吃。女儿孩子小,刚几个月,说明年回来。结果几个鸭蛋放坏了，鹅蛋放到了下雪前。

天气冷了，我妈回沙湾过冬，我们也回乌鲁木齐住一阵，留下方如泉守院子。养了大半年的鸡鸭鹅就得处理掉。公鸡全宰了（真对不住公鸡），三只母鸡给厨师王嫂家代养。两只鹅和两只鸭子送到村民老郭家代养，说好下的蛋归老郭家，再给两袋子苞谷。到雪消天暖和，给王嫂代养的三只鸡死了两只。喂在老郭家的两只鸭子都死了，鹅死了一只，老郭不好意思，把收的四个鹅蛋和活下来的一只鹅一起送了过来。

我们送去时雪白丰满的大白鹅，一个冬天瘦成了鸡，毛黑不溜秋，眼神也呆滞。不知道它在老郭家是咋活过来的。老郭家的鸡有暖圈。所谓暖圈，也就是个小房子，夜晚能挡风而已。不过，老郭家的几十只鸡和我们的鸭鹅挤在一起，每只鸡鸭鹅都是一个小暖袋呢。鹅在它们中间，是一个大暖袋吧，它们依靠着互相暖和。但是那两只麻鸭和一只鹅，还是没有熬过冬天。

回来的大白鹅很快被我们喂得有了生气。五月份来了一位大学生志愿者，给浑身又黑又脏的鹅洗了一次澡，它又变成了大白鹅。那只母鸡也开始下蛋。鸡和鹅，一个冬天没见，可能都不认识。但它们很快又在一个圈里生活了。

我们重新清理鸡圈。把去年的一层落叶和杂物扫起来烧掉。算给鸡圈消了毒。金子带我妈到养鸡场，买了十几只半大的公鸡母鸡，大白鹅又成了鸡群里的老大，“鹅鹅”地吆着鸡在圈里转。一个夏天和一个秋天，鸡和鹅下的蛋足够我们每天中午西红柿炒鸡蛋拌拉条子，早餐煮鸡蛋，一人一个。每只鸡下的蛋都不一样，金子能从她每天收的鸡蛋里，知道哪只下了哪只没下。十几只母鸡，到半中午下起蛋来，叫声一阵接一阵。金子说，一只母鸡下十五个蛋就保本了，菜籽沟的土鸡蛋卖到两块钱一个。金子买的母鸡三十块一只。再多下的蛋都是赚的。她这样算账时，忘算了自己每天一早一晚喂鸡的辛苦，忘算了鸡吃掉的几百上千块钱的麦子苞米，也忘算了我们修鸡圈清理鸡圈花的力气。不过，鸡也没给我们算它每天早晨按部就班地三遍打鸣。夏天书院办了几期培训班，有小孩有大人的。大白鹅成了孩子最喜爱的，伸长脖子走在人中间“鹅鹅”地叫，像老师喊孩子。

春　天

转眼又到冬天，圈里养肥的鸡又要宰掉（又对不住鸡了）。鹅再不敢往老郭家送。本来要和鸡一起宰了，后来还是留下来。大冬天鸡窝空空的，看着都冷。鸡到另一个世界避寒去了。鹅留下来，它独自承受着满圈满院子的寒冷。靠院墙斜立的两块工程板下面，是金子给鸡和鹅做的下蛋窝。现在一个成了鹅过冬的窝，里面铺了厚厚的麦草。另一个被黄狗星星占了。那个两头通风的窝，其实只比露天稍好一些，能挡住西边来的寒风。

年前几天降温，我们又要回城里过年，大白鹅和猫狗托给王嫂家喂养，她老公每天过来烫一盆粗面，大伙一起吃。猫不用担心，能捉到老鼠。狗也不用操心，它们总能弄到吃的，前年冬天我们回到书院，见牧羊犬月亮在松树下守着大半只羊，肯定是从村民家偷来的。去年书院后面住的老张说，他宰了猪，猪头挂在仓房，想着过年吃，结果没有了，顺着雪地上的印子一直追到我们院墙上的水洞，肯定让我们家大狗叼来吃了。金子说，确实看见月亮吃剩下的半个猪头。我们也不养猪，没法赔一个猪头给老张，只能说句对不住了。这些年几条狗给我们惹了多少事情，月亮大前年把村委会烧锅炉的老王咬了一口，老王几年前打过月亮一棒子，记仇了。金子开车拉老王去县医院打了狂犬病疫苗。今年七月，小黑和星星在山后的麦茬地咬死了村民的四只羊，让我们赔了六千块钱。现在我们把院墙上狗能钻出去的洞口都堵住，它们再不能出去惹祸，也不能在夜晚爬到坡顶的草垛上对天吠叫了。

回城前我把秋天菜园里掰的苞谷棒子在鹅常去的松树下放了一堆，又在它的窝边放了一些，鹅会自己啄食苞米粒。只要有足够的吃食，它便能抗住寒冷。在城里我还常打开监控视频，看见猫和狗围在食盆旁，看见大白鹅在雪地上踱步。

年后回来，车开到大门口，月亮、星星和小黑都在门里面守着，它们能听出我的汽车声音，当车开到公路拐弯处，离书院大门还有上百米的地方，它们就闻声往大门口跑。我下车开门，三条狗亲热地往身上扑，金子把带来的狗食分给每条狗。

大白鹅站在松树下叫，它瘦了一大圈，见了我们张开膀子像要飞过来。两只黄猫不见了，方如泉说猫到别人家混吃的去了，过几天来院子转一趟，可能见我们没回来，就又走了。

我去鹅的窝里看，给它留下的苞谷棒子才吃了一半，地上扔着四个鹅蛋壳，我们离开的二十多天里，它下了四个蛋，可能都自己吃了。金子说，鹅不会吃自己的蛋，肯定是星星和小黑偷吃了。我拿着鹅蛋壳，大声审问小黑，鹅蛋是不是你吃了？又审问星星。两条狗都一脸懵懂，装糊涂。我猜想肯定是星星偷吃的。它住在鹅旁边，可能就是盯上了鹅蛋。鹅下一个它吃掉一个，把空蛋壳留给我们。不过也都没亲眼看见。吃就吃了吧。

早晨我烧一壶开水提过去，鹅已经在食盆旁守着。我用开水烫开水盆里的冰，再把冻硬的饲料烫开。鹅的嘴伸进水里，边喝边拿喙戏水。

它吃好了站在墙根，一只脚抬起，过一会儿又换另一只脚。水泥地太冰冷。我给它铺的纸箱板扔在一边，它还是不知道站上去，可能它的蹼已经冻木了。

回书院的第二天一早，大白鹅踱着步从前面过来看我们。我给它撒了些芹菜叶子，它一个月没见绿菜了，低头啄一口，高兴得头仰起来。

中午金子见鹅卧在窝里，她关好圈门，过一阵听见鹅叫，金子说，鹅下蛋了，让我赶紧去收。我出门看见星星也朝鹅叫的地方望，小黑也朝那里望。看来都在等鹅下蛋。这让我有点不确定是小黑还是星星在偷吃鹅蛋。我指着星星又指着小黑，狠狠地骂道：再偷吃鹅蛋把你们送人，不要你们了。星星知道我在骂它，夹着尾巴躲一边。小黑一脸憨相，我又觉得冤枉了小黑。

到窝边时，鹅的样子把我逗笑了，它匍匐在窝里，整个头和脖子贴在草上，一看就知道它在本能地躲藏，不让我看见。我拿专门收蛋的长把木勺拨开它的屁股，它扭转屁股护住蛋。我还是把一只大白蛋舀在木勺里拿了出来。鹅见自己的一个蛋被我收走，眼睛圆圆地瞪着，鹅没有表情，但它肯定有心情。它的心情会跟农人失去一年的收成一样吗？或许它已经习惯自己的蛋被人收走。它回到书院就开始下蛋，已经下了十几个，我们没有留下一个让它孵育出孩子。这样想时竟生出些人的伤心来。鹅会不会伤心呢？

晚上听见鹅在窗外叫，天黑好一阵了，它不去窝里睡觉，在转啥呢。或是它想要给我们说啥呢。我出去查看，外面很黑，院子里没安灯。白鹅站在雪地里，朝我望，它的眼睛泛着星光。也许是自己的光。我过去摸摸它的脖子，它转过身，沿着菜地边我们踩出的雪路一直走到小柴门旁，回头叫了一声，像是给我打招呼。然后回它的圈里去了。

我冻得浑身发抖，回到暖和的屋子里时，想到鹅也回到它两头透风的工程板下的窝里了。它只能把自己的羽毛当暖屋，把裸露的蹼捂在肚子下面，把喙伸进羽毛里。

我又听到鹅叫。它的叫声在半空中打开一扇门。我从二楼窗口看见它在屋后果园觅食，个别处雪已经化开，露出干黄草地，它不时低头啄食，不知吃到嘴里的是什么。中午我扛铁锨到前面的玻璃房墙根疏通积水，屋顶融化的雪水，积在墙根的水槽里，一半是冰，我拿铁锨敲开一个小水槽，让水往下流。每年都要干这个活儿，其实不去干，过几日水槽的冰全化开，也自己疏通了。但还是去干，人等不及季节。

转回到餐厅前见鹅在草莓地觅食，以为它在吃露出的绿色草莓叶子，却不是。它在化了一半的雪下面，找见先露出的细草芽，它啄食草芽时把冰粒也一起吃进嘴里，咯嘣咯嘣的响声，像一个孩子在咀嚼糖块。

夏　天

被厚雪覆盖了一冬的院落，在一个早晨突然暴露出来，几件我们以为丢了的农具自己跑出来，它们倒在地上，在雪中睡了一个长冬。天暖得很快。金子在集市上买了五只小鹅，丢给大白鹅带。大白鹅显然喜欢小鹅，但小鹅怕大鹅。毕竟不是自己的亲妈。这些小鹅有亲妈吗？可能没有，它们在孵化场破壳而出，从没被大鹅带过，见了只有害怕。

我妈在院子里用纸箱围了一个小圈，喂草喂水。晚上把小鹅装进纸箱拿进屋里。除了怕被猫和狗吃了，天上飞的鹞子也会叼走小鹅。书院这一片至少有七八只鹞子，每日在树梢盘旋，捉鸽子和鸟，经常有鸽子被鹞子吃了，在地上留一摊羽毛。那天我还救下一只鸽子，它被鹞子一翅膀拍打下来，鹞子紧随其后，眼看叼住了，我大喊着跑过去，牧羊犬月亮，还有星星、小黑也叫着跑过去。鹞子一侧身飞走了，受伤的鸽子也扑腾着飞到树上。

新买来的小鹅，要先拿去让月亮、星星和小黑看，给每条狗说这是我们要养的鹅，不是野生的。狗都懂事，见人和鹅亲近，就知道不能咬它，咬了挨打。

第一只小猫带来时给月亮和星星作了介绍，如今猫和狗成了院子里最亲近的朋友。冬天两只小猫两只大猫和小黑一起抱团取暖，小黑每晚卧在门口的地毯上，两只小猫钻进小黑怀里，两只大猫卧在小黑背上，小黑一动不动，搂着它们度过寒冷冬夜。一天早晨，金子拉开窗帘，说大白鹅也和小黑挤在一起了。

今年夏天小外孙女知知来到书院，也是先带到几条狗跟前，让它们认识。狗看我们对小知知好，就知道不能对她不好，见小知知过去就远远躲开，生怕不小心碰着小朋友。知知不怕狗和猫，追过去抓。但害怕大鹅，它会追着叼知知。

我们买的五只小鹅活下来三只，如今已经是大鹅了。我妈依旧每天坐着她的电动车牧鹅。它们认下我妈的电动车了，跟着到前面草坪上去吃草，到后面果园去吃草。鹅胆小，只去我妈带它们去过的地方，不敢往远处跑。

那只大白鹅呢，在坡上果园的狗洞里坐窝了。

去年夏天大白鹅坐过一次窝，它占着鸡下蛋的窝，用嘴把自己的羽毛撕下来，垫在窝里。它下了一个蛋，一直捂着。隔天又下了一个。它要把两个蛋孵出小鹅。可是，我们这里的气候凉，小鹅长不大天就冷了，怕过不了冬天。金子把它的蛋收了，它还是坐窝不走。中午金子看见鸭子凑到鹅身边，嘴啄鹅的脖子，在说话。过一会儿，鹅起身走开，鸭子急忙跳到鹅窝里，下了一个小麻蛋。然后鹅便捂着麻鸭的蛋不放。我妈说，鹅和鸡一样的，到了坐窝时节，给个石头蛋都会捂住不放。

金子说，大白鹅去年没抱上小鹅，今年就让它抱一窝吧。我以为她只是说说，我出了趟差回来，没见到大白鹅，问金子，说已经坐窝十二天了，再有十八天小鹅就出来了。金子把果园水塘边的狗窝收拾出来，用我们家的七个鹅蛋，换了村民家的七个蛋。他们家的母鹅有公鹅交配，下的蛋才能孵出小鹅。

我带着小知知趴在门洞看，鹅卧在自己用嘴拢起的一小堆麦草上，眼睛朝外看我们。可能已经忘了我是谁。金子在门口放了一桶水，还满满的。我让小知知在鹅窝旁等着，我去菜地薅了一把鹅喜欢吃的野莴笋，扔到它嘴边。它只是叼了两口，又专心孵它的蛋了。我妈说，鹅和鸡一样，孵蛋的时候不吃不喝。

到了小鹅该出壳的那天，金子和厨师去看，只孵出来三只小鹅，其他四只蛋，都坏了。小鹅只是啄开了蛋壳，身子还在里面挣扎。金子把其余的蛋壳剥了，这个事本来是大鹅做的，它会拿嘴啄蛋壳，让小鹅快点出来。

出壳的小鹅放在纸壳里，下面垫了棉布，金子还在棉布下放了一只暖宝宝，上面又盖了一层布。小知知第一次看见小鹅从蛋壳出来，我把毛茸茸的小鹅放她手上，她捧着不敢动，不知道该怎么面对这个小生命。三只小鹅在我书房里过了一夜，第二天，原还给了大鹅。

我妈像放牧那三只鹅一样，照顾大鹅和三只小鹅，白天放出来吃草，晚上吆到鸡房。它们一天一个样子地在长，可能小鹅也感到自己出生得有点晚，秋天已经来了，得抓紧时间吃草，长身体，尽快长出能御寒的羽毛来。到了冬天，它们要跟大鹅一起，光着脚丫子在冰雪中走，靠自己的羽毛度过寒冷长夜。

大　雪

大雪下了一天一夜。好多树枝被雪压断。昨天还遍地的青草，一夜间被雪埋没。除了大白鹅，其他的鹅都没经历过冬天，不知道它们看见这么大的雪，会不会惊慌。雪下得太突然，树都没落叶子。落了一地的苹果没顾上捡拾。几棵桃树和葡萄藤也没顾上埋住。人和草木都没准备好，冬天就来了。

好在三只小鹅已经长得半大，长出了厚厚的绒毛，和先长大的三只鹅一起放在果园。刚放进去时，那三只大鹅追着小鹅跑，可能是想亲热小鹅，大白鹅跟在后面护。没几天它们便亲热如一家了。

我在三楼的书房时常听见鹅的叫声，它们在果园边的溜草地上练习飞翔。我下楼在木栏杆门外探头看，它们展开翅膀，“鹅鹅”高叫着，朝南跑到篱笆墙边，又折头跑回来。跑前面的是三只新长大的鹅，大白鹅和它的三个孩子跟在后面。大白鹅已经三岁了，早已知道自己飞不起来，但还是展开翅膀跟着做飞的动作。两只小鹅似乎相信自己能飞起来，翅膀举得高高，爪子一下一下离开地。见我在木栏杆门外看，都收住膀子，像是怕我看见它们练习飞翔似的。

我推开栏杆门进去时鹅全围过来，见我两手空空又停下来。

给鹅喂食是金子的事。她每天早上端半盆麦子喂鹅吃。鹅和鸡的食都是金子在村民家买的。下大雪的前一天，金子听说玉米要涨价，叫上厨师柳荣贵去六队买了七麻袋苞米，又开车到乡上工厂粉碎了，码在库房。到冬天没有骨头可啃的狗和猫，都得吃开水烫的苞谷糁子。鹅也吃。但鹅似乎更喜欢吃麦子。或许更喜欢吃草。但草突然被雪埋了。给鹅的麦子每天都剩下一些。或是鹅的嘴没办法将盆里的麦粒吃干净。金子天黑前把鹅吃剩的麦子端回来，她说留下全让老鼠偷吃了。果园北边是苜蓿地，西边山梁后面是麦地，我散步时看见好多老鼠新打的洞。地里没吃的了，老鼠开始往人家里跑。我们院子的两只猫都生了小猫，母猫每天出去捉老鼠来喂小猫。即使这样，也阻挡不住老鼠往院子里跑。去年冬天喂鹅的苞谷棒子，喂肥了两只大老鼠，它们钻在柴垛下面，猫捉不住，晚上出来偷我们喂鹅的食。好久没再看见那两只老鼠，可能被猫捉吃了。也可能过了一个冬天、春天和夏天，它们静悄悄地老死了。

说到老，又想起已经三岁的大白鹅，它算是年老了吧。这个冬天尽管有六只鹅陪它一起过，每只鹅都要担受自己的寒冷，肚子下的绒毛只够捂住自己的爪子，怕冻的嘴只能塞进自己的羽毛里。但它们会挤在一起。会有七个嗓门的大叫声，响在阳光明亮的书院上空。至少，它们不会太寂寞。

月亮在叫

那一夜刮风，我听见三层声音。上层是乌云的声音，乌云在漆黑的夜空翻滚，碰撞，磨蹭，挨挨挤挤，想往更黑暗的年月里迁徙搬运。中层是大风翻过山脊的声音，草、麦子、野蔷薇和树梢被风撕扯，全是揪心的离散之声。我在树梢下的屋子里，听见从半空刮走的一场大风，地上唯一的声音是黑狗月亮的吠叫，它在大杨树下叫，对着疯狂摇动的树梢叫，对着翻滚的乌云叫。紧接着，我听见它爬上屋后被风刮响的山坡，它的叫声加入山顶的风声中，在更高的云层中也一定有它的叫声。它在那里撕心裂肺地叫。我不知道它遇见了什么。对一条狗来说，这样的夜晚注定不得安宁，从天上到地下，所有的一切都发出响动，都在丢失。它在疯狂跑动的风中奔跑狂叫，像是要把所有离散的声音叫回来。

另一夜我被它的狂吠叫起来，循声爬上山坡。我猫着腰，双手爬地，在它走过的草丛中潜行，它在自己的吠叫声里，不会听见背后有一个人爬过来，我在离它不远的草丛停住，看见它伸长脖子，对着天上的月亮汪汪吠叫，我像它一样伸长脖子，嘴大张，却没有一丝声音。

满山坡的白草，被月光照亮。树睡在自己的影子里，朝向月亮的叶子发着忘记生长的光。我扬起的额头一定也被月光照亮，连最深的皱纹里都是盈盈月光。

这时我听见远处的狗吠，先是山坡那边泉子村的，一条嗓门宽大的狗在叫，像哐哐的拍门声，每一句汪汪声都在敲开一面漆黑的大门。紧接着村子北面的几条狗在吠叫，南边大板沟的狗吠也隔着山梁传过来。

此刻我们家的牧羊犬月亮，正昂首站在坡顶明亮的月光里，站在四周汪汪的狗吠中心。

我站在它身后，一声不吭。

我们不在院子的多少个黄昏和夜晚，它独自爬上山坡，用一条母狗的汪汪吠叫，唤起远近村庄的连片狗吠。然后，它循着一个声音跑去，每跑过一片坡地麦田，每爬上一座荒草山顶，都停下来，回头看身后的院子，侧耳听后面的动静，它对这个大院子的不放心，使它一夜夜地不曾跑远，那些夜晚的风声带着满院子树叶、屋檐的响声，把它唤回来。它回到自己的院子里吠叫，把远近村庄的狗，叫到书院四周，它们进不了院子，不知道院墙上它独自进出的狗洞。

那样的夜晚，院子没有人，月亮的叫声悠远孤高，它不是叫给我们听，它知道自己的主人在听不见狗吠的远处，它在院子里闻不到主人的气味，从远处刮来的风中也没有主人的气息，整个院子是它的，悄然矗立的房子是它的，树荫间寂静移动的月光是它的。

又一个夜晚，我听见它吠叫着往山坡上跑，一声紧接一声的狗吠在爬坡，待它上到坡顶，吠叫已经悬在我的头顶，我仰躺在床上，听见它的叫声在半空里，如果星星上住着人，也会被它叫醒。

接着我听见它的叫声跑下山那边的大坡，那个坡似乎深不见底，它的声音正掉下去。其实那边是泉子沟的山谷，不深，只是月亮的吠叫深了，我再听不见。

我担心地躺在床上，不知道什么声音把它喊走了，想起来去看看，又被沉沉的睡意拖住。

那样的夜晚，天上的月亮从东边出来，翻过菜籽沟，逐渐地移到后面的泉子沟。这条叫月亮的狗，跟着天上的半个月亮，翻山越岭。

它可能不知道天上悬着的那个也叫月亮。但它肯定比我更熟知月亮，它守在每个有月亮的夜里，彻夜不眠。在无数的月光之夜，它站在坡顶或草垛上，对着月亮汪汪汪吠叫，仿佛跟月亮诉说。那时候，我能感觉到狗吠和月光是能彼此听懂的语言，它们彻夜诉说。我能听懂月光的一只耳朵，在遥远的梦里，朝我睡着的山脚屋檐下，孤独地倾听。我的另一只耳朵，清醒地听见外面所有的动静里，没有一丝月光的声音。

它一定知道我在听。

它听见屋后山坡上的响动。有时一场大风在翻过山顶。有时一个人悄然走过，踩动草叶的脚步声被它灵敏的耳朵听见。有时它听见黑云贴地，从后山压过来。比前半夜更黑、更冷，听见最黑的夜在走来，走进这个山谷。

它知道我的耳朵听不见黑夜到来的声音。它在我的门口叫,在窗户边叫。它要先叫醒我,让我知道夜已经变得更黑更阴冷。

有时它叫得紧了,金子会喊我出去看看。更多时候我懒得出门,打开手电从窗户照出去,光柱对着两侧教室的门窗扫一圈,对着高高的白杨树和松树扫一圈,对着孔子像前的台阶照下去,大门和外面的马路,都被树挡住。

看见手电光它会回来,站在光柱里,扭过头看。我打开窗户,探头出去,喊一声"月亮",我的喊声在它停息吠叫的大院子里,空空地响着。在后半夜的梦里,我悄然走在有它陪伴的月光里,它对着天上的月亮叫,那声音却像是我的,我听见自己的叫声像繁星一样密布在夜空,多少年来,我并不比一条狗喊叫得少。

有时它的叫声在院子外面,在屋后山坡上,我的手电光越过树梢,朝它对着吠叫的月亮照过去,这来自地上的一束光,和跟在其后的一缕目光,在遥遥的月亮上,和一条狗的仰望相汇。

有一夜它不停地叫到天快亮,我睡着又被它叫醒。金子一直醒着,她过一阵对我说一句,你出去看看吧，院子可能进来人了。

我说没事，睡吧。

说完我却睡不着，满耳朵是月亮的狂吠。它嗓子都哑了，还在叫。

我穿衣出去，手电朝它狂吠的果园照过去，走到它吠叫的教室后面，对着穿过林带的小路照。月亮亲热地往我身上蹭，我摸着它热乎乎的额头，它叫了一晚上，就想叫我出来看看，许多东西在夜里进了院子，但我看不见它所看见的。我关了手电，蹲下身，耳朵贴着它的耳朵静听了一会儿，又打开手电，天上寥寥地闪着几颗星星，光亮照不到地上。树挤成一堆一堆，感觉那些高大的树都蹲在夜里，手电照过去的一瞬，它们突然站起来。

果真有人进了院子。那是另一个夜晚，我掀开窗帘，看见一个人走进大杨树下的阴影里。我赶紧起床，开门出去，手电对着那块阴影照，什么都没有。月亮在我前面狂吠，顺着穿过白杨树阴影的小路往上走，前面是一棵挨一棵的大树，那个人不见了。

我回来睡觉。过了会儿，月亮又大叫起来，我掀开窗帘看见刚才那个人正从大杨树的阴影里走出来，这次我看清了，他肩上扛着东西，还打着一个小手电。月亮只是站在台阶上狂吠，不接近那个人。

我出门喊了一声。那人站住，手电照过去，看见他肩上的铁锨。

是书院后面的邻居，他在夜里浇地，水渠穿过我们的大院子，他沿渠巡水。

月亮见我出来胆子大了，直接扑上去咬。我喊住月亮，和那人说了几句话，仍然没认清他是谁。

这时东方已经泛白，从对面山梁上露出的曙光，还不能全部照亮书院。我喜欢这种微明，天空、树、房子和人，都半睡半醒。

头遍鸡叫了。我们家那只大公鸡先叫出第一声，接着，一山沟的鸡都开始叫。

我看看手机，早晨六点。我还有三个小时的回头觉，得把脑子睡醒，不然一天迷迷糊糊，啥事情都想不清楚。

另一夜大风进了院子，呼啦啦地摇白杨树和松树，摇苹果树和榆树。月亮在铺天盖地的风声里听见一个人的脚步声，它对着果园狂吠。我也隐隐听见了，像是多少年前我在那些刮大风的夜晚回家的脚步声，被风吹了回来。

我起身开门，顶着凉飕飕的秋风，走进月亮吠叫的果园。这时候大风已经把天上的云朵刮开，月亮、星星照亮了整个院子，我没有开手电，在清亮的月光里，看见一个人站在苹果树下，摘果子。风摇动着果树梢，树下却安安静静。那个人头伸进树枝里摸索一阵，弯腰把摸到的苹果放进袋子。那些苹果泛着月光，我想在他弯腰的一瞬看清他是谁。但是，他一弯腰，脸就埋在阴影里。我在另一棵苹果树下，静静看他摘我们家的果子，有一刻他似乎觉察出了什么，朝我站的这棵果树望，我害怕地憋住呼吸，好像我是一个贼，马上要被发现了。接着他又摘了几个果子，背起袋子朝后院墙走。

我静悄悄站在树下看那人弓腰背东西的背影，像是看早年某个夜里的我。月亮靠在我的腿边，也安静地看着那个人。它或许在等我开口说话，它等了好久，终于忍不住，狂吠着扑过去。那人一慌，摔倒在地，爬起来便跑，跑到院墙根，连滚带爬，从院墙豁口翻了出去。

我没有喊月亮。它追咬到豁口处停住，对着

院墙外叫了一阵，又转头回来。

我带着月亮穿过秋风呼啸的果园，不时有熟透的苹果落下来，腾的一声。有时好多个苹果噼噼啪啪地落在身边，我慢慢地走着，弓腰躲过斜伸的树枝，我想会有一个苹果落在我头上，腾的一声，我猛地被砸醒，发出疼痛的哎呀声。

可是没有，从始至终，我没有发出一丝声音，甚至没有叫一声月亮。

待我回屋躺在床上，突然后悔起刚才自己的噤声。月亮那样声嘶力竭地叫我出去，它是想让我叫一声，它想让只有孤单狗吠的夜晚，有我的一声喊叫。可是，我没有出声。

在我沉睡前的模糊听觉里，它孤独的叫声又在外面响起来了，一声接一声地，把我送入凉飕飕的梦中。

在无数个刮风的夜晚，它彻夜不眠，风进院子了，树梢在动，树的影子在动，所有的东西都发出声音，连死去两年的那棵枯杏树，都呜呜地鸣叫。

黑狗月亮的吠叫淹没在巨大的风声里，仿佛它被风吹着叫，它的叫声也成了风声的一部分。在它过于灵敏的耳朵里，风吹树叶的声音一定大得惊人。那时我在自己辽远的睡梦里，偶尔的一两句梦呓飘出窗户，它听见了，紧跑过来，耳朵贴窗根，想听见我在梦中发生了什么，是否有一声在喊它。

如果我在梦中喊它，它一定听不见，我嘴大张，叫不出一丝声音。我在一夜风声中被梦魇住。

外面天已大亮。

麻　雀

我斜靠在床头看书，听到屋顶噼噼啪啪的声音，接着是一群麻雀的叫声。它们落在屋顶时一点不懂得轻手轻脚，毫不在意屋子里坐着一个想事情的人。

麻雀就像一群怎么也甩不掉的穷亲戚，我到哪儿，它们就在哪儿，在树梢和屋檐上叽叽喳喳叫，叫得人心虚，好像欠了它们多少东西。

它们的眼睛盯着院子里晾晒的粮食，盯着锅里做的饭，盯着我们碗里吃的饭。有时呼啦啦落一片空地上，叨叨叨啄食我看不见的食物。它们嘴啄到地上的声音，仿佛把只有尘土的地当一块面包。

我听够了它们不知在啄食什么的声音。现在，那群从我小时候就叽叽喳喳一直追随我到中年的麻雀，又在啄我新修的房顶了。

小时候，麻雀饥饿的叫声围着院子，我们没有多余的麦子给它们，但它们会自己拿。我们扎麦草人站在麦地，穿我们破得不能再穿的衣服，戴我们晒得发白的帽子，一只手高举着打麻雀的树枝。不知麦草人吓着麻雀没有，我倒是被它吓过，一天傍晚我从野地回家，一抬头，看见穿着我的破衣裳的麦草人站在地里，像是活得更加落魄的我，站在未来里。

麻雀在收光的地里找不到粮食，就追到家里，趁人不注意，飞到院子晾晒的麦子上，它们拿走的那些，似乎也没有使我们变得更加饥饿。它们吃饱了飞到榆树上，叽叽喳喳地说三道四。那些年，我们家的窘迫生活，可能都变成它们没日没夜的闲话了。

麻雀还会骂人。

前天我坐在南瓜架下吃饭，一只麻雀在头顶叫，它嘴里叼着只虫子，那虫子一头在它嘴里衔着，另一头还在动。

我说，麻雀越来越胆大，离人这么近地叫。

我妈说，那只麻雀丢了孩子，问我们要呢。

麻雀的窝在厨房门上面的屋檐下，那里因

为木板朽了，空出一个窟窿，麻雀便在里面做了窝。

我妈说，大前天一只小麻雀从窝里掉下来，浑身没毛，嘴角是黄的，大张着嘴叫，被黄狗星星一口吃了。麻雀妈妈回来找不到孩子，就对着我们叫。叫了几天了。

我们坐在南瓜架下吃饭，它就站在一伸手便能被捉住的木架上，嘴对着我们叫，一句紧接一句，不知道说什么。

方如泉说，麻雀在骂人呢。它以为我们拿走了它的孩子。

麻雀的叫声不依不饶，确实像在骂人。方如泉生气了，对着麻雀大声说，别叫了，让狗吃了。

麻雀显然没听懂方如泉在说啥，它依旧对着我们叫。

麻雀一般有七八个孩子，丢了一个，还有其他的。但我没听见屋檐下的窝里有其他小麻雀的叫声。一般这个时候，大麻雀衔来虫子，窝里的小麻雀早就扯嗓子叫开了，还会把头伸到窝外，不小心后面的就把前面的挤下去。

我仰头看麻雀窝，里面确实没有一只小麻雀。

可能都掉下来让狗和猫吃了。

没有一只小麻雀的雀妈妈，依然衔来虫子，站在南瓜架上，对着我们叫。

我们真的欠了它的。

两窝蚂蚁

冬天，每隔一段时间——差不多有半个月，蚂蚁就会出来找食吃，排成一长队，在墙壁炕沿上走，有前去的，有回来的，急急忙忙，全阴得皮肤发黄，不像夏天的蚂蚁，油黑油黑。蚂蚁很少在地上乱跑，怕人不小心踩死它们。也很少一两只单独跑出来。

我们家屋子里有两窝蚂蚁。一窝是小黑蚂蚁，住在厨房锅头旁的地下；一窝大黄蚂蚁，住在靠炕沿的东墙根。蚂蚁怕冷，所以把洞筑在暖和处，紧挨着土炕和炉子，我们做饭烧炕时，顺便把蚂蚁窝也煨热了。

通常蚂蚁在天亮后出来找食吃。那时母亲已经起来把死灭的炉火重新点着。屋子里烟气弥漫。我们全钻在被窝里，只露出头。有的睁眼直望着房顶。有的半眯着眼睛。早睡醒了。谁都不愿起。整个冬天我们没有一点儿事情，想睡到什么时候就睡到什么时候。直到炉火和从窗户照进的刺眼阳光，使屋子重又变得暖洋洋，才会有人坐起来，偎着被子，再愣会儿神。

蚂蚁一出洞，母亲便在蚂蚁窝旁撒一把麸皮。收成好的年成会撒两把。有一年，我们储备的冬粮不足，连麸皮都不敢喂牲口，留着缺粮时人调剂着吃。冬天蚂蚁出来过五次，每次母亲只抓一小撮麸皮撒在洞口。最后一次，母亲再舍不得把麸皮给蚂蚁吃。家里仅剩的半麻袋细粮被父亲扎死袋口，留作春天下地干活儿时吃。我们整日煮洋芋疙瘩充饥。那一次，蚂蚁从天亮出洞，有上百只，绕着墙根转了一圈又一圈，一直到天快黑时，拖着几小片洋芋皮进洞去了。

蚂蚁发现麸皮便会一拥而上，拖着、背着、几个抬着往洞里搬。跑远的蚂蚁被喊回来。在墙上的蚂蚁一蹦子跳下来。只一会儿工夫，蚂蚁和麸皮便一同消失得一干二净。蚂蚁有了吃的，便把洞口封死，很长时间不出来打搅人。

蚂蚁的洞一般从墙外通到房内，天一热蚂蚁全到屋外觅食，房子里几乎见不到一只。

我喜欢那窝小黑蚂蚁，针尖那么小的身子，走半天也走不了几尺。我早晨出门前看见一只从后墙根朝前墙这边走，下午我回来看见它还在半道上，慢悠悠地移动着身子，一点儿不急。似乎它已作好了长途跋涉的打算，今晚就在前面一点儿的地方过夜，第二天太阳不太高时走到前墙根。天黑前争取爬过门槛，走到厨房与卧房的门口处。第二天再进卧房。不过，它要爬过卧房的门槛就得费很大工夫，先要爬上两层土块，再翻过一拃高的木门槛，还得赶早点，趁我们没起来之前翻过来。厨房没有窗户，天窗也盖得很死，即使白天门口处也很暗，我们一走动起来就难说不踩着蚂蚁。卧房比厨房大许多，从山墙经过窗户到东墙根，至少是蚂蚁两天的路程。到第五天，蚂蚁才会从东墙根往炕沿处走，经过我们家唯一的柜子。这段最好走夜路，因为是那窝大黄蚂蚁的领地，会很危险。从东边炕头往西边炕头绕回时也是两天的路，最好也晚上走，沿着炕沿，经过打着鼾声的父亲的头、母亲的头、小弟权娃的头和小妹燕子的头，爬到我的头顶时已是另一个夜晚了。这样，小蚂蚁在我们家屋内绕一圈大概用十天的时间，等它回到窝里时，那个蚂蚁世界是否已几经变故，老蚂蚁死了，小蚂蚁出生，它们会不会还认识它呢。

小黑蚂蚁不咬人。偶尔爬到人身上，好一阵才觉出一点点痒。大黄蚂蚁也不咬人，但我不太喜欢。它们到处乱跑，且跑得飞快，让人不放心。不像小黑蚂蚁，出来排着整整齐齐的队，要到哪就径直到哪。大黄蚂蚁也排队，但队形乱糟糟。好像它们的头管得不严，好像每只蚂蚁都有自己的想法。

有一年春天，我想把这窝黄蚂蚁赶走。我想了一个绝好的办法。那时蚂蚁已经把屋内的洞口封住，打开墙外的洞口，在外面活动了。我端了半盆麸皮，从我们家东墙根的蚂蚁洞口处，一点一点往前撒，撒在地上的麸皮像一根细细的黄线，绕过林带、柴垛，穿过一片长着矮草的平地，再爬过一个坑（李家盖房子时挖的），一直伸到李家西墙根。我把撒剩的小半盆麸皮全倒在李家墙根，上面撒一把土盖住。然后一趟子跑回来，观察蚂蚁的动静。

先是一只洞口处闲游的蚂蚁发现了麸皮。咬住一块拖了一下，扔下又咬另一块。当它发现有好多麸皮后，突然转身朝洞口跑去。我发现它在洞口处停顿了一下，好像探头朝洞里喊了一声，里面好像没听见，它一头钻进去，不到两秒钟，大批蚂蚁像一股黄水涌了出来。

蚂蚁出洞后，一部分忙着往洞里搬近处的麸皮，一部分顺着我撒的线往前跑。有一个先头兵，速度非常快，跑一截子，对一粒麸皮咬一口，扔下再往前跑，好像给后面的蚂蚁做记号。我一直跟着这只蚂蚁绕过林带、柴垛，穿过那片长草的平地，再爬过那个坑，到了李家西墙根，蚂蚁发现墙根的一大堆麸皮后，几乎疯狂。它抬起两个前肢，高举着跳了几个蹦子，肯定还喊出了什么，但我听不见。它跑了那么远的路，似乎一点儿不累，飞快地绕麸皮堆转了一圈，又爬到堆顶上。往上爬时还踩翻一块麸皮，栽了一跟头。但它很快翻过身来，向这边跑几步，又朝那边跑几步，看样子像是在伸长膀子量这堆麸皮到底有多大体积。

做完这一切，它连滚带爬从麸皮堆上下来，沿来路飞快地往回跑。没跑多远，碰到两只随后赶来的蚂蚁，见面一碰头，一只立马转头往回跑，另一只朝麸皮堆的方向跑去。往回跑的刚绕过柴垛,大批蚂蚁已沿这条线源源不断赶来了,仍看见有往回飞跑的。只是我已经分不清刚才发现麸皮堆的那只这会儿跑到哪去了。我返回到蚂蚁洞口时,看见一股更粗的黄泉水正从洞口涌出来,沿我撒的那一溜黄色麸皮浩浩荡荡地朝李家墙根奔流而去。

我转身进屋拿了把铁锨,当我觉得洞里的蚂蚁已出来得差不多,大部分蚂蚁已经绕过柴垛快走到李家墙根了,我便果断地动手,在蚂蚁的来路上挖了一个一米多长、二十厘米宽的深槽子。我刚挖好,一大群嘴里衔着麸皮的蚂蚁已爬过那个大坑拥到跟前,看见断了的路都慌乱起来。有几个,像试探着要跳过来,结果掉进沟里,摔得好一阵才爬起来,叼起麸皮又要沿沟壁爬上来,那是不可能的,我挖的沟槽下边宽上边窄,蚂蚁爬不了多高就原掉下去。

而在另一边,迟缓赶来的一小部分蚂蚁也拥到沟沿上,两伙蚂蚁隔着沟相互挥手、跳蹦子。

"怎么啦?"

"怎么回事?"

我好像听见它们喊叫。

我知道蚂蚁是聪明动物。慌乱一阵后就会自动安静下来,处理好遇到的麻烦事情。以它们的聪明,肯定会想到在这堆麸皮下面重打一个洞,筑一个新窝,窝里造一个能盛下这堆麸皮的大粮仓。因为回去的路已经断了,况且家又那么远,回家的时间足够建一个新家了。就像我们村有几户人,在野地打了粮食,懒得拉回来,就盖一间房子,住下来就地吃掉。李家墙根的地不太硬,打起洞来也不费劲儿。

蚂蚁如果这样去做我就成功了。

我已经看见一部分蚂蚁叼着麸皮原回到李家墙根,好像商量着就按我的思路行动了。这时天不知不觉黑了,我才发现自己跟这窝蚂蚁耗了大半天。我已经看不清地上的蚂蚁。况且,李家老二早就开始怀疑我,不住地朝这边望。他不清楚我在干什么。但他知道我不会干好事。我咳嗽了两声,装得啥事没有,踢着地上的草,绕过柴垛回到院子。

第二天一大早,我出来发现那堆麸皮不见了,一粒也没有了。从李家墙根开始,一条细细的、踩得光光的蚂蚁路,穿过大土坑,通到我挖的沟槽边,沿沟边向北伸了一米多,到没沟的地方,又从对面折回来,再穿过草滩、绕过柴垛和林带,一直通到我们家墙根的蚂蚁洞口。

一只蚂蚁都没看见。

逃跑的马

我跟马没有长久贴身的接触，甚至没有骑马从一个村庄到另一个村庄这样简单的经历。顶多是牵一头驴穿过浩浩荡荡的马群，或者坐在牛背上，看骑马人从身边飞驰而过，扬起一片尘土。

我没有太要紧的事，不需要快马加鞭去办理。牛和驴的性情刚好适合我——慢悠悠的。那时要紧的事远未来到我的一生里，我也不着急。要去的地方永远不动地待在那里，不会因为我晚到几天或几年而消失。要做的事情早几天晚几天去做都一回事，甚至不做也没什么。我还处在人生的闲散时期，许多事情还没迫在眉睫。也许有些活儿我晚到几步被别人干掉了，正好省得我动手。有些东西我迟来一会儿便不属于我了，我也不在乎。许多年之后你再看，骑快马飞奔的人和坐在牛背上慢悠悠赶路的人，一样老态龙钟回到村庄里，他们衰老的速度是一样的。时间才不管谁跑得多快多慢呢。

但马的身影一直浮游在我身旁，马蹄声常年在村里村外的土路上踏响，我不能回避它们。甚至天真地想，马跑得那么快，一定先我到达了一些地方。骑马人一定把我今后的去处早早游荡了一遍。因为不骑马，我一生的路上必定印满先行的马蹄印儿，撒满金黄的马粪蛋儿。

直到后来，我徒步追上并超过许多匹马之后，才打消了这种想法——曾经从我身边飞驰而过扬起一片尘土的那些马，最终都没有比我走得更远。在我还继续前行的时候，它们已变成一架架骨头堆在路边。只是骑手跑掉了。在马的骨架旁，除了干枯的像骨头一样的胡杨树干，我没找到骑手的半根骨头。骑手总会想办法埋掉自己，无论深埋黄土还是远埋在草莽和人群中。

在远离村庄的路上，我时常会遇到一堆一堆的马骨。马到底碰到了怎样沉重的事情，使它如此强健的躯体承受不了，如此快捷有力的四蹄逃脱不了。这些高大健壮的生命在我们身边倒下，留下堆堆白骨。我们这些矮小的生命还活着，我们能走多远。

我相信累死一匹马的，不是骑手，不是常年的奔波和劳累，对马的一生来说，这些东西微不足道。

马肯定有它自己的事情。

马来到世上，肯定不仅仅是给人拉车当坐骑。

村里的韩三告诉我，一次他赶着马车去沙门子，给一个亲戚送麦种子。半路上马车陷进泥潭，死活拉不出来，他只好回去找人借牲口帮忙。可是，等他带着人马赶来时，马已经把车拉出来走了，走得没影了。他追到沙门子，那里的人说，晌午看见一辆马车拉着几麻袋东西，穿过村子向西去了。

韩三又朝西追了几十公里，到虚土庄子，村里人说半下午时看见一辆马车绕过村子向北边去了。

韩三说他再没有追下去，他因此断定马是没有目标的东西，它只顾自己往前走，好像它的事比人更重要，竟然可以把人家等着下种的一车麦种拉着漫无边际地走下去。韩三是有生活目标的人，要到哪就到哪。说干啥就干啥。他不会没完没了地跟着一辆马车追下去。

韩三说完就去忙他的事了。以后很多年间，我都替韩三想着这辆跑掉的马车。它到底跑到哪去了。我打问过从每一条远路上走来的人，他们或者摇头，或者说，要真有一辆没人要的马车，他们会赶着回来的，这等便宜事他们不会白白放过。

我想，这匹马已经离开道路，朝它自己的方向走了。我还一直想在路上找到它。

但它不会摆脱车和套具。套具是用马皮做的，皮比骨肉更耐久结实。一匹马不会熬到套具朽去。

而车上的麦种早过了播种期，在一场一场的雨中发芽、霉烂。车轮和辕木也会超过期限，一天天地腐烂。只有马不会停下来。

这是唯一跑掉的一匹马。我们没有追上它，说明它把骨头扔在了我们尚未到达的某个远地。马既然要逃跑，肯定有什么东西在追它。那是我们看不到的、马命中的死敌。马逃不过它。

我想起了另一匹马，拴在一户人家草棚里的一匹马。我看到它时，它已奄奄一息，老得不成样子。显然它不是拴在草棚里老掉的，而是老了以后被人拴在草棚里的。人总是对自己不放心，明知这匹马老了，再走不到哪里，却还把它拴起来，让它在最后的关头束手就擒，放弃跟命运较劲儿。

我撕了一把草送到马嘴边，马只看了一眼，又把头扭过去。我知道它已经嚼不动这一口草。马的力气穿透多少年，终于变得微弱黯然。曾经驮几百斤东西，跑几十里路不出汗不喘口粗气的一匹马，现在却连一口草都嚼不动。

“一麻袋麦子谁都有背不动的时候。谁都有老掉牙啃不动骨头的时候。”

我想起父亲告诫我的话。

好像也是在说给一匹马。

马老得走不动时，或许才会明白世上的许多事情，才会知道世上许多路该如何去走。马无法把一生的经验传授给另一匹马。马老了之后也许跟人一样，它一辈子没干成什么大事，只犯了许多错误，于是它把自己的错误看得珍贵无比，总希望别的马能从它身上吸取点儿教训。可是，那些年轻的活蹦乱跳的儿马，从来不懂得恭恭敬敬向一匹老马请教。它们有的是精力和时间去走错路，老马不也是这样走到老的吗？

马和人常常为了同一件事情活一辈子。在长

年累月、人马共操劳的活计中,马和人同时衰老了。我时常看到一个老人牵一匹马穿过村庄回到家里。人大概老得已经上不去马,马也老得再驮不动人。人马一前一后,走在下午的昏黄时光里。

在这漫长的一生中,人和马付出了一样沉重的劳动。人使唤马拉车、赶路,马也使唤人给自己饮水、喂草加料、清理圈里的马粪。有时还带着马去找兽医看病,像照管自己的父亲一样热心。堆在人一生中的事情,一样堆在马的一生中。人只知道马帮自己干了一辈子活儿,却不知道人也帮马操劳了一辈子。只是活到最后,人可以把一匹老马的肉吃掉,皮子卖掉。马却不能对人这样。

一个冬天的夜晚,我和村里的几个人,在远离村庄的野地,围坐在一群马身旁,煮一匹老马的骨头。我们喝着酒,不断地添着柴火。我们想,马越老,骨头里就越能熬出东西。更多的马静静站立在四周,用眼睛看着我们。火光映红了一大片夜空。马站在暗处,眼睛闪着蓝光。马一定看清了我们,看清了人。而我们一点儿都不知道马在想些什么。

马从不对人说一句话。

我们对马的唯一理解方式是:不断地把马肉吃到肚子里,把马奶喝到肚子里,把马皮穿在脚上。久而久之,隐隐就会有一匹马在身体中跑动。有一种异样的激情耸动着人,变得像马一样不安、骚动。而最终,却只能用马肉给我们的体力和激情,干点儿人的事情,撒点儿人的野和牢骚。

我们用心理解不了的东西,就这样用胃消化掉了。

但我们确实不懂马啊。

记得那一年在野地,我把干草垛起来,我站在风中,更远的风里一大群马,石头一样静立着,一动不动。它们不看我,马头朝南,齐望着我看不到的一个远处。根本没在意我这个割草人的存在。

我停住手中的活儿,那样长久羡慕地看着它们,身体中突然产生一股前所未有的激情。我想嘶,想奔,想把镰刀扔了,双手落到地上,撒着欢子跑到马群中去,昂起头,看看马眼中的明天和远方。我感到我的喉管里埋着一千匹马的嘶鸣,四肢涌动着一万只马蹄的奔腾。而我,只是低下头,轻轻叹息了一声。

我没养过一匹马,不像村里有些人,自己不养马喜欢偷别人的马骑。晚上乘黑把别人的马拉出来骑上一夜,到远处办完自己的事,天亮前把马原拴回圈里。第二天主人骑马去奔一件急事,马却死活跑不起来。马不把昨晚的事告诉主人。马知道自己能跑多远的路,不论给谁跑,马把一生的路跑完便不跑了。人把马鞭抽得再响也没用了。

马从来就不属于谁。

别以为一匹马在你胯下奔跑了多少年,这马就是你的。在马眼里,你不过是被它驮运的一件东西。或许马早把你当成了自己的一个器官,高高地安置在马背上,替它看路,拉缰绳,有时下来给它喂草、梳毛、修理蹄子。交配时帮它扶扶马锤子。马全靠感觉、凭天性,人在一旁看得着急,忍不住帮马一把。马正好一用劲儿,事成了。人在一旁傻傻地替马笑两声。

其实马压根不需要人。人的最大毛病,是爱以自己的喜好度量他物。人习惯了自己的,便认定马也需要用这样。人只会扫马的兴,多管闲事。

也许,没有骑快马奔一段路,真是件遗憾的事。许多年后,有些东西终于从背后渐渐地追上我。那都是些要命的东西,我年轻时不把它们当回事,也不为自己着急。有一天一回头,发现它们已近在咫尺。这时我才明白了以往年月中那些不停奔跑的马,以及骑马奔跑的人。马并不是被人鞭催着在跑,不是。马在自己奔逃。马一生下来便开始了奔逃。人只是在借助马的速度摆脱人命中的厄运。

而人和马奔逃的方向是否真的一致呢。也许人的逃生之路正是马的奔死之途,也许马生还时人已经死归。

反正,我没骑马奔跑过。我保持着自己的速度。一些年人们一窝蜂朝某个地方飞奔,我远远地落在后面,像是被遗弃。另一些年月人们回过头,朝相反的方向奔跑,我仍旧慢慢悠悠,远远地走在他们前头。我就是这样一个人。我不骑马。

狗这一辈子

一条狗能活到老，真是件不容易的事。太厉害不行，太懦弱不行，不解人意、善解人意了均不行。总之，稍一马虎便会被人剥了皮炖了肉。狗本是看家守院的，更多时候却连自己都看守不住。

活到一把子年纪，狗命便相对安全了，倒不是狗活出了什么经验。尽管一条老狗的见识，肯定会让一个走遍天下的人吃惊。狗却不会像人，年轻时咬出点儿名气，老了便可坐享其成。狗一老，再无人谋它脱毛的皮，更无人敢问津它多病的肉体。这时的狗很像一位历经沧桑的老人，世界已拿它没有办法，只好撒手，交给时间和命。

一条熬出来的狗，熬到拴它的铁链朽了，不挣而断。养它的主人也入暮年，明知这条狗再走不到哪里，就随它去吧。狗摇摇晃晃走出院门，四下里望望，是不是以前的村庄已看不清楚。狗在早年捡到过一根干骨头的沙沟梁转转，在早年恋过一条母狗的乱草滩转转，遇到早年咬过的人，远远避开，一副内疚的样子。其实人早好了伤疤忘了疼。有头脑的人大都不跟狗计较，有句俗话：狗咬了你，你还去咬狗吗？与狗相咬，除了啃一嘴狗毛你又能占到啥便宜。被狗咬过的人，大都把仇记恨在主人身上，而主人又一股脑儿把责任全推到狗身上。一条狗随时都必须准备承受一切。

在乡下，家家门口拴一条狗，目的很明确：把门。人的门被狗把持，仿佛狗的家。来人并非找狗，却先要与狗较量一阵。等到终于见了主人，来时的心境已落了大半，想好的话语也吓忘掉大半。狗的影子始终在眼前窜悠，答问间时闻狗吠，令来人惊魂不定。主人则可从容不迫，坐察其来意。这叫未与人来先与狗往。

有经验的主人听到狗叫，先不忙着出来，开个门缝往外瞧瞧。若是不想见的人，比如来借钱的、讨债的、寻仇的……便装个没听见。狗自然咬得更起劲儿。来人朝院子里喊两声，自愧不如狗的嗓门大，也就不喊了。狠狠踢一脚院门，骂声“狗日的”，走了。

若是非见不可的贵人，主人一趟子跑出来，打开狗，骂一句“瞎了狗眼了”，狗自会没趣地躲开，稍慢一步又会挨棒子。狗挨打挨骂是常有的事，一条狗若因主人错怪便赌气不咬人，睁一眼闭一眼，那它的狗命也就不长了。

一条称职的好狗，不得与其他任何一个外人混熟。在它的狗眼里，除主人之外的任何面孔都必须是陌生的、危险的。更不得与邻居家的狗相往来。需要交配时，两家狗主人自会商量好了，公母牵到一起，主人在一旁监督着。事情完了就完了。万不可藕断丝连，弄出感情，那样狗主人会妒忌。人养了狗，狗就必须把所有爱和忠诚奉献给人，而不应该给另一条狗。

狗这一辈子像梦一样飘忽，没人知道狗是带着什么使命来到人世。

人一睡着，村庄便成了狗的世界，喧嚣一天的人再无话可说。土地和人都乏了。此时狗语大作，狗的声音在夜空飘来荡去，将远远近近的村庄连在一起。那是人之外的另一种声音，飘远、神秘。莽原之上，明月之下，人们熟睡的躯体是听者，土墙和土墙的影子是听者，路是听者。年代久远的狗吠融入空气中，已经成寂静的一部分。

在这众狗狺狺的夜晚，肯定有一条老狗，默不作声。它是黑夜的一部分。它在一个村庄转悠到老，是村庄的一部分。它再无人可咬，因而也是人的一部分。这是条终于可以冥然入睡的狗，在人们久不再去的僻远路途，废弃多年的荒宅旧院，这条狗来回地走动，眼中满是人们多年前的陈事旧影。

第三辑

春天的步调

谁的叫声让一束花香听见

一些沙枣花向着天上的一颗星星开，那些花香我们闻不见。她穿过夜空，又穿过夜空，香气越飘越淡。在一个夜晚，终于开败了。

可能那束花香还在向远空飘，走得并不远，如果喊一声，她会听见。

可是，谁的叫声会让一束花香听见。那又是怎样的一声呼唤，她回过头，然后一切都会被看见——一棵开着黄白碎花的沙枣树，枝干曲扭，却每片叶子都向上长，每朵花都朝天开放。树下的人家，房子矮矮的，七口人，男人在远路上，五岁的孩子也不在家，母亲每天黄昏在院门外喊，那孩子就蹲在不远的沙包上，一声不吭，看着村子一片片变黑，自己家的院子变黑，母亲的喊声变黑。夜里每个窗户和门都关不住，风把它们一一推开。那孩子魂影似的回来，蹲在树杈上，看着空荡荡的房子。人都到哪去了？妈妈！妈妈！那孩子使劲儿喊。却从来没喊出一句。

另外一个早晨，这家的男人又要出远门，马车吆出院子，都快走远了，突然听见背后的喊声。

“呔。”

只一声。他蓦然回头，看见自己家的矮土房子，挨个站在门前沙枣树下的亲人：妻子一脸愁容，五个孩子都没长大，枯枯瘦瘦的，围在母亲身边。那个五岁的孩子站在老远处，一双眼睛空空荡荡地望着路——这就是我的日子。他一下全看见了。

男人满脸泪水地停住。

他是我父亲，那个早晨他没走成，被母亲喊住了。我蹲在远远的土墙上，看见他转身回来，把车上的皮货卸下来，马牵进圈棚。那以后他在家待了三年，或是五年，我记不清。我以后的生活被别人过掉了，我再没看见这个叫父亲的人。也许他给别人当父亲去了。我记住的全是他的背影，那是他青年接近中年的样子，脊背微驼，穿一件蓝布上衣，衣领有点儿破了，晒得发白的后背上，落着尘土和草叶，他不知道自己脊背上的土和草叶，他一直背着它。那时候我想，等我长大长高一些，我会帮他拍打脊背上的土，我会帮他把后脑勺的一撮头发捋顺。我一直没长大。我像个跟屁虫，他走哪儿我跟哪儿，却从没走到前头，看见过他的脸。我想不起他的微笑，不知道他衣服的前襟有几颗纽扣。还有他的眼睛，我只看见他看见过的东西，他望远处时我也望远处，他低头看脚下的虫子时我也看着虫子，他目光抚过的每样东西我都亲切无比。但我从没看见他的眼睛。有一天我和他迎面相遇，我会认不出他，与他相错而去。我只有跟在后面，才会认识他，才是他儿子。他只有走在前面，才是我父亲。

在我更小的时候，他把我抱在胸前，我那时的记忆全是黑暗，如果我出生了，那一刻我会看见。我的记忆到哪儿去了，我怎么一点儿都想不起出生时的情景，我连母乳的味道都忘记了。我不会说话的那几个月、一年，我用什么样的声音说出了我初来人世的惊恐和欢喜。

还有什么没有被看见。

那棵沙枣树又陪我们过了一年。如果树有眼

睛,它一样会看见我们的生活,看见自己的叶子和花在风中飘远。更多的叶子落在树下,被我们扫起。树会看见我们砍它的一个枝干做了锨把。那个断茬慢慢地长成树上的一只眼睛,它天天看见立在墙根的铁锨,看见它的枝做成的锨把,被我们一天天磨光磨细。父亲拿锨出去的早晨它看见了,我一身尘土回来的傍晚它看见了。整个晚上,那个断茬长成的树眼,直直地盯着我们家院子,盯着月亮下的窗户和门。它看见什么了。那个蹲在树杈旁的五岁男孩又看见了什么。

夜夜刮风。风把狗叫声引向北边的戈壁沙漠。雪把牛哞单独包裹起来,一片片洒向东边的田野。雨落在大张的驴嘴里。夜晚的驴叫是下向天空的一场雨,那些闪烁的星星被驴叫声滋润。每一粒星光都是深夜的一声惊叫。我们听不见。我们看见的只是它看我们的遥远目光。

多少年后,我才能说出今天傍晚的一滴雨,它落在额头,冰凉传到内心时我已是一个中年人。当什么突然地击疼我,多少年后,谁发出一声叫喊。那些我永远不会叫出的喊声,星星一样躲得远远的。我被她胆怯地注视。

多少年后，我才碰见今天发生的事情，它们走远又回来。就像一声狗吠游遍世界回到村里，惊动所有的狗，跟自己多年前的回音对咬。

有一种小黑沙枣，专门长着喂鸟。人也喜欢吃。熟透了黑亮黑亮。人看着树上的沙枣做农活儿，沙枣刚黑一点儿小尖时，编耱，收拾磙子。沙枣黑一半时，麦种摊在苇席上晾半天，把拌种的肥料碾碎。沙枣全黑时鸟全聚在树上，人下地，把麦子播撒下去。对鸟来说，沙枣的甘甜比麦粒可口，顾不上到地里刨食麦种。树上的沙枣可以让鸟一直吃到落雪前，那时麦苗已长到一拃高，根早扎深了。鸟想到吃麦粒时已经太晚。

我们在一棵沙枣树下生活多少年，一些花香永远闻不见。几乎所有的沙枣花向天开放，只有个别几朵，面向我们，哀哀怨怨的一息香环家绕院。

那些零碎星光，也一直在茫茫夜空找寻花香。找到了就领她回去。它们微弱的光芒，仅能接走一丝花香，再没力气照在地上。

更多的花香被鸟闻见。鸟被熏得头晕，满天

空乱飞，鸣叫。

还有一些花香被那个五岁的孩子闻见。花落时，他的惊叫划破夜晚。梦中走远的人全回来，睁大双眼。其实什么都看不见，除了自己的梦。

给太阳打个招呼

每个人都在找一件事，跟别人不一样的事。似乎没有两个人在干相同的事。那些年土地肥沃、雨水充足，人只剩下种和收两件事。随便撒些种子就够生活了。没人操心庄稼长不好，地里草长得旺还是苗长得旺，都不是事情。草和粮一同长到秋天，人吃粮，草喂牲口。一个月种，两个月收，九个月闲甩手。

但人不能闲住。除了种地手头上还要有一两件事，这才像个人。要不吃了睡，睡了吃，就跟猪一样了。

"实在没事干，学张望。站在沙梁上，朝远处的路上望望，再朝村子望望，也是件事。"这句话是韩拐子说的。韩拐子自从断了腿，就像一个有功劳的人，啥都不干了。瘸着腿走路，成了他和别人不一样的一件事。就像王五爷靠撒尿在虚土梁留下痕迹。过多少年，韩拐子一个脚印一个拐棍窝的奇特足迹，也会留在虚土中。

当人们知道张望每天一早一晚，站在沙梁上清点他们时，村里已经没几个人。好多人学冯七去跑顺风买卖，在一场风中离开村子。另一场风中，有人带着远处的尘土和落叶回来。更多的人永远在远处，穿过一座又一座别人的村子。跑顺风买卖成了虚土庄人人会干的一件事。谁在村里待得没意思了，都会赶一辆马车，顺风远去。丢在村里的话是跑买卖去了。跑盈跑亏，别人也不知道。在外面白住些日子回来，也没人说。反正这是一件事情。不过要做得像个样，出去时装几麻袋东西，回来时装几麻袋东西。不能空车去空车回，让人一看就知道是个闲锤子，跑空趟子呢。

肯定还有人，在村里干我们不知道的事。就像刘扁，挖一个洞钻到地下不出来。我五岁的早晨，只看见两种东西在离去，一个朝天上，一个朝远处。朝下的路是后来才看见的，村里有人朝地下走了。一些东西也在往地下走，不光是树根，有时翻地，发现几年前扔掉的一截草绳，已经埋到两拃深。而挖菜窖时挖出的一个顶针,不知道谁丢失的,已经走到一丈深的土中。还有我们的说话和喊叫,日复一日的,早已穿过地下的高山和河流。在那些草根和石头下面,日夜响彻着我们无所顾忌的喊叫。

有几年,我认为村里最大的一件事情,就是没人给太阳打招呼。

太阳天天从我们头顶过,一寸一寸移过我们的土墙和树,移过我们的脸和晾晒的麦粒。它落下去的时候,我们应该给它打个招呼。至少村里应该有一个人在日落时,朝它挥挥手,挤挤眼睛,或者喊一声。就是一个熟人走了,也要打个招呼的,况且这么大的太阳,照了全村人,照了全村的庄稼牛羊,它走的时候,竟没人理识它。

也许村里有一个人,天天在日落时,靠着墙根,或趴在自己家朝西的小窗口,向太阳告别,但我不知道。

我五岁时,太阳天天从我家柴垛后面升起。它落下时,落得要远一些,落到西边的苞谷地。我长高以后看见太阳落得更远,落到苞谷地那边的荒野。

我长大后那块地还长苞谷。好像也长过几年麦子,觉得不对劲儿。七月麦子割了,麦茬地空荡荡,太阳落得更远了,落到荒野尽头不知道什么地方。西风直接吹来,听不见苞谷叶子的响声,西风就进村了。刮东风时麦子和草一块在荒野上跑,越跑越远。有一年麦子就跟风跑了,是六月的热风。人们追到七月,抓到手的只有麦秆和空空的麦壳。我当村长那几年,把村子四周种满苞谷,苞谷秆长到一房高,虚土庄藏在苞谷中间,村子的声音被层层叠叠的苞谷叶阻挡,传不到外面。

苞谷一直长到十一月,棒子掰了,苞谷秆不割,在大雪里站一个冬天。到了开春,叶子被牲畜吃光,秆光光的。

另外几年我主要朝天上望,已经不关心日出日落了。天上一阵一阵往过飘东西,头顶的天空好像是一条路。有一阵它往过飘树叶,整个天空被树叶贴住,一百个秋天的树叶,层层叠叠,飘过村子,没有一片落下来。另一阵它往过飘灰,远处什么地方着火了,后来我从跑买卖的人嘴里,没有听到一点儿远处着火的事,仿佛那些灰来自天上。更多时候它往过飘土，尤其在漫长的西风里，满天空的土朝东飘移。那时我就说，我们不能朝西去了，西边的土肯定被风刮光，剩下无边无际的石头滩。

可是没人听我的话。

王五说，风刮走的全是虚土。风后面还有风，刮过我们头顶的只是一场风，更多的风在远处停住，更多的在天边落下。

冯七说，西风刮完东风就来了，风是最大的倒客，满世界倒买卖，跟着西风东风各跑一趟，就什么都清楚了。

韩三说，西风和东风在打仗，你把白沙扔过去，他把黄土扬过来。谁也不服谁。不过，总的来说，西风在得势。

在我看来，西风东风是一场风，就像我们朝东走到奇台再返回来。风到了尽头也回头，回来的是反方向的一场风，它向后转了个身，风尾变风头，我们就不认识了。尤其刺骨的西风刮过去，回来是温暖的东风，我们更认为是两场风了。其实还是同一场风，来回刮过我们头顶。走到最远的人，会看到一场风转身，风在天地间排开的大阵势。在村里我们看不见，一场一场的风，就在虚土庄转身，像人在夜里，翻了个身，面朝西又做了一场梦。风在夜里悄然转身，往东飘的尘土，被一个声音喊住，停下，就地翻个跟头，又脸朝西飘飞了。它回来时飞得更高，曾经过的虚土庄黑黑地躺在荒野。

我还是担心头顶的天空。虽然我知道，天地间来来回回是同一场风。但在风上面，尘土飘不到的地方，有一村庄人的梦。

我仰起脖子看了好几年，把飞过村子的鸟都认熟了。不知那些鸟会不会记住一个仰头望天的人。我一抬眼就能认出，那年飘过村子的一朵云又飘回来了。那些云，只是让天空好看，不会落一滴雨。我们叫闲云。有闲云的天空下面，必然有几个闲人。闲人让地上变得好看，他们慢悠悠走路的样子，坐在土块上想事情的姿势，背着手，眼睛空空地朝远望的样子，都让过往的鸟羡慕。

忙人让地上变得乱糟糟，他们安静不下来，忙乱的脚步把地上的尘土踩起来，满天飞扬。那些尘土落在另外的人身上，也落在闲人身上。好在闲人不忙着拍打身上的尘土，闲人若连身上的尘土都去拍打，那就闲不住了。

这片大地上从来只有两件事情，一些人忙着四处奔波，踩起的尘土落在另一些人身上。另一些人忙着拍打，尘土又飞扬起来。一粒尘土就足够一村庄人忙活一百年。

那时村里人都喜欢围坐在一棵榆树下闲聊。我不一样，白天我坐在一朵云下胡思，晚上蹲在一颗星星下面乱想。

刘二爷说，我们一天的大部分时间，朝西看。因为我们从东边来的，要去西边。我们晚上睡着时，脸朝东，屁股和后脑勺对着西边。

要是没有黑夜，人就一直朝前走了。黑夜让人停下，星星和月亮把人往回领，每天早晨人醒来，看见自己还在老地方。

真的还在老地方吗？我们的房子，一寸寸地迁向另一年。我们已经迁到哪一年了？从我记事起，到忘掉所有事，我不知道村里谁在记我们的年月。我把时间过乱了。肯定有人没乱，他们沿着日月年，有条不紊地生活，我一直没回到那样的年月。我只是在另一种时间里，看见他们。

看见在他们中间,悄无声息的我自己。我不知道那是不是我。我在村庄里的生活,被别人过掉了。我在远处过着谁的生活。那些在尘土上面,更加安静,也更加喧嚣的一村庄人的梦里,我又在做着什么。

守夜人

每个夜晚都有一个醒着的人守着村子。他眼睁睁看着人一个个走光，房子空了，路空了，田里的庄稼空了。人们走到各自的遥远处，仿佛义无反顾，又把一切留在村里。

醒着的人，看见一场一场的梦把人带向远处，他自己坐在房顶，背靠一截渐渐变凉的黑烟囱。每个路口都被月光照亮，每棵树上的叶子都泛着荧荧青光。那样的夜晚，那样的年月，我从老奇台回来。

我没有让守夜人看见。我绕开路，爬过草滩和麦地溜进村子。

守夜人若发现了，会把我原送出村子。认识也没用。他会让我天亮后再进村。夜里多出一个人，他无法向村子交代。也不能去说明白。没有天大的事情,守夜人不能轻易在白天出现。

守夜人在鸡叫三遍后睡着。整个白天,守夜人独自做梦,其他人在田野劳忙。村庄依旧空空的,在守夜人的梦境里太阳照热墙壁。路上的溏土发烫了。他醒来又是一个长夜,忙累的人们全睡着了。地里的庄稼也睡着了。

按说,守夜人要在天亮时,向最早醒来的人交代夜里发生的事。早先还有人查夜,半夜起来撒尿,看看守夜人是否睡着了。后来人懒,想了另外一个办法,白天查。守夜人白天不能醒来干别的。只要白天睡够睡足,晚上就会睡不着。再后来也不让守夜人天亮时汇报了。夜里发生的事,守夜人在夜里自己了结掉。贼来了把贼撵跑,羊丢了把羊找回来。没有天大的事情,守夜人绝不能和其他人见面。

从那时起守夜人独自看守夜晚,开始一个人看守,后来村子越来越大,夜里的事情多起来,守夜人便把村庄的夜晚承包了,一家六口人一同守夜。父亲依旧坐在房顶,背靠一截渐渐变凉的黑烟囱,眼睛盯着每个院子每片庄稼地。四个儿子把守东南西北四个路口。他们的母亲摸黑扫院子，洗锅做饭。一家人从此没在白天醒来过。白天发生了什么他们全然不知。当然，夜里发生了什么村里人也不知道。他们再不用种地，吃粮村里给。双方从不见面。白天村人把粮食送到他家门口，不声不响走开。晚上那家人把粮食拿进屋，开夜伙。

村里规定，不让守夜人晚上点灯。晚上的灯火容易引来夜路上的人。蚊虫也好往灯火周围聚。村庄最好的防护是藏起自己，让人看不见，让星光和月光都照不见。

多少年后，有人发现村庄的夜里走动着许多人，脸惨白，身条细高。多少年来，守夜人在夜里生儿育女，早已不是六口，已是几十口人。他们像老鼠一样昼伏夜出。听说一些走夜路的人，跟守夜人有密切交往。那些人白天睡在荒野，在大太阳下晒自己的梦。他们把梦晒干带上路途。这样的梦像干草一样轻，不拖累人。夜晚的天空满是飞翔的人。村庄的每条路都被人梦见，每个人都被人梦见。夜行人穿越一个又一个月光下的村庄。一般的村子有两条路，一条穿过村子，一条绕过村子。到了夜晚穿过村子的路被拦住，通常是一根木头横在路中。夜行人绕村而行，车马声隐约飘进村子，不会影响人的梦。若有车马穿村而过，村庄的夜晚被彻底改变。瞌睡轻的人被吵醒，许多梦突然中断。其余的梦改变方向。一辆黑暗中穿过村庄的马车，会把大半村子人带上路程，越走越远，天亮前都无法返回，而突然中断的梦中生活会作为黑暗留在记忆中。

如果认识了守夜人，路上的木头会移开，车马能轻易走进村子。守夜人都是最孤独的人，很容易和夜行人交成朋友。车马停在守夜人的院子，他们在星光月影里暗暗对饮，说着我们不知道的黑话。守夜人通过这些车户，知道了这片黑暗大地的东边有哪些村庄，西边有哪条河哪片荒野。车户也从守夜人的嘴里，清楚这个黑暗中的村庄住着多少人，有多少头牲畜，以及那些人家的人和事。他们喜欢谈这些睡着的人。

“看，西墙被月光照亮的那户人家，男人的腿断了，天一阴就腿疼。如果半夜腿疼了，他会咳嗽三声。紧接着村东和村北也传来三声咳嗽，那是冯七和张四的声音。只要这三人同时咳嗽了，天必下雨。他们的咳嗽先雨声传进人的梦。”

那时，守在路口的四个儿子头顶油布，能听见雨打油布的声音，从四个方向传来。不会有多大的雨，雨来前，风先把头顶的天空移走，像换了一个顶棚。没有风，头顶的天空早旧掉了。雨顶多把路上的脚印洗净，把遍野的牛蹄窝盛满水，就住了。牛用自己的深深蹄窝，接雨水喝。野兔和黄羊，也喝牛蹄窝的雨水，人渴了也喝。那是荒野中的碗。

“门前长一棵沙枣树的人家，屋里睡着五个人，女人和她的四个孩子。她的二儿子睡在牛圈棚顶的草垛上。你不用担心他会看见我们，虽然他常常瞪大眼睛望着夜空，他比那些做梦的人离我们还远。他的目光回到村庄的一件东西上，那得多少年时光。这是狗都叫不回来的人，虽然身体在虚土庄，心思早在我们不知道的高远处。他们的父亲跟你一样是车户，此刻不知在穿过哪一座远处村落。”

在他们的谈论中，大地和这一村沉睡的人渐渐呈现在光明中。

还有一些暗中交易，车户每次拿走一些不易被觉察的东西，就像被一场风刮走一样。守夜人不负责风刮走的东西，被时光带走的东西守夜人也不负责追回来。下一夜，或下下一夜，车户捎来一个小女子，像一个小妖精，月光下的模样让睡着的人都心动。她将成为老守夜人的儿媳妇留在虚土庄的长夜里。

夜晚多么热闹。无边漆黑的荒野被一个个梦境照亮。有人不断地梦见这个村庄，而且梦见了太阳。我的每一脚都可能踩醒一个人的梦。夜晚的荒野忽暗忽明。好多梦破灭，好多梦点亮。夜行人借着别人的梦之光穿越大地。而在白天，只有守夜人的梦，像云一样在村庄上头孤悬。白天是另一个人的梦。他梦见了我们的全部生活。梦见播种秋收，梦见我们的一日三餐。我们觉得，照他的梦活下去已经很好了，不想再改变什么了。一个村庄有一个白日梦就够了。地里的活儿要没梦的人去干。可能有些在梦中忙坏的人，白天闲甩着手，斜眼看着他不愿过的现实生活。我知道虚土庄有一半人是这样的。

天倏忽又黑了，地上的事看不见了。今夜我会在梦中过怎样的生活。有多少人在天黑后这样想。

这个夜晚我睡不着了。我睡觉的地方躺着

另一个人，我不认识。他的脸在月光下流淌、荡漾，好像内心中还有一张脸，想浮出来，外面的脸一直压着它，两张脸相互扭。我听说人做梦时，内心的一张脸浮出来，我们不认识做梦的人。

我想把他抱到沙枣树下，把我睡觉的那片炕腾出来，我已经瞌睡得不行，又担心他的梦回来找不到他，把我当成他的身体，那样我就有两场梦。而被我抱到沙枣树下的那个人，因为梦一直没回来，便一直不能醒来，一夜一夜地睡下去，我带着他的梦醒来睡着，我将被两场不一样的梦拖累死。

梦是认地方的。在车上睡着的人，梦会记住车和路。睡梦中被人抱走的孩子，多少年后自己找回来，他不记得父母家人，不记得自己的姓，但他认得自己的梦，那些梦一直在他当年睡着的地方，等着他。

夜里丢了孩子的人，把孩子睡觉的地方原样保留着，枕头不动，被褥不动，炕头的鞋不动。多少多少年后，一个人经过村庄，一眼认出星星一样悬在房顶的梦。他会停住，已经不认识院子，不认识房门，不认识那张炕，但他会直端端走进去，睡在那个枕头上。

我离开的日子,家里来了一个亲戚,一进门倒头就睡。

已经睡了半年了。母亲说。

他用梦话和我们交谈。我们问几句,他答一句。更多时候,我们不问,他自己说,不停地说。开始家里每天留一个人,听他说梦话。他在说老家的事,也说自己路上遇到的事。我们担心有什么重要事他说了,我们都去地里干活儿,没听见。后来我们再没工夫听他的梦话了。他说的事情太多,而且翻来覆去地说,好像他在梦中反复经历那些事情。我们恐怕把一辈子搭上,都听不完他的梦话。

也可能我们睡着时他醒来过,在屋子里走动,找饭吃。坐在炕边,和梦中的我们说话。他问了些什么,模模糊糊的,我们回答了什么,谁都想不起来。

自从我们不关心他的梦话,这个人离我们越来越远。

我们白天出村干活儿,他睡觉。我们睡着时他醒来。

我们发现他自己开了一块地,种上粮食。

大概我们的梦话中说了他啥也不干白吃饭的话，伤他的自尊了。

他在黑暗中耕种的地在哪里，我们一直没找到。

有一阵我父亲发现铁锨磨损得比以前快了。他以为自己在梦中干的活儿太多，把锨刃磨坏。

可是梦里的活儿不磨损农具。这个道理他是孩子时，大人就告诉他了。

肯定有人夜晚偷用了铁锨。

一个晚上我父亲睡觉时把铁锨立在炕头，用一根细绳拴在锨把上，另一头握在手里。

晚上那个人拿锨时，惊动了父亲。

那个人说："舅，借你铁锨打条埂子。光吃你们家粮食，丢人得很。我自己种了两亩麦子。"

我父亲在半梦半醒中松开手。

从那时起，我知道村庄的夜晚生长着另一些粮食，它们单独生长，养活夜晚醒来的人。守夜人的粮食也长在夜里，被月光普照，在星光中吸收水分营养。他们不再要村里供养，村里也养不起他们。除了繁衍成大户人家的守夜人，还有多少人生活在夜晚，没人知道。夜里我们的路空闲，麦场空闲，农具和车空闲。有人用我们闲置的铁锨，在黑暗中挖地。穿我们脱在炕头的鞋，在无人的路上，来回走，留下我们的脚印。拿我们的镰刀割麦子，一车车麦子拉到空闲的场上，铺开，碾轧，扬场，麦粒落地的声音碎碎的，拌在风声里，听不见。

天亮后麦场干干净净，麦子不见，麦草不见，飘远的麦壳不见。只有农具加倍地开始磨损。

那样的夜晚，守夜人坐在自家的房顶，背靠一截渐渐变凉的黑烟囱，他在黑暗中长大的四个儿子，守在村外的路口。有的蹲在一棵草下，有的横躺在路上，我趴在草垛上，和他们一样睁大眼睛。从那时起我的白天不见了，可能被我睡掉了。

守夜人的儿媳魂影似的走在月色中，她的脸像月亮一样，把自己照亮。我在草垛上，看着她走遍村子，不时趴在一户人家窗口，侧耳倾听。她趴在我们家窗口倾听时，我就在她头顶的草垛上，一动不动。她听了有一个时辰，我不知道她听见了什么。

整个夜晚，她的家人都在守夜，她一个人在村子里游逛。不知道她的白天是怎样度过，一家人都在沉睡，窗户用黑毡蒙住，天窗用黑毡盖住，门缝用黑羊毛塞住。半丝光都透不进去，连村庄里的声音都传不进去。

早些时候我和她一样，魂影似的走在月光里，一一推开每户人家的门。那些院门总是在我走到前，被风刮开一个小缝，我侧身进去，踮起脚尖，趴在窗口倾听。有些人家一夜无话，黑黑静静的。有的人家，一屋子梦话。东一声西一声，远一句近一句。那些年，我白天混在大人堆里，夜晚趴在他们的窗口，我耳朵里有村庄的两种声音，我慢慢地辨认它们，在他们中间，我慢慢地辨认出我自己。

当我听遍村子所有人家的声音，魂影似的回来，看见我们家的门大敞着，月光一阵一阵往院子里涌，沙枣树也睡着了，它的影子梦游似的在地上晃动。我不敢走进它的影子里，我侧着身，沿着被月光镶嵌的树影边缘，走到窗户根，静静听我们家的声音，他们说什么。有没有说到我。大哥在梦中喊，他遇到了什么事，只喊了半声，再一点声息没有了。也许他在梦里被人杀死了。母亲一连几个晚上没说话。她是否一直醒着，侧耳听院子里的动静。听风刮开院门，一个小脚步魂影似的进来，一定是她丢失的孩子回来了，她等他敲门，等他在院子里喊。

我睡在他们中间时，我又在说些什么，那时趴在窗口倾听的人又是谁。

我下梯子时睡着了，感觉自己像一张皮，软软地搭在梯子上。以后的事情好像是梦，守夜人的儿媳把我抱下来，放在一块红头巾上。我知道我睡着了，不能睁开眼睛。我恍惚觉得她侧躺在我身旁，一只手支着头，另一只手捧着乳房，像母亲一样，把奶往我嘴里喂。

我把守夜人的儿媳领到白天，和我们一起生活。后来我在路上拾到的那个女人又是谁。以后的事我再记不清，好像是别人的生活，被我遗忘了。

我只记得那些夜晚，村庄稍微有些躁动。四处是脚步声，低低的说话声。守夜人家丢了一个人，他们在夜晚找不见她，从天黑找到天亮前。他们不会找到白天，守夜人不敢在白天睁开眼睛，阳光会把他们刺成瞎子。守夜人自家的人丢了，可以不向村里交代。村里人并不知道夜晚发生了什么。

守夜人的儿子分别朝四个方向去寻找,他们夜晚行走白天睡觉,到达一个又一个黑暗村庄。每个村庄都有守夜人,虽然从不见面,但都相互熟悉。他们像老鼠一样繁殖,已经成一个群体。那些夜行人,把每个村庄守夜人的名姓传遍整个大地。守夜人的四个儿子,朝四个方向寻找的路上,受到沿途村庄守夜人的热情接待。他们接待外来守夜人的最高礼仪,是把客人请到房顶,挨个讲自己村庄的每户人家。

“看,西边房顶码着木头的那家,屋里睡着五个人,一个媳妇和四个孩子。丈夫常年在外。刮西风时能听见那个女人水汪汪的呻吟。她夜夜在梦中跟另一个男人偷情。”

“东边院门半掩的那户人家里,有个瞎子,辨不清天黑天明,经常半夜爬起来,摸着墙和树走遍村子。那些墙和树上有一条被他的手摸光的路。”

在主人一一的讲述中,这一村庄沉睡的人渐渐裸露在月光里。

每个村庄的夜晚都不一样。因为村里的人不一样,发生的事就不一样,做的梦也不一样。

虽然一直生活在夜里,但每个守夜人对这片大地都了如指掌。

还有一个村庄的守夜人,把村里的东西倒腾光,他们用十驾马车,拉着一个村庄的好东西连夜潜逃。一村庄人在后面追。守夜人白天在荒野睡觉,晚上奔跑。村里人晚上睡觉,白天追。所以总追不上。后来村里人白天黑夜地追赶,大地的夜晚被搅乱,一村庄人的脚步和喊叫声把满天空的梦惊醒,他们高举火把,一路点草烧树,守夜人无处藏身,只好沿路扔东西,每晚扔一车,十个晚上后,荒野恢复平静。

我把守夜人的儿媳藏在白天。天一黑就哄她睡着。人睡着后就变成另外一个人,走进另外的年月。就像刘二爷说的,藏在自己梦中的人,谁还能找见。我们顶多能找到一个人做梦的地方。走远的人都说,给我梦的地方,是我终生的故乡。守夜人的梦在白天,大太阳底下。他们的梦比我们的干燥,更轻,飘得更高更远。

守夜人的四个儿子回来时，父亲已经老死在房顶，母亲一个人守着孤零零的村子，那时天上开始落土。人在大地上乱跑，把土踩起来，扬到天上。土又往下落。一些东西放一晚上就不见了，守夜人知道自己再守不住这个村子，一个晚上，他们全家消失。

人们并不知道守夜人消失了，虚土庄没人守夜，夜晚每个路口敞开，人们留下一座没人守的村庄，梦越来越远，因为从梦中回到村庄的路远了，夜晚开始拉长，天一黑人就睡觉，太阳上墙头才醒。喊醒一个人越来越不容易，很早前狗叫一声人就醒了，风吹动窗纸人就会惊醒。现在，嗓子喊哑也不会喊醒一个人。有的人，好像醒了，挤眼睛，翻身，伸腿，那只是半醒，他在努力把断了的梦续上。谁愿意醒来，除非饿得不行了，梦见的饭再不能吃饱人，人醒过来，点火烧饭。人开始看重梦里的东西，白天好像变得不重要。人只希望尽快熬过白天，进入另一个夜晚。地里的活儿没人操心，甚至有人认为梦见的东西才是自己的。以前人们想方设法把梦里的东西转移到白天，现在好像反了，有人想把自己的马带到梦中，把马牵到炕头，一只手牵着缰绳入梦。人在梦中老被人追赶，跑得两腿发软，那时候他的马却不在身边。想把钱带到梦中，把做熟的饭带到梦中，把自己喜欢的人带到梦中。

人们忙于解决梦中遇到的问题，村庄里生活变轻了。

一片叶子下生活

如果我们要求不高，一片叶子下安置一生的日子。花粉佐餐，露水茶饮，左邻一只叫花姑娘的甲壳虫，右邻两只忙忙碌碌的褐黄蚂蚁。这样的秋天，各种粮食的香味弥漫在空气里，粥一样稠浓的西北风，喝一口便饱了肚子。

我会让你喜欢上这样的日子，生生世世跟我过下去。叶子下怀孕，叶子上产子。我让你一次生一百个孩子。他们三两天长大，到另一片叶子下过自己的生活。我们不计划生育，只计划好用多久时间，让田野上到处是我们的子女。他们天生可爱懂事，我们的孩子，只接受阳光和风的教育，在露水和花粉里领受我们的全部旨意。他们向南飞，向北飞，向东飞，都回到家里。

如果我们要求不高，一小洼水边，一块土下，一个浅浅的牛蹄窝里，都能安排好一生的日子。

针尖小的一丝阳光暖热身子，头发细的一丝清风，让我们凉爽半个下午。

我们不要家具，不要床，困了你睡在我身上，我睡在一粒发芽的草籽上，梦中我们被手掌一样的蓓蕾捧起，越举越高，醒来时就到夏天了。扇扇双翅，我要到花花绿绿的田野转一趟。一朵叫紫胭的花上你睡午觉，一朵叫红媚的花儿在头顶撑开凉棚。谁也不惊动你，紫色花粉沾满身子，红色花粉落进梦里。等我转一圈回来，拍拍屁股，宝贝，快起来怀孕生子，东边那片麦茬地里空空荡荡，我们赶紧把子孙繁衍到那里。

如果不嫌轻，我们还可以像两股风一样过日子。春天的早晨你从东边那条山谷吹过来，我从南边那片田野刮过去。我们遇到一起合成一股风。是两股紧紧抱在一起的风。

我们吹开花朵不吹起一粒尘土。

吹开尘土，看见埋没多年的事物，跟新的一样。

当更大更猛的风刮过田野，我们在哗哗的叶子声里藏起了自己，不跟他们刮往远处。

围绕村子，一根杨树枝上的红布条够你吹动一个下午。一把旧镰刀上的斑驳尘锈够我们拂拭一辈子。生活在哪儿停住,哪儿就有锈迹和累累尘土。我们吹不动更重的东西:石磨盘下的天空草地,压在深厚墙基下的金子银子,还有更沉重的这片村庄田野的百年心事。

也许,吹响一片叶子,摇落一粒草籽,吹醒一只眼睛里的晴朗天空——这些才是我们最想做的。

可是,我还是喜欢一片叶子下的安闲日子,叶子上怀孕,叶子下产子。田野上到处是我们可爱的孩子。

如果我们死了,收回快乐忙碌的四肢,一动不动躺在微风里。说好了,谁也不蹬腿,躺多久也不翻身。

不要把我们的死告诉孩子。死亡仅仅是我们的事。孩子们会一代一代地生活下去。

如果我们不死,只有头顶的叶子黄落,身下的叶子也黄落。落叶铺满秋天的道路。下雪前我们搭乘拉禾秆的牛车回到村子。天渐渐冷了。我们不穿冬衣,长一身毛。你长一身红毛,我长一身黑毛。一红一黑站在雪地。太冷了就到老鼠洞穴蚂蚁洞穴避寒几日。

不想过冬天也可以,选一个隐蔽处昏然睡去,一直睡到春暖草绿。睁开眼，我会不会已经不认识你，你会不会被西风刮到河那边的田野里。冬眠前我们最好手握手面对面。紧抱在一起。春天最早的阳光从东边照来，先温暖你的小身子。如果你先醒了，坐起来等我一会儿。太阳照到我的脸上我就醒来，动动身体，睁开眼睛，看见你正一口一口吹我身上的尘土。

又一年春天了。你说。

又一年春天了。我说。

我们在城里的房子是否已被拆除。在城里的车是否已经跑丢了轱辘。城里的朋友，是否全变成老鼠，顺着墙根溜出街市，跑到村庄田野里。

你说，等他们全变成老鼠了，我们再回去。

与虫共眠

我在草中睡着时，我的身体成了众多小虫子的温暖巢穴。那些形态各异的小动物，从我的袖口、领口和裤腿钻进去，在我身上爬来爬去，不时地咬两口，把它们的小肚子灌得红红鼓鼓的。吃饱玩够了，便找一个隐秘处酣然而睡。

我身体上发生的这些事我一点儿也不知道。那天我用铁锨翻了一下午地，又饿又累。本想在地头躺一会儿再往回走，地离村子还有好几里路，我干活儿时忘了留点儿回家的力气。时值夏季，田野上虫声、蛙声、谷物生长的声音交织在一起，像支巨大的催眠曲。我的头一挨地便酣然入睡，天啥时黑的我一点儿不知道，月亮升起又落下我一点儿没有觉察。醒来时已是另一个早晨，我的身边爬满各种颜色的虫子，它们已先我而醒忙它们的事了。这些勤快的小生命，在我身上留下许多又红又痒的小疙瘩,证明它们来过了。我想它们和我一样睡了美美的一觉。有几个小家伙,竟在我的裤子里待舒服了,不愿出来。若不是痒得难受我不会脱了裤子捉它们出来。对这些小虫来说,我的身体是一片多么辽阔的田野,就像我此刻趴在大地的这个角落,大地却不会因瘙痒和难受把我捉起来扔掉。大地是沉睡的,它多么宽容。在大地的怀抱中我比虫子大不了多少。我们知道世上有如此多的虫子,给它们一一起名,分科分类。而虫子知道我们吗?这些小虫知道世上有刘亮程这条大虫吗?有些虫朝生暮死,有些仅有几个月或几天的短暂生命,几乎来不及干什么便匆匆离去。没时间盖房子,创造文化和艺术。没时间为自己和别人去着想。生命简洁到只剩下快乐。我们这些聪明的大生命却在漫长岁月中寻找痛苦和烦恼。一个听烦世道喧嚣的人,躺在田野上听听虫鸣该是多么幸福。大地的音乐会永无休止。而有谁知道这些永恒之音中的每个音符是多么仓促和短暂。

我因为在田野上睡了一觉,被这么多虫子认识。它们好像一下子就喜欢上我,对我的血和肉的味道赞赏不已。有几只虫子,显然乘我熟睡时在我脸上走了几圈，想必也大概认下我的模样了。现在，它们在我身上留了几个看家的，其余的正在这片草滩上奔走相告，呼朋引类，把发现我的消息传播给所有遇到的同类们。我甚至感到成千上万只虫子正从四面八方朝我呼拥而来。我的血液沸腾，仿佛几十年来梦想出名的愿望就要实现了。这些可怜的小虫子，我认识你们中的谁呢，我将怎样与你们一一握手。你们的脊背窄小得签不下我的名字，声音微弱得近乎虚无。我能对你们说些什么呢?

当千万只小虫呼拥而至时，我已回到人世的一个角落，默默无闻做着一件事，没几个人知道我的名字，我也不认识几个人，不知道谁死了谁还活着。一年一年地听着虫鸣，使我感到了小虫子的永恒。而我，正在世上苦渡最后的几十个春秋。面朝黄土，没有叫声。

卖磨刀石的人

房子一年年变矮，半截子陷进虚土。人和牲口把梁上的虚土踩瓷实，房子也把墙下的虚土压瓷实。那些地，一阵子长苞谷，一阵子又长麦子。这阵子它开始长草了，从虚土庄到天边，都是草。草木把大地连起来。

七月，走远的人回来说，东边是大片的铃铛刺，一刮风铃铛的响声铺天盖地，所有种子被摇醒，一次次走上遥远的播种之路。红柳和碱蒿把西边的荒野封死，秋天火红的红柳花和天边的红云相连，又从天空涌卷回来，把村庄的房顶烟囱染红，把做饭的锅染红，晚归的人和牛也是红的。

只有几个孩子的梦飘过北边沙漠。更多人的梦，还在早年老家的土墙根，没走到这里。只有回到老家的路是通的，那条路，被无数的后来者走宽，走通顺。

刘二爷说，我们无法利用一场梦，把村庄搬到别处。即使每人梦见一辆大车，梦见一条畅通无阻的大路，可是，又有谁能把这些车和路梦到一起。梦中谁又会清醒地知道我们的去处。

七月，跑买卖的冯七闻着麦香回来，马脖子上的铃铛声在几里外传进村子。我们对他拉回来的东西没一点兴趣，只喜欢听他说外面的事，他跑的地方最多，走的路最远。那些夜晚，村里一半人围在冯七家院子。有人想打听自己家人在远路上的消息。有人想打问自己的消息。冯七从不带回来同村人的消息，仿佛他们在远处从没有相遇。仿佛每个人都去了不同的地方。

当冯七讲完他经过的所有村庄后，天还没亮，院子黑压压坐着人，有的睡着了，有的半睡半醒。这时就有人问，你每次回来时，看见了一个怎样的虚土庄。你见识了那么多人，回来看见的虚土庄人又是怎样一种人，我们在怎样的生活中过着一生。

冯七说，我从北边回来的那个下午，看见虚土庄子的背后，凌乱的柴垛，破土墙，粪堆，潦草圈棚。看见晚归人落满草叶尘土的脊背，蓬乱的后脑勺。我就想，我们一次次收工回去的是这样一座破烂村庄，一天天的劳忙后我们变成这样一群佝偻背影。

而我从南面回来的早晨，看见的却是另一番情景：整洁的院落，敞亮的门窗，刚洒过水、清扫干净的路。穿着一新准备出门的村人。南面是村庄的门面，向着太阳月亮。我们不欢迎从北边来的人，我们把北边来的人叫贼娃子。北边没有正经路，北边是我们长柴火、放羊、套兔子、打狼的地方。南来的路到了虚土庄，叉开两条腿，朝西朝东走了。

我还没有从天上到达过虚土庄，不知道一只鸟、那群飞旋的鹞鹰看见了一座怎样的村庄。它们呱呱地叫，因为我们的哪件事情。它们在天上议论我们村子，落到地上时说天上的事，叽叽喳喳，说三道四。听懂鸟语的人说，鸟天天在天上骂人，在树枝上骂人，人以为鸟给自己唱歌，高兴得不得了。柳户地村有个懂鸟语的，也会听猪马羊这些牲口的话，他只活了二十七岁，死掉了。说是气死的。所有动物都在骂人，诅咒人。那个听懂牲口话的人就被早早骂死了。

冯七讲述的远处村庄让人们彻底绝望。他把村里人的脑子讲乱了，弄不清到底有多少个村庄。当他讲述一个村庄时，在人们心中就会有三四个相同的村庄，出现在不同的远方。它们星星一样密布在远远近近的地方。

无论我们朝哪个方向走，最终都将融入前方的一个村庄，在那里安家落户，变成外来人，种别人种剩的地，听人家指使。

另一些跑买卖人带来的消息，证实了冯七的说法。这片荒野四周都已住满人，只剩下虚土庄周围的这片荒野。虚土庄人的远方早就消失了，人、牛马羊，都没有更远的去处。以前我们认为连鸟都飞不过去的北沙窝，到处是人走出的路，沙漠那头的人，已经把羊群赶过来，吃我们村边地头的草了。他们挖柴火的车，也已停到我们村边，挖我们地头墙根的梭梭红柳。老早我们砍柴火，砍一些梭梭红柳枝就够烧了。现在近处的梭梭红柳枝被砍光，我们只有挖它们的根。

刘二爷说，那些车户，一开始想找一条路，把整个村子带出去。后来走的地方多了,把别处的好东西一车车运回村子时,觉得没必要再去别处了。况且,他们找到的所有路都只适合一辆马车奔跑,而不适合一个村庄去走。他们到过的所有村庄都只能让一个人居住,而无法让一个村庄落脚。

七月,麦香把走远的人唤回村子。割麦子了。磨镰刀的声音把猪和羊吓坏了。卖磨刀石的人今年没来。大前年七月,那个背石头的人挨家挨户敲门。

卖磨刀石了。

南山的石头。

这个喊声在大前年七月的早晨,把人唤醒。突然地,人们想起该磨刀割麦子了。本来割麦子不算什么事,每年这个时节都割麦子。麦子黄了人就会下地。可是,这个人的喊声让人们觉得,割麦子成了一件事。人被突然唤醒似的,动作起来。

那时节人的瞌睡很轻,大人小孩,都对这片陌生地方不放心。夜晚至少有一半人清醒,一半人半睡半醒。一片树叶落地都会惊醒一个人。守夜人的两个儿子还没出生。另两个,小小的,白天睡觉，晚上孤单地坐在黑暗中，眼睛跟着父亲的眼睛，朝村庄的四个方向，转着看。守夜人在房顶上，抵挡黑暗的风声。风中的每一个声音都不放过。贴地刮来的两片树叶，一起一落，听着就像一个人的脚步，走进村子。风如果在夜里停住，满天空往下落东西。落下最多的是尘土、叶子，也有别的好东西，一块头巾，几团骆驼毛。

后来人的瞌睡一年年加重，就很难有一种声音能喊醒。狗都不怎么叫了。狗知道自己的叫声早在人耳朵里磨出厚茧。鸡只是公鸡叫母鸡。鸡叫声越来越远，梦里的一天亮了，人们穿衣出门。

一块磨刀石五年就磨凹了。再过两年，我才能听到那个背石头人的敲门声。他在路上喊。

卖磨刀石了。

南山的石头。

然后挨家敲门。敲到我们家院门时，我站在门后面，隔着门缝看见他脊背上的石头。他敲两下，停一阵再敲两下。我一声不吭。他转身走到路中间时，我突然举起手，在里面哐哐敲两下门，他回过头，疑惑地看一眼院门，想转身回来，又快步地朝前走了。过一阵我听见后面韩拐子家的门被敲响。

卖石头的人在南山采了石头，背着一路朝北，到达虚土庄再往西，路上风把石头的一面吹光。有时碰见跑顺风买卖的，搭一段路。但是很少。卖石头的人大多走侧风和顶风路，迎着麦香找到荒野中麦地拥围的村庄。

他再回到虚土庄时我已经长大走了。我是提一把镰刀走的，还是扛一把铁锨，或者赶一辆马车走的，我记不清。那时梦里的活儿开始磨损农具，磨刀石加倍地磨损，早就像鞋底一样薄了。一块磨刀石两年就磨坏了。可是卖磨刀石的人，来虚土庄的间隔，却越来越长，七八年来一次。他背着石头在荒野上发现越来越多的村庄，卖石头的路也越走越远，加上他的脚步，一年比一年慢，后来多少年间，听不到他的叫卖声了。

马老得胡子都白了

我出生时爷爷就是一个老头,我没看见他的壮年、青年和少年。我一睁眼他就老掉了。后来,我没长大,他又不见了。我不知道他去了哪里。在他的记忆中我没有青年中年,也没有老年。他没看见我长大。我也没看见。一个早晨人们把他放到车上,他穿着新衣新裤新鞋子,好像睡着了,闭着眼睛。父亲把缰绳搁在他手里,一根青柳条的细绳鞭放在另一只手里,然后马车嘚嘚上路了。

多少年后,我开始记事的时候——也许没有多少年,只是比一个早晨稍长一点的时间,一辆空马车从村子另一边回来,径直走到我们家门口。马老得胡子都白了,车也几乎散架。车厢板上一层沙尘一层树叶,说明马车穿过多少个秋天和春天。

母亲说，这辆马车是陪送你爷爷的，没让它回来。

它是不是把爷爷送到地方，来接我们。我在心里说。

空马车从此停在院子，车架用一个条凳支起。老马拴在棚下，母亲说它快死了，却没死，一直拴在草棚下面。从我记事起就有一匹老马拴在草棚下，不吃草不睡觉。夜里眼睛白白地望着我们家门，望着窗户和烟囱。我从草棚下来，悄悄站在它身后，顺着它的眼睛望去，我们家木门在星光里，暗暗开了，又关住。又开了。一下一下，像多少人进进出出，炕睡满了，地上站满了。我不敢进屋。我睡觉的地方睡满了不认识的人。车空空停在院子，等了多少年，辕木都朽了一根，没一个人上路。

秋天，跑顺风买卖的冯七说，在老奇台看见我爷爷。他穿着新衣新裤新鞋子，坐在一条向南的巷子里，晒太阳。冯七过去跟他说话。老人家说不认识他。怎么可能呢。冯七说了许多虚土庄的事，老人家一个劲儿摇头。

我爷爷可能被一段颠路摇醒,看见自己新衣新裤新鞋子,躺在马车上,就什么都明白了。他把车掉回头,拍了一把马屁股,车便空跑回来。我爷爷回过头,往上百年的往事里走,他经过我出生看见他的那段日子时,我感觉有一个亲人回来,我闻到他的气息,他带来的风声里没有一粒尘土。我没看清他的面容,只感到我在他的目光里,我静静停住,后退几步,想让他看清我。我想他会停留一段日子,我听见他的脚步,在院子里走动,有时走到路上又回来。他一定知道我感觉到了他。他的脚步越来越轻,我越来越安静。什么都听不见时,我站在阳光中,不敢走动,怕碰到他身上。他可能就在沙枣树荫里,在木头上,斜歪着身子。或许站在我身后,胡须垂到我的头顶。

这样的时刻很长,有几个季节,我停住生长。跑买卖的马车时常经过村庄。院门一天到晚敞开。家里剩下我一个人。我爷爷回来的时候,他们都到哪去了?

突然地,有一天我再感觉不到他。院子变得空空的。我知道他走了。

他走进没有我的漫长年月,在那里,他和我从没见过面的奶奶,过着我不知道的日子。多少年后，他回到童年时，我听见他的喊声，我回过头。那时我刚好在童年，我和他一起玩捉迷藏，爬树梢上房顶。我不知道和我玩耍的孩子中有一个是我爷爷。他回来过自己的童年。在那里他和我不分大小。

他往回走的时候，曾经收获过的粮食又一次被他收获，早年的一日三餐，一顿不缺，让他再次吃饱，用掉的力气也全回到身上。

寒风吹彻

雪落在那些年雪落过的地方,我已经不注意它们了。比落雪更重要的事情开始降临到生活中。三十岁的我,似乎对这个冬天的来临漠不关心,却又一直在倾听落雪的声音,期待着又一场雪悄无声息地覆盖村庄田野。

我静坐在屋子里,火炉上烤着几片馍馍,一小碟咸菜放在炉旁的木凳上,屋里光线暗淡。许久以后我还记起我在这样的一个雪天,围抱火炉,吃咸菜啃馍馍想着一些人和事情,想得深远而入神。柴火在炉中啪啪地燃烧着,炉火通红,我的手和脸都烤得发烫了,脊背却依旧凉飕飕的。寒风正从我看不见的一道门缝吹进来。冬天又一次来到村里,来到我的家。我把怕冻的东西一一搬进屋子,糊好窗户,挂上去年冬天的棉门帘,寒风还是进来了。它比我更熟悉墙上的每一道细微裂缝。

就在前一天，我似乎已经预感到大雪来临。我劈好足够烧半个月的柴火，整齐地码在窗台下。把院子扫得干干净净，无意中像在迎接一位久违的贵宾——把生活中的一些事情扫到一边，腾出干净的一片地方来让雪落下。下午我还走出村子，到田野里转了一圈。我没顾上割回来的一地葵花秆，将在大雪中站一个冬天。每年下雪之前，都会发现有一两件顾不上干完的事而被搁一个冬天。冬天，有多少人放下一年的事情，像我一样用自己那只冰手，从头到尾地抚摸自己的一生。

屋子里更暗了，我看不见雪。但我知道雪在落，漫天地落。落在房顶和柴垛上，落在扫干净的院子里，落在远远近近的路上。我要等雪落定了再出去。我再不像以往，每逢第一场雪，都会怀着莫名的兴奋，站在屋檐下观看好一阵，或光着头钻进大雪中，好像有意要让雪知道世上有我这样一个人，却不知道寒冷早已盯住了自己活蹦乱跳的年轻生命。

经过许多个冬天之后，我才渐渐明白自己再躲不过雪，无论我蜷缩在屋子里，还是远在冬天的另一个地方，纷纷扬扬的雪，都会落在我正经历的一段岁月里。当一个人的岁月像荒野一样敞开时，他便再无法照管好自己。

就像现在，我紧围着火炉，努力想烤热自己。我的一根骨头，却露在屋外的寒风中，隐隐作痛。那是我多年前冻坏的一根骨头，我再不能像捡一根牛骨头一样，把它捡回到火炉旁烤热。它永远地冻坏在那段天亮前的雪路上了。

那个冬天我十四岁，赶着牛车去沙漠里拉柴火。那时一村人都靠长在沙漠里的梭梭柴取暖过冬。因为不断砍挖，有柴火的地方越来越远，往往要用一天半夜时间才能拉回一车柴火。每次去拉柴火，都是母亲半夜起来做好饭，装好水和馍馍，然后叫醒我。有时父亲也会起来帮我套好车。我对寒冷的认识是从那些夜晚开始的。

牛车一走出村子，寒冷便从四面八方拥围而来，把我从家里带出的那点儿温暖搜刮得一干二净，浑身上下只剩下寒冷。

那个夜晚并不比其他夜晚更冷。

只是我一个人赶着牛车进沙漠。以往牛车一出村，就会听到远远近近的雪路上其他牛车的走动声，赶车人隐约的吆喝声。只要紧赶一阵路，便会追上一辆或好几辆去拉柴的牛车，一长串，缓行在铅灰色的冬夜里。那种夜晚天再冷也不觉得。因为寒风在吹好几个人,同村的、邻村的、认识和不认识的好几架牛车在这条夜路上抵挡着寒冷。

而这次,一野的寒风吹着我一个人。似乎寒冷把其他一切都收拾掉了。现在全部地对付我。

我掖紧羊皮大衣,一动不动趴在牛车里,不敢大声吆喝牛,免得让更多的寒冷发现我。从那个夜晚我懂得了隐藏温暖——在凛冽的寒风中,身体中那点儿温暖正一步步退守到一个隐秘的连我自己都难以找到的深远处——我把这点儿隐深的温暖节俭地用于此后多年的爱情和生活。我的亲人们说我是个很冷的人,不是的,我把仅有的温暖全给了你们。

许多年后有一股寒风,从我自以为火热温暖的从未被寒冷浸入的内心深处阵阵袭来时,我才发现穿再厚的棉衣也没用了。生命本身有一个冬天,它已经来临。

天亮后,牛车终于到达有柴火的地方。我的一条腿却被冻僵了,失去了感觉。我试探着用另一条腿跳下车,拄着一根柴火棒活动了一阵,又点了一堆火烤了一会儿,勉强可以行走了,腿上的一块骨头却生疼起来,是我从未体验过的一种疼,像一根根针刺在骨头上又狠命往骨髓里钻——这种疼感一直延续到以后所有的冬天以及夏季里阴冷的日子。

太阳落地时,我装着半车柴火回到家里,父亲一见就问我:怎么拉了这点儿柴,不够两天烧的。我没吭声,也没向家里说腿冻坏的事。

我想很快会暖和过来。

那个冬天要是稍短些,家里的火炉要是稍旺些,我要是稍把这条腿当回事,或许我能暖和过来。可是现在不行了。隔着多少个季节,今夜的我,围抱火炉,再也暖不热那个遥远冬天的我,那个在上学路上不慎掉进冰窟窿、浑身是冰往回跑的我,那个跺着冻僵的双脚、捂着耳朵在一扇门外焦急等待的我……我再不能把他们唤回到这个温暖的火炉旁。我准备了许多柴火,是准备给这个冬天的。我才三十岁,肯定能走过冬天。

但在我周围,肯定有个别人不能像我一样度过冬天。他们被留住了。冬天总是一年一年地弄冷一个人,先是一条腿、一块骨头、一副表情、一种心境……尔后整个人生。

我曾在一个寒冷的早晨,把一个浑身结满冰霜的路人让进屋子,给他倒了一杯热茶。那是个上了年纪的人，身上带着许多个冬天的寒冷，当他坐在我的火炉旁时，炉火须臾间变得苍白。我没有问他的名字，在火炉的另一边，我感觉到迎面逼来的一个老人的透骨寒气。

他一句话不说。我想他的话肯定全冻硬了，得过一阵才能化开。

大约坐了半个时辰，他站起来，朝我点了一下头，开门走了。我以为他暖和过来了。

第二天下午，听人说村西边冻死了一个人。我跑过去，看见这个上了年纪的人躺在路边，半边脸埋在雪中。

我第一次看到一个人被冻死。

我不敢相信他已经死了。他的生命中肯定还深藏着一点温暖，只是我们看不见。一个人最后的微弱挣扎我们看不见，呼唤和呻吟我们听不见。

我们认为他死了。彻底地冻僵了。

他的身上怎么能留住一点点温暖呢？靠什么去留住？他的烂了几个洞、棉花露在外面的旧棉衣？底快磨通、一边帮已经脱落的那双鞋？还有，他多少个冬天积累起来的彻骨寒冷？

落在一个人一生中的雪，我们不能全部看见。每个人都在自己的生命中，孤独地过冬。我们帮不了谁。我的一小炉火，对这个贫寒一生的人来说，显然微不足道。他的寒冷太巨大。

我有一个姑妈，住在河那边的村庄里，许多年前的那些个冬天，我们兄弟几个常走过封冻的玛纳斯河去看望她。每次临别前，姑妈总要说一句：天热了让你妈过来喧喧。

姑妈年老多病，她总担心自己过不了冬天。天一冷她便足不出户，偎在一间矮土屋里，抱着火炉，等待春天来临。

一个人老的时候，是那么渴望春天来临。尽管春天来了她没有一片要抽芽的叶子，没有半瓣要开放的花朵。春天只是来到大地上，来到别人的生命中。但她还是渴望春天，她害怕寒冷。

我一直没有忘记姑妈的这句话，也不止一次地把它转告给母亲。母亲只是望望我，又忙着做她的活儿。母亲不是一个人在过冬，她有五六个没长大的孩子，她要拉扯着他们度过冬天，不让一个孩子受冷。她和姑妈一样期盼着春天。

……天热了，母亲会带着我们，蹚过河，到对岸的村子里看望姑妈。姑妈也会走出蜗居一冬的土屋，在院子里晒着暖暖的太阳和我们说说笑笑……多少年过去了，我们一直没有等到这个春天。好像姑妈那句话中的“天”一直没有热。

姑妈死在几年后的一个冬天。我回家过年，记得是大年初四，我陪着母亲沿一条即将解冻的马路往回走。母亲在那段路上告诉我姑妈去世的事。她说：“你姑妈死掉了。”

母亲说得那么平淡，像在说一件跟死亡无关的事情。

“怎么死的？”我似乎问得更平淡。

母亲没有直接回答我。她只是说：“你大哥和你弟弟过去帮助料理了后事。”

此后的好一阵，我们再没说话，只顾静静地走路。快到家门口时，母亲说了句：“天热了。”

我抬头看了看母亲，她的身上散着热气，或许是走路的缘故，不过天气真的转热了。对母亲来说，这个冬天已经过去了。

“天热了过来喧喧。”我又想起姑妈的这句话。这个春天再不属于姑妈了。她熬过了许多个冬天还是被这个冬天留住了。我想起奶奶也是死在多年前的冬天。母亲还活着。我们在世上的亲人会越来越少。我告诉自己，不管天冷天热，我都常过来和母亲坐坐。

母亲拉扯大她的七个儿女。她老了。我们长

高长大的七个儿女，或许能为母亲挡住一丝的寒冷。每当儿女们回到家里，母亲都会特别高兴，家里也顿添热闹的气氛。

但母亲斑白的双鬓分明让我感到她一个人的冬天已经来临，那些雪开始不退、冰霜开始不融化——无论春天来了，还是儿女们的孝心和温暖备至。

随着三十年的人生距离，我感受着母亲独自在冬天的透心寒冷。我无能为力。

雪越下越大。天彻底黑透了。

我围抱着火炉，烤热漫长一生的一个时刻。我知道这一时刻之外，我其余的岁月，我的亲人们的岁月，远在屋外的大雪中，被寒风吹彻。

我改变的事物

我年轻力盛的那些年，常常扛一把铁锨，像个无事的人，在村外的野地上闲转。我不喜欢在路上溜达，那个时候每条路都有一个明确去处，而我是个毫无目的的人，不希望路把我带到我不情愿去的地方。我喜欢一个人在荒野上转悠，看哪不顺眼了，就挖两锨。那片荒野不是谁的，许多草还没有名字，胡乱地长着。我也胡乱地生活着，找不到值得一干的大事。在我年轻力盛的时候，那些很重很累人的活儿都躲得远远的，不跟我交手。等我老了没力气时又一件接一件来到生活中，欺负一个老掉的人。我想，这就是命运。

有时，我会花一晌午工夫，把一个跟我毫无关系的土包铲平，或在一片平地上无故地挖一个大坑。我只是不想让一把好锨在我肩上白白生锈。

一个在岁月中虚度的人，再搭上一把锨、一幢好房子，甚至几头壮牲口，让它们陪你虚晃荡一世，那才叫不道德呢。当然，在我使唤坏好几把铁锨后，也会想到村里老掉的一些人，没见他们干出啥大事便把自己使唤成这副样子，腰也弯了，骨头也散架了。

几年后当我再经过这片荒地，就会发现我劳动过的地上有了些变化，以往长在土包上的杂草下来了，和平地上的草挤在一起，再显不出谁高谁低。而我挖的那个大坑里，深陷着一窝子墨绿。这时我内心的激动别人是无法体会的——我改变了一小片野草的布局和长势。就因为那么几锨，这片荒野的一个部位发生变化了，每个夏天都落到土包上的雨，从此再找不到这个土包。每个冬天也会有一些雪花迟落地一会儿——我挖的这个坑增大了天空和大地间的距离。对于跑过这片荒野的一头驴来说，这点变化算不了什么，它在荒野上随便撒泡尿也会冲出一个不小的坑来。而对于世代生存在这里的一只小虫，这点变化可谓地覆天翻，有些小虫一辈子都走不了几米，在它的领地随便挖走一锨土，它都会永远迷失。

有时我也会钻进谁家的玉米地，蹲上半天再

出来。到了秋天就会有一两株玉米,鹤立鸡群般耸在一片平庸的玉米地中。这是我的业绩,我为这户人家增收了几斤玉米。哪天我去这家借东西,碰巧赶上午饭,我会毫不客气地接过女主人端来的一碗粥和半块玉米饼子。

我是个闲不住的人,却永远不会为某一件事去忙碌。村里人说我是个"闲锤子",他们靠一年年的勤劳改建了家园,添置了农具和衣服。我还是老样子,他们不知道我改变了什么。

一次我经过沙沟梁,见一棵斜长的胡杨树,有碗口那么粗吧,我想它已经歪着身子活了五六年了。我找了根草绳,拴在邻近的一棵榆树上,费了很大劲儿把这棵树拉直。干完这件事我就走了。两年后我回来的时候,一眼看见那棵歪斜的胡杨已经长直了,既挺拔又壮实。拉直它的那棵榆树却变歪了。我改变了两棵树的长势,而现在,谁也改变不了它们了。

我把一棵树上的麻雀赶到另一棵树上,把一条渠里的水引进另一条渠。我相信我的每个行为都不同寻常地充满意义。我是一个平常的人,住在这样一个偏僻小村庄里，注定要无所事事地闲逛一辈子。我得给自己找点儿闲事，有个理由活下去。

我在一头牛屁股上拍了一锨，牛猛蹿几步，落在最后的这头牛一下子到了牛群最前面，碰巧有个买牛的人，这头牛便被选中了。对牛来说，这一锨就是命运。我赶开一头正在交配的黑公羊，让一头急得乱跳的白公羊爬上去，这对我只是个小动作，举手之劳。羊的未来却截然不同了，本该下黑羊羔的那只母羊，因此只能下只白羊羔了。黑公羊肯定会恨我的，我不在乎。恨我的那只羊和感激我的那只羊，都在牧羊人的吆喝里，尘土飞扬地翻过了沙梁。

它们再被吆回来时，已是另一个黄昏了。那时我正站在另一道沙梁上，目送落日呢。没人知道这一天的太阳是我送走的。每天黄昏独自站在沙梁上，向太阳挥手告别的那个人就是我。除了我，谁会做这个事呢。家里来个客人走了，都会有人送到村头。照耀了我们一整天的太阳走了，却没有人送别。他们不干的事就是我的事。我一直看着太阳走远，当它落在地平线上，那红彤彤的半个脸庞依依不舍地看着我时，我知道这个村庄里它只认得我。因为，明天一早，独自站在村东头招手迎接日出的，肯定还是我。

当我五十岁的时候，我会很自豪地目睹因为我而成了现在这个样子的大小事物，在长达一生的时间里，我有意无意地改变了它们，让本来黑的变成白，本来向东的去了西边……而这一切，只有我一个人清楚。

我扔在路旁的那根木头，没有谁知道它挡住了什么。它不规则地横在那里，是一种障碍，一段时光中的堤坝，又像是一截指针，一种命运的暗示。每天都会有一些村民坐在木头上，闲扯一个下午。也有几头牲口拴在木头上，一个晚上去不了别处。因为这根木头，人们坐到了一起，扯着闲话商量着明天、明年的事。因此，第二天就有人扛一架农具上南梁坡了，有人骑一匹快马上胡家海子了……而在这个下午之前，人们都没想好该去干什么。没这根木头生活可能会是另一个样子。坐在一间房子里的板凳上和坐在路边的一根木头上商量出的事肯定是完全不同的两种结果。

多少年后当眼前的一切成为结局，时间改变了我，改变了村里的一切。整个老掉的一代人，坐在黄昏里感叹岁月流逝、沧桑巨变。没人知道有些东西是被我改变的。在时间经过这个小村庄的时候,我帮了时间的忙,让该变的一切都有了变迁。我老的时候,我会说,我是在时光中活老的。

春天的步调

刚发现那只虫子时,我以为它在仰面朝天晒太阳呢。我正好走累了,坐在它旁边休息。其实我也想仰面朝天和它并排躺下来。我把铁锨插在地上。太阳正在头顶。春天刚刚开始,地还大片地裸露着。许多东西没有出来。包括草,只星星点点地探了个头儿,一半还是种子埋藏着。那些小虫子也是一半在漫长冬眠的苏醒中。这就是春天的步骤,几乎所有生命都留了一手。它们不会一下子全涌出来。即使早春的太阳再热烈,它们仍保持着应有的迟缓。因为,倒春寒是常有的。当一场寒流杀死先露头的绿芽,那些迟迟未发芽的草籽、未醒来的小虫子们便幸存下来,成为这片大地的又一次生机。

春天,我喜欢早早地走出村子,雪前脚消融,我后脚踩上冒着热气的荒地。我扛着锨，拿一截绳子。雪消融之后荒野上会露出许多东西：一截干树桩，半边埋入土中的柴火棍……大地像突然被掀掉被子，那些东西来不及躲藏起来。草长高还得些时日。天却一天天变长。我可以走得稍远一些，绕到河湾里那棵歪榆树下，折一截细枝，看看断茬处的水绿便知道它多有生气，又能旺盛地活上一年。每年春天我都会最先来到这棵榆树下，看上几眼。它是我的树。那根直端端指着我们家房顶的横杈上少了两个细枝条，可能入冬后被谁砍去当筐把子了。上个秋天我趴在树上玩时就发现它是根好筐把子，我没舍得砍。再长粗些说不定是根好锨把呢。我想。它却没能长下去。

我无法把一棵树、树上的一根直爽枝条藏起来，让它秘密地为我一个人生长。我只藏埋过一个西瓜，它独独地为我长大、长熟了。

发现那棵西瓜时它已扯了一米来长的秧，根上结了拳头大的一个瓜蛋，梢上还挂着指头大的两个小瓜蛋。我想是去年秋天挖柴的人在这儿吃西瓜吐的籽。正好这儿连根挖掉一棵红柳，土虚虚的，很肥沃，还有根挖走后留下的一个小蓄水坑，西瓜便长了起来。

那时候雨水盈足，荒野上常能看见野生的五谷作物：牛吃进肚子没消化掉又排出的整粒苞米，鸟飞过时一松嘴丢进土里的麦粒、油菜籽，鼠洞遭毁后埋下的稻米、葵花籽……都会在春天发芽生长起来。但都长不了多高又被牲畜、野动物啃掉。

这棵西瓜迟早也会被打柴人或动物发现。他们不会等到瓜蛋子长熟便会生吃了它。谁都知道荒野中的一棵瓜你不会第二次碰见。除非你有闲工夫，在这棵西瓜旁搭个草棚住下来，一直守着它长熟。我倒真想这样去做。我住在野地的草棚中看守过几个月麦垛，也替大人看守过一片西瓜地。在荒野中搭草棚住下，独独地看着一棵西瓜长大这件事，多少年后还在我的脑子想着。我却没做到。我想了另外一个办法：在那个瓜蛋子下面挖了一个坑，让瓜蛋吊进去。用木棍、草叶和土小心地把坑顶封住。把秧上另两个小瓜蛋掐去。秧头打断，不要它再张扬着长。让人一看就知道这是一截啥都没结的西瓜秧，不会对它过多留意。

此后的一个多月里，我又来看过它三次。显然，有人和动物已经来过，瓜秧旁有新脚印。一个圆形的牛蹄印，险些踩在我挖的坑上。有一个人在旁边站了好一阵儿，留下一对深脚印。他可能不太相信自己的眼睛，还蹲下用手拨了拨西瓜叶——这么粗壮的一截瓜秧，怎么会没结西瓜呢？

又过了一些日子，我估摸着那个瓜该熟了。大田里的头茬瓜已经下秧。我夹了条麻袋，一大早悄悄溜出村子。当我双手微颤着扒开盖在坑顶的土、草叶和木棍——我简直惊住了，那么大一个西瓜，满满地挤在土坑里。抱出来发现它几乎是方的。我挖的坑太小，太方正，让它委屈地长成这样。

当我把这个瓜背回家，家里人更是一片惊喜。他们都不敢相信这个怪模怪样的东西是一个西瓜。它咋长成这样了。

出河湾向北三四里，那片低洼的荒野中蹲着另一棵大榆树，向它走去时我怀着一丝的幻想与饶幸：或许今年它能活过来。

这棵树去年春天就没发芽。夏天我赶车路过它时仍没长出一片叶子。我想它活糊涂了，把春天该发芽长叶子这件事忘记了。树老到这个年纪就这样，死一阵子活一阵子。有时我们以为它死彻底了，过两年却又从干裂的躯体上生出几条嫩枝，几片绿叶子。它对生死无所谓了。它已长得足够粗，有足够多的枝杈，尽管被砍得剩下三两个。它再不指点什么。它指向的绿地都已荒芜。在荒野上一棵大树的每个枝杈都指示一条路。有生路有死路。会看树的人能从一棵粗壮枝杈的指向找到水源和有人家的住居地。

这片土地上的东西已经不多了：树、牲畜、野动物、人、草地，少一个我便能觉察出。我知道有些东西不能再少下去。

每年春天，让我早早走出村子的，也许就是那几棵孤零零的大榆树、洼地里的片片绿草，还有划过头顶的一声声鸟叫——鸟儿们从一棵树，飞向远远的另一棵。飞累了，落到地上喘气……如果没有了它们，我会一年四季待在屋子里，四面墙壁，把门和窗户封死。我会不喜欢周围的每一个人。恨我自己。

在这个村庄里，人可以再少几个，再走掉一些。那些树却不能再少了。那些鸟叫与虫鸣再不能没有。

在春天，有许多人和我一样早早地走出村子，有的扛把锨去看看自己的地。尽管地还泥泞。苞谷茬端扎着。秋收时为了进车平掉的一截毛渠、一段埂子，还原样地放着。没什么好看的，却还是要绕着地看一圈子。

有的出去拾一捆柴背回来。还有的人，大概跟我一样没什么事情，只是想在冒着热气的野外走走。整个冬天冰封雪盖，这会儿脚终于踩在松软的土上了。很少有人在这样的天气窝在家里。春天不出门的人，大都在家里生病。病也是一种生命，在春天暖暖的阳光中苏醒。它们很猛地生发时，村里就会死人。这时候，最先走出村子挥锨挖土的人，就不是在翻地播种，而是挖一个坟坑。这样的年成命定亏损。人们还没下种时，已经把一个人埋进土里。

在早春我喜欢迎着太阳走。一大早朝东走出去十几里，下午面向西逛荡回来，肩上仍旧一把锨一截绳子。有时多几根干柴，顶多三两根。我很少捡一大捆柴压在肩上，让自己弓着背从荒野里回来——走得最远的人往往背回来的东西最少。

我只是喜欢让太阳照在我的前身。清早，刚吃过饭，太阳照着鼓鼓的肚子，感觉嚼碎的粮食又在身体里葱葱郁郁地生长。尤其平射的热烈阳光穿过我两腿之间。我尽量把腿叉得开些走路，让更多的阳光照在那里。这时我才体会到"阳光普照”这个词。阳光照在我的头上和肩上，也照在我正慢慢成长的阴囊上。

我注意到牛在春天吃草时喜欢屁股对着太阳。驴和马也这样。狗爱坐着晒太阳。老鼠和猫也爱后腿叉开坐在地上晒太阳。它们和我一样会享受太阳普照在潮湿阴部的亢奋与舒坦劲儿。

我同样能体会到这只常年爬行、腹部晒不到太阳的小甲壳虫，此刻仰面朝天躺在地上的舒服劲儿。一个爬行动物，当它想让自己一向阴潮的腹部也能晒上太阳时，它便有可能直立起来，最终成为智慧动物。仰面朝天是直立动物享乐的特有方式。一般的爬行动物只有死的时候才会仰面朝天。

这样想时突然发现这只甲壳虫朝天蹬腿的动作有些僵滞，像在很痛苦地抽搐。它是否快要死了。我躺在它旁边。它就在我头边上。我侧过身，用一个小木棍拨了它一下，它正过身来，光滑的甲壳上反射着阳光，却很快又一歪身，仰面朝天躺在地上。

我想它是快要死了。不知什么东西伤害了它。这片荒野上一只虫子大概有两种死法：死于奔走的大动物蹄下，或死于天敌之口。还有另一种死法——老死，我不太清楚。在小动物中我只认识老蚊子。其他的小虫子，它们的死太微小，我看不清。当它们在地上走来奔去时，我确实弄不清哪个老了，哪个正年轻。看上去它们是一样的。

老蚊子朝人飞来时往往带着很大的嗡嗡声。飞得也不稳，好像一只翅膀有劲儿，一只没劲儿。往人皮肤上落时腿脚也不轻盈，很容易让人觉察，死于一巴掌之下。

一次，我躺在草垛上想事情，一只老蚊子朝我飞过来，它的嗡嗡声似乎把它吵晕了，绕着我转了几圈才落在手臂上。落下了也不赶紧吸血，仰着头，像在观察动静，又像在大口喘气。它犹豫不定时，已经触动我的一两根汗毛，若在晚上我会立马一巴掌拍在那里。可这次，我懒得拍它。我的手正在远处干一件想象中的美妙事情。我不忍将它抽回来。况且，一只老蚊子，已经不怕死，又何必置它于死地。再说我一挥手也耗血气，何不让它吸一点血赶紧走呢。

它终于站稳当了。它的小吸血管可能有点钝，它往下扎了一下，没扎进去，又抬起头，猛扎了一下。一点细微的疼。是我看见的。我的身体不会把这点细小的疼传到心里。它在我疼感不知觉的范围内吸吮鲜血。那是我可以失去的。我看见它的小肚子一点点红起来,皮肤才有了点痒,我下意识抬起手,做挥赶的动作。它没看见,还在不停地吸,半个小肚子都红了。我想它该走了。我也只能让它吸半肚子血。剩下的到别人身上去吸吧。再贪嘴也不能叮住一个人吃饱。这样太危险。可它不害怕,吸得投入极了。我动了动胳膊,它翅膀扇了一下,站稳身体,丝毫没影响嘴的吮吸。我真恼了,想一巴掌拍死它,又觉得那身体里满是我的血,拍死了可惜。

这会儿它已经吸饱了,小肚子红红鼓鼓的,我看见它拔出小吸管,头晃了晃,好像在我的一根汗毛根上擦了擦它吸管头上的血迹,一蹬腿飞起来。飞了不到两拃高,一头栽下去,掉在地上。

这只贪婪的小东西,它拼命吸血时大概忘了自己是只老蚊子了。它的翅膀已驮不动一肚子血。它栽下去,立马就死了。它仰面朝天,细长的腿动了几下,我以为它在挣扎,想爬起来再飞。却不是。它的腿是风吹动的。

我知道有些看似在动的生命,其实早死亡了。风不住地刮着它们,从一个地方,到另一个地方，再回来。

这只甲壳虫没有马上死去。它挣扎了好一阵子了。我转过头看了会儿远处的荒野、荒野尽头的连片沙漠，又回过头，它还在蹬腿，只是动作越来越无力。它一下一下往空中蹬腿时，我仿佛看见一条天上的路。时光与正午的天空就这样被它朝天的小细腿一点点地西移了一截子。

接着它不动了。我用小棍拨了几下，仍没有反应。

我回过头开始想别的事情。或许我该起来走了。我不会为一只小虫子的死去悲哀。我最小的悲哀大于一只虫子的死亡。就像我最轻的疼痛在一只蚊子的叮咬之外。

我只是耐心地守候过一只小虫子的临终时光，在永无停息的生命喧哗中，我看到因为死了一只小虫而从此沉寂的这片土地。别的虫子在叫。别的鸟在飞。大地一片片明媚复苏时，在一只小虫子的全部感知里，大地暗淡下去。

今生今世的证据

我走的时候,我还不懂得怜惜曾经拥有的事物,我们随便把一堵院墙推倒,砍掉那些树,拆毁圈棚和炉灶,我们想它没用处了。我们搬去的地方会有许多新东西。一切都会再有的,随着日子一天天好转。

我走的时候还不知道向那些熟悉的东西去告别,不知道回过头说一句:草,你要一年年地长下去啊。土墙,你站稳了,千万不能倒啊。房子,你能撑到哪一年就强撑到哪一年,万一你塌了,可千万把破墙圈留下,把朝南的门洞和窗口留下,把墙角的烟道和锅头留下,把破瓦片留下,最好留下一小块泥皮,即使墙皮全脱落光,也在不经意的、风雨冲刷不到的那个墙角上,留下巴掌大的一小块吧,留下泥皮上的烟垢和灰,留下划痕、朽在墙中的木镬和铁钉,这些都是我今生今世的证据啊。

我走的时候，我还不知道曾经的生活有一天，会需要证明。

有一天会再没有人能够相信过去。我也会对以往的一切产生怀疑。那是我曾有过的生活吗？我真看见过地深处的大风？更黑，更猛，朝着相反的方向，刮动万物的骨骸和根须。我真听见过一只大鸟在夜晚的叫声？整个村子静静的，只有那只鸟在叫。我真的沿那条黑寂的村巷仓皇奔逃？背后是紧追不舍的瘸腿男人，他的那条好腿一下一下地捣着地。我真的有过一棵自己的大榆树？真的有一根拴牛的榆木桩？它的横杈直端端指着我们家院门，找到它我便找到了回家的路。还有，我真沐浴过那样恒久明亮的月光？它一夜一夜地已经照透墙、树木和道路，把银白的月辉渗浸到事物的背面。在那时候，那些东西不转身便正面背面都领受到月光，我不回头就看见了以往。

现在，谁还能说出一棵草、一根木头的全部真实。谁会看见一场一场的风吹旧墙、刮破院门，穿过一个人慢慢松开的骨缝，把所有所有的风声留在他的一生中。

这一切，难道不是一场一场的梦？如果没有那些旧房子和路，没有扬起又落下的尘土，没有与我一同长大仍旧活在村里的人、牲畜，没有还在吹刮着的那一场一场的风，谁会证实以往的生活——即使有它们，一个人内心的生存谁又能见证。

我回到曾经是我的现在已成别人的村庄。只几十年工夫，它变成另一个样子。尽管我早知道它会变成这样——许多年前他们往这些墙上抹泥巴、刷白灰时，我便知道这些白灰和泥皮迟早会脱落得一干二净。他们打那些土墙时我便清楚这些墙最终会回到土里——他们挖墙边的土，一截一截往上打墙，还喊着打夯的号子，让远远近近的人都知道这个地方在打墙盖房子了。墙打好后每堵墙边都留下一个坑，墙打得越高坑便越大越深。他们也不填它，顶多在坑里栽几棵树，那些坑便一直在墙边等着，一年又一年，那时我就知道一个土坑漫长等待的是什么。

但我却不知道这一切面目全非、行将消失时，一只早年间日日以清脆嘹亮的鸣叫唤醒人们的大红公鸡、一条老死窝中的黑狗、每个午后都照在（已经消失的）门框上的那一缕夕阳……是否也与一粒土一样归于沉寂。还有，在它们中间悄无声息度过童年、少年、青年时光的我，他的快乐、孤独、无人感知的惊恐与激动……对于今天的生活，它们是否变得毫无意义。

当家园废失，我知道所有回家的脚步都已踏踏实实地迈上了虚无之途。

下一阵风会吹落树上的哪片叶子

“下一阵风会吹落树上的哪片叶子。”

“吹落的叶子会飘到哪个村庄哪片荒野。”

每年七月，从第一茬麦子打下后，贩运粮食、盐、皮货的马车便一辆接一辆到达虚土庄。其实不会很多，每年都是那几辆马车经过，许多年后人们回想起来，似乎许多马车接连不断地经过庄子。马车在村头的大胡杨树下歇脚。马拴在暴露的老树根上，车停在树荫下。树的左边是杨三寡妇的拉面馆。右边是赌徒赵香九的阴阳房，半截露出地面。

赶车人一般都会住些日子。他们都是做顺风买卖的，有人在等一场风停，有人要等一场风刮起来。那些马车车架两边各立一根高木杆，上面扯着麻布，顺风时麻布像帆一样鼓起。遇到大风，车轮和马蹄几乎离地飞驰，日行百里，风停住车马停住。

虚土庄是风的结束地。除了日久天长的西北风，许多风刮到这里便没劲儿了，叹一口气扑倒在村子里。漫天的尘土落下来，浮在地面。顺风跑的车马停住。这片荒野太大了，一场一场的风累死在中途。村子里的冯七爷跑了大半辈子顺风买卖，许多风是他掀起来的，在人们的印象中，他放羊一样放牧着天底下的大风，一场一场的风被他吆到天边又赶回来。

等风的日子车户们坐在树下，终日无事。不会有几个人，更多时候树下只一辆车，两个人——车户和赌徒赵香九。冯七爷的马车这时节在远处，顺风穿过一座又一座别人的村子。虚土庄的世界由赵香九撑着。他的两张赌牌扣在地上，牌的背面画一棵树，正面各写一句话。赵香九翻开第一张牌。纸牌很大。他翻开时仿佛感觉到一场大风正在远处形成，不断向这个村庄，向这棵大树推进。

“风会刮落树上的哪片叶子。”

每片叶子上都押着一头牛或一麻袋麦子的赌

注。车户大多是赌徒，仰脸望着树，把车上的麦子押在一片金黄闪亮的叶子上。

风说来就来，先吹动树梢，再摇动树枝。整棵树的叶子哗哗响。仿佛风在洗牌。车户在无数棵树下歇过脚，仰面朝天，盯着那些树叶睡着又醒来，自然清楚哪些叶子会先落，哪些后落。这样的赌，车户一般会赢。他押注的那片叶子，似乎因为一麻袋麦子的重量而坠落下来。车户轻松赢得第一局。

接着，赵香九翻开第二张牌。往往在第一局见分晓时，骤然大起来的风掀开第二张纸牌。车户看见上面的字：

“刮落的叶子会被风吹向哪个村庄哪片荒野。”

所押的注是十麻袋麦子，外加一辆车三匹马。几乎是车户全部的家当。

车户对这片荒野了如指掌，自以为熟知那些叶子的去向和落脚处。一年四季，车户伴着飘飞的叶子上路。有时他们的车马随着满天的尘土草叶一同到达目的地，叶子落下车停下。有时飘累了的叶子落在一片沙梁，由于荒无人烟，车户还得再赶一段路。第二天，或第三天，那些叶子又被另一场风卷起,追上他们。车户在一场一场的风里,把一个村庄的东西贩运到另一个村庄,赚个差价。十麻袋麦子,从虚土庄贩到柳户地,跑三四天,赚一麻袋多麦子。除掉路上花费,所剩无几。车户从一片轻轻飘起的叶子上,看见他好几年才能挣来的财富。这样的赌谁会错过。一旦赢了,车马租给别人,下半辈子就可以躺下吃喝了。

赵香九同样熟悉这片荒野,他甚至追着好几场风去丈量过它的长度,亲眼看到那些风怎样刮起又平息。对头顶这棵大胡杨树的叶子,他闭着眼都能说出哪片先落。

每年八九月,树最底层的叶子开始黄。那时节没有大风。叶子被鸟踏落,被微风摇落,坠在大树底下。乘凉的人坐在落叶上。赶到树中层的叶子黄落时,漫长的西风开始刮起。这时的风悠长却无力,顶多把树叶刮过村庄,刮到河湾东边的荒滩。等到十月十一月,树梢的叶子黄透,西风也在漫长的吹刮中壮实有力了。树梢的叶子薄而小,风将它吹起来,一直飘过三道河,到达沙漠深处。赵香九真正渴望的是第二局。他往往把第一局让给车户,在骤然大起的西风里,让第二局顺利开始。

“这片叶子会飘到三道河之间的柳户地。”先是车户说一个地方。

两人在落下的那片树叶的阴阳面，各写上自己的名字。无论车户说多远，赵香九都会说一个更远的地方。

叶子被放入风中。

他们骑上各自的马。风越刮越大。旋起的叶子在空中飘浮一阵，像和树依依作别。车户和赵香九也回头望一眼留在树下的车、房子。然后，随一片飘飞的叶子飞奔而去。

如果他们在这场风中没追上那片叶子，后一场风会将它刮得更远。也会遇到相反的一场风，将他们眼看追上的叶子卷上高空，刮过头顶飘回到出发的地方。两人被扔在荒野中，无奈地打马回返。这种情景少极了，往往是叶子远远飘过他们所说的地方。车户根本没想到一片叶子会把他带到难以想象的远方。他原以为顶多贩一趟粮食的天数，他就会追上那片叶子。当他们跑了五天五夜，到达三道河之间的柳户地时，却没找到那片叶子。

他们在柳户地住了一天,找遍两河之间的每一寸土。荒原上的风很少拐弯,叶子不会偏离风向太远。只要他们顺着风向找,叶子会出现在人左右目击的地方。这片荒野少有草木,多少年的风已将它吹刮得干净平坦。一片叶子很容易被看见。他们还问了几个当地人,有没有看见一片写了字的叶子飘下来。

柳户地是一个季节性的小集市。麦收后交易麦子,瓜熟时卖瓜,地里没东西时,它也成为一片无人的空地。那里的人这阵子整天忙着看秤砣秤星,谁会有空朝天上望呢。不过,一个白胡子老汉说,昨天傍晚他过最后一秤苞谷时,突然秤杆动了一下,一看,一片胡杨叶子落在麻袋上。不过上面没写字。他又抬头看天,一片叶子正飘过去,满天空红红的,那片叶子也染成红色。他觉得好看,就多望了一阵。那时地上的风停了,可能高空的风还没停,因为云还在移动。他告诉车户和赵香九,现在正刮的这场风是昨天后半夜兴起的。你们在路上可能不知道,那场你们追赶的风在这地方歇息半夜又启程了,它变成另一场风。风向也偏北了一点,不过那片叶子,有没有字他没看清。他一直看着它飘进一片红云。

“那它肯定落到沙漠边了。”赵香九说。

车户却不以为然。他相信那片叶子会飘过河东边的沙漠边，一直飘进茫茫沙漠。

事实也是这样。那片叶子既没落在车户押注的柳户地，也没落在赵香九押注的沙漠边。两人都没赢，也都没输。

接下来的选择是，他们要么空手回去，另选一片叶子再赌。要么接着赌这片叶子。

两人自然选择了后者。

因为他们对前方的地域一无所知，根本无法知道那片叶子会飘到哪里。赌注只有押在叶子落地的阴阳面上。车户认为叶子落地时会跟它在树上时一样，阴面朝下。而赵香九则认为叶子一直阴面朝下生长，它会借着坠落、借着一场风改变一下自己。

赌注会在奔走的路上越押越大。随着路途的艰辛和归程的遥遥无期，两人都觉得最初的赌注不足以让他们付出如此巨大的代价，便不断再往上押钱、地、女人、房子。每当他们走得晕头转向，快要失去信心时，便会停下来，再次增加筹码。开始押自己已有的财产，后来押自己后半生可能会有的财产。到后来实在无物可押时,两人都押上了各自的命。

“如果我输了,下半生带着所有的家产和老婆孩子,给你当牛做马。”赵香九说。

“如果我输了,也跟你说的一样。”车户说。

他们追赶到沙漠中一片小平原时,几乎就要追上那片叶子了。呼啸的秋风却带来了入冬的第一场雪。所有的树叶被埋住。两个人站在白茫茫的雪野中,前后不着村店。天气猛然变得寒冷。幸好马背上的粮食还充裕。两人商定,在平原上挖一个地窝子住下,等冬天过去,明春雪消融了再继续找。反正那片叶子再不会飞走,肯定就在这片平原上。雪消融后叶子会潮湿,不易被风吹起。他们有可能在那时候找到它。

当然,意外的情况也时时存在。一片飘落的叶子,有可能让冬天拱雪觅食的动物吃掉,让鸟衔去做了窝,让老鼠拖进洞穴当了被褥。也可能被一场秋雨洗净上面的字,跟万万千千落叶没有区别。

反正,他们追得越远,那片叶子越容易被追丢。它不在天上,也不在地上。满天地都飘落着各种草木的叶子,他们最后的结局往往是,在不断转向的风中迷失方向,空手而归。

大胡杨树后面有一片地窝子,住着好几个老掉的外乡人。他们都是追一片叶子追老的,早忘了自己要去哪,什么事在远方等着自己。记起来也没用了,人已经老掉了,再挪不动半步。当年的车马粮食输得一干二净。有些是真输了,多数人是在追赶一片叶子的路途中耗尽积蓄,最后只剩下一大把年纪。

他们依旧在第一片叶子黄落时,聚集在树下赌博。

"下一阵风会吹落树上的哪片叶子。"

直到最后一片叶子被风吹落,他们依旧坐在光光的树下。

"吹落的叶子会飘到哪个村庄哪片荒野。"

他们几乎赌完每一片叶子的去向,他们都追赶一片飘落的叶子走遍了整个大地,知道大风刮过的那些河流、村庄和荒野的名字。用不着挪动脚步,叶子会飘向哪里他们都能说得清清楚楚。

在他们无休的争吵里,叶子飘过荒野或坠

落村庄。叶子几乎到达他们能想象到的所有地方。然后,是他们想象不到的无边大地,叶子在那里悬浮,犹豫。往往在他们想象的尽头,季节轮转,相反的一场风刮过来,那些叶子踏上回返之途。

对一朵花微笑

我一回头，身后的草全开花了。一大片，像谁说了一个笑话，把一摊草惹笑了。

我正躺在土坡上想事情。是否我想的事情——一个人头脑中的奇怪想法让草觉得好笑，在微风中笑得前仰后合。有的哈哈大笑，有的半掩芳唇，忍俊不禁。靠近我身边的两朵，一朵面朝我，张开薄薄的粉红花瓣，似有吟吟笑声入耳。另一朵则扭头掩面，仍不能遮住笑颜。我禁不住也笑了起来，先是微笑，继而哈哈大笑。

这是我第一次在荒野中，一个人笑出声来。

还有一次，我在麦地南边的一片绿草中睡了一觉。我太喜欢这片绿草了，墨绿墨绿，和周围的枯黄野地形成鲜明对比。

我想大概是一个月前，浇灌麦地的人没看好

水,或许他把水放进麦田后睡觉去了。水漫过田埂,顺这条干沟漫流而下。枯萎多年的荒草终于等来一次生机。那种绿,是积攒了多少年的,一如我目光中的饥渴。我虽不能像一头牛一样扑过去,猛吃一顿,但我可以在绿草中睡一觉。和我喜爱的东西一起睡一觉,做一个梦,也是满足。

一个在枯黄田野上劳忙半世的人,终于等来草木青青的一年。一小片。草木会不会等到我出人头地的一天。

这些简单地长几片叶,伸几条枝,开几瓣小花的草木,从没长高长大,没有茂盛过的草木,每年每年,从我少有笑容的脸和无精打采的行走中,看到的是否全是不景气。

我活得太严肃,呆板的脸似乎对生存已经麻木,忘了对一朵花微笑,为一片新叶欢欣和激动。这不容易开一次的花朵,难得长出的一片叶子,在荒野中,我的微笑可能是对一个卑小生命的欢迎和鼓励。就像青青芳草让我看到一生中那些还未到来的美好前景。

以后我觉得,我成了荒野中的一个。真正进入一片荒野其实不容易,荒野旷敞着,这个巨大的门让你在努力进入时不经意已经走出来，成为外面人。它的细部永远对你紧闭着。

走进一株草、一滴水、一粒小虫的路可能更远。弄懂一棵草，并不仅限于把草喂到嘴里嚼几下，尝尝味道。挖一个坑，把自己栽进去，浇点儿水，直愣愣站上半天，感觉到的可能只是腿酸脚麻和腰疼，并不能断定草木长在土里也是这般情景。人没有草木那样深的根，无法知道土深处的事情。人埋在自己的事情里，埋得暗无天日。人把一件件事情干完，干好，人就渐渐出来了。

我从草木身上得到的只是一些人的道理，并不是草木的道理。我自以为弄懂了它们，其实我弄懂了自己。我不懂它们。

月光也追过来

夜晚我穿过村子，走进那排矮土屋中的一间，我关好门，静静蹲着。那排旧房子一直没有拆掉，那时我有一间自己的小房子，我夜夜回到那里，孤单、害怕。门薄薄的，风一吹就能破。窗户在高高的后墙上，总是半开着，我够不着。我打开锁，锁孔有点儿锈了，老半天打不开，一阵一阵的风从后面追来，我不敢往后看。门终于打开了，我又不敢一下进去，开一个小缝，朝里望，黑黑的。有人吗？我在心里说。

一坨月光落在地上，我一侧身进去，赶紧关门，用一根木棍牢牢顶住，再用一根木棍顶在下面，这时我听见风涌到门口，月光也追过来，透进门缝的月光都会吓我一跳。我恐惧地坐在里面，穿过村子的那条路晾在月色里，我能看清路的拐角，一棵歪柳树的影子趴在地上。刚才，我匆忙走过时，没敢往那边看，我觉得它像一个东西，在地上蠕动，有时它爬到路中间，我远远绕过去，仿佛它会吃掉我。过了那个拐角是一个长着矮芦苇的坑，路弯弯地向里倾斜，我也不敢向坑里看，那些芦苇花一摇一摇，招魂似的，风一大就朝路上扑，我总感觉后面有东西追过来，是一阵风还是一缕月光，还是别的什么，我不敢往后看，我偷偷摸摸地，好像穿过村子时被谁看见了，我甚至害怕被房子和树看见。门薄薄的，天窗永远敞着，不管我来还是不来，那坨月光都在地上汪着，我坐久了，它会慢慢移过来，照在我的腿上、脸上。我不敢让它照，就坐在它移过的地方，然后看见它越移越远，我抬起头，从天窗望出去，满世界的月光。月亮不见了。

而我们的新房子，在村子西边，比旧房子还要破旧了。

但我不害怕刮风。风越大我睡得越安静。仿佛我在满天地的风声中藏掖好自己。那时我可以翻身，大声喘气咳嗽，我的声音隐藏在树叶和草垛的声响中。

我记得我在村庄的夜晚行走的模样，我小小

的，拖着一条大人的影子，我趴在别人的窗口倾听，有时趴在自家的窗口倾听，家里没有一丝声音，他们都到哪去了？别人家也没人。院门朝里顶住，门窗关着，梯子趴在墙上，我静悄悄爬上房，看见一个大人的影子也在爬墙，他在我下面，我上去时他已经在房顶，好像他早就在房顶等我了。

夏天的夜晚天窗口敞开，白白的一坨月光落在屋里，有时在地上，照见一只鞋，另一只被谁穿走，有时照见两只，一大一小，仿佛所有人穿着一只鞋走在梦中，另一只留在炕头，等人回来。月光移过炕头时，照见一张脸，那么陌生，像谁的父亲和兄弟。

树上的孩子

我天天站在大榆树下，仰头看那个趴在树上的孩子。我不知道他的名字。也许没有名字。他的家人“呔、呔”地朝树上喊。那孩子听见喊声，就越往高爬，把树梢的鸟都吓飞了。

村里孩子都爱往高处爬。一群一群的孩子，好像突然出现在村子，都没顾上起名字。房顶、草垛、树梢，到处站着小孩子，一个离一个远远的。大人们在下面喊：

“呔，下来。快下来。”

“下来给你糖吃。”

“看，老鹰飞来了，把你叼走。”

“再不下来追上去打了。”

好多孩子下来了。那个年龄一过，村庄的高处空荡了，草垛、房顶上除了鸟、风刮上去的树叶，和偶尔一个爬梯子上房掏烟囱的大人，再没什么了。许多人的头低垂下来。地上的事情多起来。那些早年看得清清楚楚的远山和地平线，都又变得模糊。

只有那个树上的孩子没下来，一直没下来。他的家人把各种办法用尽了。父亲上去追，他就往更高的树梢爬。父亲怕他摔下来，便不敢再追。他用枝叶在树上搭了窝，母亲把被褥递上去，每天的饭菜用一个小筐吊上去。筐是那孩子在树上编的。那棵榆树长得怪怪的，一根磨盘粗的独干，上去一房高，两个巨杈像一双手臂向东斜伸过去。那孩子趴在北边的树杈，南边的杈上落着一群黑鸟，"啊""啊"地叫，七八个鸟巢筑在树梢。

我不知道那孩子在树上看见了什么。他好像害怕下到地上。

村里突然出现许多孩子，有的比我大，有的比我小，不知道从哪来的。多少年后他们长成张三、韩四，或刘榆木，我仍然不能一一辨认出来。我相信那些孩子没有长大，他们留在童年了。长大的是大人们自己，跟那些孩子没有关系。不管过去多少年，只要有人回去，都会看见孩子们还在那里，玩着多少年前的游戏，爬高上低，村庄的房顶、草垛、树梢，到处都是孩子。

“上来。快上来。”

只要你回去，就会有一个孩子在高处喊你。

只有那个树上的孩子被我记住了。有一天他上到一棵大榆树上，就再不下来。他的家人天天朝树上喊。我站在树下，看他看地上时惊恐的目光。地上究竟有什么，让他这样害怕。

一定有什么东西被他看见了。

我记不清他在树上待了多久，有半个夏天吧。一个早晨，那个孩子不见了，搭在树梢的窝还在，每天吊饭的小筐还悬在半空，人却没有了。有人说那孩子飞走了，人一离开地就会像鸟一样长出翅膀。也有人说让老鹰叼走了。

多少年后我回想那个孩子，觉得那就是我。我五岁时，看见他趴在树上，十一二岁的样子。他一脸惊恐地看着地上，看着时而空荡、时而人影纷乱的村庄。我站在树下盯着他看，他也盯着我，我觉得那个树上的目光是我的。我十一二岁时在干什么呢。我好像一直没走到那个年龄。我的生命在五岁时停住了，剩下的全是被别人过掉的生活。多少年后我回来过我的童年，那棵榆树还在，树上那孩子搭的窝还在。他一脸惊恐地目睹的村子还在。那时我仍不知道他惧怕地上的什么东西。我活在自己看不见的恐惧中。那恐惧是什么，他没告诉我。也许他一脸的恐惧已经把什么都告诉我了。

我五岁时看见自己，像一群惊散的鸟，一只只鸣叫着飞向远处，其中有一只落到树上。我的生命在那一刻，永远地散开了。像一朵花的惊恐开放。

一朵花向整个大地开放自己

我记住临近秋天的黄昏，天空逐渐透明，一春一夏的风把空气中的尘埃吹得干干净净。早黄的叶子开始往远处飘了。我的母亲，在每年的这个时节站在房顶，做着一件我们都不知道的事。

她把油菜种子绑在蒲公英种子上，一路顺风飘去。把榆钱的壳打开，换上饱满麦粒。她用这种方式向远处播撒粮食，骗过鸟、牲畜，在漫长的西风里，鸟朝南飞，承载麦粒、油菜种子的榆钱和蒲公英向东飘，在空中它们迎面相遇。鸟的右眼微眯，满目是迅疾飘近的东西，左眼圆睁，左眼里的一切都在远去。

我很早的时候，看见母亲等候外出的父亲。每个黄昏她做好晚饭等，铺好被褥等。我们睡着后她望着黑黑的屋顶等。我不知道远去的人中哪个是我的父亲。我不认识他。偶尔的一个夜晚他赶车回来,或许是经过这个有他的家和孩子的村庄。在我迷迷糊糊的梦中,听见马车吆进院子,听见他和母亲低声说话。他卸下几袋粮食装上几张皮子,换上母亲纳的新鞋,把他穿破的一双鞋脱在炕头。在我们来不及醒来的早晨,他的马车又赶出村子上路了。出门前他一定挨个地抚摸我们的头,从土炕的这边到那边,他的五个孩子,没有一个在那时候醒来,看他一眼,叫声爹。他走后的一年里,这个土炕上又会多一个孩子。每次经过村庄他都会让母亲再一次怀孕,从他离开的那一夜起,母亲的身体会一天天变重。她哪都去不了。我的母亲,只有在每年的五月,榆钱熟落时,成筐地收拾榆树种子。她早早把榆树下的地铲平,扫干净,等榆钱落了厚厚一层,便带我们来到树下。那时东风已刮得起劲儿了。我们在沙沙的飘落声里,把满地的榆钱扫成堆,一筐筐提回家。到了六月,早熟的蒲公英开始朝远处飘了。我的母亲,赶在它们飘飞前,把那些带小白伞的种子装进布袋,她用它给儿女们做枕头,让她的孩子夜夜梦见自己在天上飞,然后,她在早晨问他们看见了什么。

许多事情他们不知道。母亲，我看你站在高高的房顶，手一扬一扬，仿佛做着一件天上的事。风吹种子。许多事情没有弄清。一棵蒲公英只知道它的种子随风飘起，却不知道每一颗都落向哪里。第二年春天，或夏天，有没有它们落地扎根的消息随风传来。就像我们的亲人，在千里外的甘肃老家，收到我们在虚土庄安家的消息。

那些信上说，我们已经在一道虚土梁上住下来，让他们赶紧来，我们在梁上等他们。虚土梁是一个显眼的高处，几十里外就能看见我们盖在梁上的房子，望见我们一早一晚的炊烟。

信里还说，我们在梁上顶多等五年。顶多五年，我们就搬到一个更好的地方。

他们说等五年的时候，只想到五年内故乡的亲人有可能到齐，地里的余粮够重新上路，房后的榆树长到可以做辕木。

可是，栽在屋前的桃树也会长大，第三年就开花结果。那些花和果会留人。今年的桃子吃完了，明年后年的鲜桃还会等他们。等待人们的不仅仅是远处的好地方，还有触手可及的身边事物。

一年年整平顺的地会留人，走熟的路会留人，破墙头会留人。即使是等来的老家亲人,走到这里也早筋疲力尽,就像当初人们到来时一样,没有往前走的一丝力气。

不过,等到真正动身了,人就已经铁了心,什么东西都留不住了。铃铛刺撕扯衣襟也没用,门槛绊脚也没用,泪水遮眼也没用。

关键是人没动身之前,下午照在西墙的一缕阳光,就把人牢牢留住。长在屋旁一棵小草的浅浅清香,就把人永远留住。

蒲公英从六月开始播撒种子。那时早熟的种子随东风飘向西边的广阔戈壁。到了七月南风起时,次熟的种子被刮到沙漠边的灌木丛,或更远的沙漠腹地。八九月,西风骤起,大量熟落的种子飘向东边的干旱荒野。十月,北风把最后的蒲公英刮向南山。南山是蒲公英最理想的栖生地。吹到北沙漠的种子,也会在漫长的漂泊中被另一场风刮回来,落在水草丰美的南山坡地。

一年四季,一棵生长在虚土梁上的蒲公英,朝四个方向盛开自己。它巨大的开放被谁看见了。在一朵蒲公英的盛开里,我们生活多年。那朵开过头顶的花,覆盖了整个村庄荒野。那些走得最远的人,远远地落在一朵飘飞的蒲公英后面。它不住地回头,看见他们。看见和自己生存在同一片土梁的那些人,和自己一样,被一场一场的风吹远,又永远地跑不快跑不远。它为他们叹息,又无法自顾。

一粒种子在飘飞的路途中渐渐有了意识,知道自己要往哪去,在哪扎根。一粒种子在昏天暗地的大风中睁开眼睛,看见迅疾向后飘移的荒漠大地,看见匍匐的草、疯狂摇晃的树木,看见河流、深陷荒野的细细流水和向深扩展的莽莽两岸,看见一片土坡上艰难活命的自己、一根歪斜的枝、几片皱巴巴的叶子。看见秋天从头顶经过,风声枯涩,带走夏天时就已坠地的几片黄叶——这就是我的命啊。一粒种子在落地的瞬间永远地闭上眼睛。从此它再看不见自己。不知道自己是否发芽,是否长出叶子,是否未落稳又被另一场风刮走。它的生长,只是一场不让自己看见的黑暗的梦。

这就是一棵草。

它或许永远不知道自己怎样活着。它的叶子

被一只羊看见，被飘过头顶的一粒自己的种子看见。

就在人们待在村里，梦想着怎样远走的那些年，一群鸟一次次飞到南方又回来。一窝蚂蚁，排起长队，拖家带口迁徙到戈壁那边的胡杨绿地。连爬得最慢的甲壳虫，也穿过荒滩去了趟沙漠边。每一朵花都向整个大地开放了自己。

天空的大坡

一只一只的鹞鹰到达村子。

它们从天边飞来时，地上缓缓掠过翅膀的影子。在田野放牧做活儿的人，看见一个个黑影在地上移动，狗狂吠着追咬。有一些年，人很少往天上看，地上的活儿把人忙晕了。

等到人有工夫注意天上时，不断到来的翅膀已经遮住阳光。树上、墙上、烟囱上，鹰一只挨一只站着，眼睛盯着每户人家的房子，盯着每个人。

人有些慌了。村庄从来没接待过这么多鹞鹰，树枝都不够用了。鹰在每个墙头每根树枝上留下爪印。

鹰飞走后那些压弯的树枝弹起来，翅膀一样朝天空扇动。树嘎巴巴响。

树仿佛从那一刻起开始朝天上飞翔。它的根，朝黑黑的大地深处飞翔。

人只看见树叶一年年地飞走。一年又一年，叶子到达远方。鹰可能是人没见过的一棵远方大树上的叶子。展开翅膀的树回来。永远回来。没飘走的叶子在树荫下的黑土中越落越深，到达自己的根。

鹰从高远天空往下飞时，人看见了天空的大坡。

原来我们住在一座天空的大坡下。那些从高空滑落的翅膀留下一条路。

鹰到达村子时，贴着人头顶飞过。鹰落在自己柔软的影子上。鹰爪从不沾地。鹰在天上飞翔时，影子一直在地上替它找落脚处。

刘二爷说，人在地上行走时，有一个影子也在高远天空的深处移动。在那里，我们的影子看见的，是一具茫茫虚土中飘浮的劳忙身体。它一直在那里替他寻找归宿。我们被尘土中的事物拖累的头，很少能仰起来，看见它。

我们在一座天空的大坡下，停住。盖房子，生儿育女。

我们的羊永远啃不到那个坡上的青草。在被它踩虚又踏实的土里，羊看见草根深处的自己。

我们的粮食在地尽头，朝天汹涌而去。

那些粮食的影子，在天空中一茬茬地被我们的影子收割。

我们的魂最终飞到天上自己的光影中。在那里，一切早已安置停当。

鹰飞过村庄后，没有留下一片羽毛，连一点鸟粪都没留下。仿佛一个梦。人们望着空荡荡的村庄，似乎飞走的不是鹰而是自己。

从那时起村里人开始注意天空。地上的事变得不太重要了。一群远去的鹞鹰把翅膀的影子留在了人的眼睛里。留下一座天空的大坡，渐渐地，我们能看见那座坡上的粮食和花朵。

刘二爷说，可能鹰在漫长的梦游中看见了我们的村庄。看见可以落脚的树枝和墙。看见人在尘土中扑打四肢的模样，跟它们折断了翅膀一样。

他们啥时候才能飞走啊。鹰着急地想。

可能像人老梦见自己在天上飞，鹰梦见的或许总是奔跑在地上的自己，笨拙、无力，带钩的双爪沾满泥，羽毛落满草叶尘土。

这说明，我们的村庄不仅在虚土梁上，还在一群鹞鹰的梦中。

每个村庄都由它本身和上下两个村庄组成。上面的村庄在人和经过它的一群鸟的梦中。人最终带走的是一座梦中的村庄。

下面的村庄在土中,村庄没被埋葬前地下的村庄就存在了。它像一个影子在深土中静候。我们在另一些梦中看见村庄在土中的景象:一间连一间,没有尽头的房子。黑暗洞穴。它在地下的日子,远长于在地上的日子。它在天上的时光,将取决于人的梦和愿望。

到村庄真正被埋葬后,天上的村庄落到地上,梦降落到地上。那时地上的一棵草半片瓦都会让我们无限念想。

我看见这个地方的生命分了三层。上层是鸟,中层是人和牲畜,下层是蚂蚁老鼠。三个层面的生命在有月光的夜晚汇聚到中层:鸟落地,老鼠出洞,牲畜和人卧躺在地。这时在最上一层的天空飞翔的是人的梦。人在梦中飘飞到最上层,死后葬入最下一层,墓穴和蚂蚁老鼠的洞穴为邻。鸟死后坠落中层。蚂蚁和老鼠死后被同类拖拉出洞,在太阳下晒干,随风卷刮到上层的天空。在老鼠的梦中整个世界是一个大老鼠洞,牲畜和人,全是给它耕种粮食的长工。在鸟的梦中最下一层的大地是一片可以飞进去自由翱翔的无垠天空。鸟在梦中一直地往下落，穿过密密麻麻的树根，穿过纵横交错的地下河流，穿过黑云般的煤层和红云般的岩石。永远没有尽头。

天亮了又亮了

你父亲早就不在了。你还不懂事的时候他就不在了。

你记不清他的样子了,是不是?

我们帮你记着呢。

当时你没长大,不要紧,我们长大了,村里有大人呢。

我们不会让你吃亏、做傻事。

不管什么时候,村庄总会有几个脑袋是生的,几个是傻的,几个半生不熟,但总会有几个熟透了。这就行了。

有这几个脑袋村庄就不会做出傻事。

你父亲死的时候,你还不知道死亡是什么。我们知道。

我们帮你父亲上了路。

你父亲是个瘦高男人,背有点儿驼。不过他

扛锹的时候，就看不出来。他的胡子眉毛都重，嘴埋在胡子里，眼睛埋在眉毛里。

你母亲一直瞒着你，说你父亲跑顺风买卖去了。

村里谁家的人不在了，都说跑顺风买卖去了。虚土庄没有埋过一个人。

我们把死亡打发到远处。

死掉的人，都被放在一辆马车上，顺风远去，穿过荒野和一座又一座别人的村子。一路上没有人阻拦这辆马车，所有村庄敞开路，让这辆马车嘚嘚地跑过去，一直跑到马老死，车辕朽掉。

你说，你一直在沙沟那边的村庄里。

只要离开虚土庄，你在哪儿都一样，我们不管。

我们想你也跑不远。

我们让你放开腿跑，给你三十年，你也跑不了多远。到时候我们放出一条狗，就能把你撵回来。

你攥在我们手心里呢。那时我们想，你就是让狼吃了也有骨头在。我们找过你的骨头，对着每个路口喊你的名字，你肯定都听到了，却不答应。

你躲在那边偷听我们村里的事。

听见我们哭喊你高兴得很，是不是？

我们相信你身体的大半截子生活在远处，不会对我们村子的事感兴趣。

但你身体最底下那一截是我们村的。

就像一堵墙，你在我们村打好基础，往上垒了几层，用的全是我们村庄的土，尽管没垒多高多厚实。

我们要把底下那一截子抽掉，你就会全垮下来。

只要是我们村出去的人，哪怕一生下就出去，我们也不用担心他会变成别处的人。

现在，你想好了就开始说吧。我们已经算好时间，你把那件事说完，天刚好黑。

我们就剩这一件事了，太早做完了，剩余下一截子时光，闲闲的，我们不知道咋办。

若太晚了，天黑下来，人站在暗处，一个看不清一个，说的全是黑话。

那个早晨，你看见的那个早晨，村里好多人赶车出门，到处是开门声，你是唯一一个看见自己走远的人，那个早晨你看见我们去了哪里。

后来的一个下午我们回来，仿佛从没出去过，但跑坏的马车和磨损的年龄告诉我们,确实有过一次漫长的奔波。以后我们再没看见早晨。它被不住长大的梦侵占了。我们醒来时总是中午。我们的早晨被别人过掉了。

我们不知道在过着谁的生活。天亮了又亮了,没有早晨。出去的人,不知道自己去了哪里,留在村里的人也不知道自己是否在村里。一个个黄昏外出的人陆续回来,好像又回到一起,又走到一条路上,坐在一根木头上。我们都在的时候,村庄是一个活物,我们说话、干事情,我们是他身上的肉,是他的鼻子、眼睛和嘴,是他的手臂和腿。我们不在时村庄又是什么呢。

听说我们不在的时候,你在村里干了好多事情,还当了几年村长。

我们走的时候村里就你一个孩子。多少年后,村里只有你一个大人,这是我们想到的。

当时,那个早晨,有人看见你坐在马车上,脸朝后,看着村子。

你别问谁看见的。那个早晨,村里一半眼睛在打盹。另一半中有五成盯着碗里,三成盯着锅里。其余两成眼睛没回来。

谁都会被看见，你看我们时另一个人正在看你，看你的那个人又被另一个人看见。

如果把这串目光一截一截连起来，你最终看见的其实是你自己。

村庄用这么多眼睛看自己。几乎没有什么不被看见。

在村庄上面一千米高处有鹰的眼睛，五百米处有云雀的眼睛。十米到一百米高处，各种鸟的眼睛都有。

在三米深的地下，蝎子的眼睛盯着一百年前那些人走过的路。一米深处蛇和老鼠的眼睛注意着密密麻麻的根须间发生的每一件事。

挨近地面的浅土中有蚂蚁和蚯蚓的眼睛，地表处有仔细的羊的眼睛，每棵草叶每朵花瓣都被看见。头顶上还有马和骆驼的眼睛。

它们都是村庄的眼睛。

人的眼睛交融在天地之间。没有什么不被人看见。我们这么多眼睛，看了这么多年。谁也不敢轻视我们看见的。

就像我们不敢轻视你看见的。

你是我们村走丢掉的一只眼睛。

现在你回来了。

一袋没有的盐

感谢《羊城晚报》"花地"副刊。三十年前我是"花地"的读者,二十多年前,我已经是"花地"的作者,今天来领"花地文学榜"年度长篇作品奖,我荣幸之至。

获奖的长篇《本巴》,是我写给童年的史诗。童年是我们的陌生人,尽管每个人都从童年走来,但我们确实已经不认识童年了。

这几个月,我在带两岁的外孙女,她会跟自己说话,会把没有的东西给我。

她跟外婆去了趟镇上的商店,回来后,那个商店和卖货的阿姨就成了她的游戏。她说要到商店给我买一包盐。她对着墙边的柜子问阿姨盐多少钱,然后拿着她买到的一袋盐递到我手上。其实什么都没有。但她很认真地把一袋没有的盐给我,我接在手里,闻一闻。她问我咸不咸,我做出很咸的表情。

一袋没有的盐,就这样给到我手上。

我们小时候,手里也曾拿过许多没有的东西,后来都扔了,忘了。人一长大,就不再相信没有的东西。幸好还有文学。文学是现实世界的无中生有。它把没有的东西给我们,让我们从此去另眼看那些有的东西。

我相信优秀的文学都属于"不曾有",当作家将它写出来后,我们才觉得它是这个世界应有的。而作家没写出来之前,它只是一个没有被做出的梦。但它一旦被写出来,便成为真实世界的影子。

在《本巴》这部小说中,草木和人,每天生出一条影子来,朝西朝东丈量过大地,然后,带着这个世界的长短远近,去了梦里。梦是从现实世界伸出的影子,现实世界也是梦的影子。史诗也是,它和现实世界互为影子。

《本巴》是我写过的最愉快的一部小说。讲一个停留在哺乳期不愿长大的孩子,一个不愿出生、被迫出生后还要回到母腹的孩子,还有一个在母腹中管理外面部落的孩子,他们把现实世界的沉重生活,做成轻松好玩的游戏,用搬家家、捉迷藏和做梦梦游戏，玩转整个世界。

《本巴》中没长大的孩子都在童年，长大的人聚集在二十五岁，已经长老的人，在孤独老年里。每个生命阶段，都活着另一个自己。他们靠梦联系，小孩梦见自己老了，老年人反复地梦见自己还是孩子。年轻人一次次地梦见自己死了。

《本巴》世界是被江格尔奇说唱出来的，并不真的存在。但这些故事中的人，有一天知道了自己的生活并不真的存在后，反而更加认真地生活起来。因为他们都天真地相信没有的事物，并认真地把并不真实存在的生活，过得波澜壮阔，熠熠生辉。

当我的小外孙女，把一袋没有的盐放到我手里时，我找到了小说《本巴》的存在依据。我两岁时，也曾有过无数的没有的东西。只是我长大了。我把那个两岁的自己扔在了童年。长大的只是大人。长老的只是老人。跟那个孩子没有关系。

我写过许多的童年故事。我一直用来自童年的眼光在看这个世界。尽管我也有一双可以洞察人世的大人眼睛，把世界看得明白透彻，但我不喜欢透彻，一透彻就见底了。我追求无边无际。

当我写到最深处时，内心中总是孤坐着一个孩子。他一直小小的，不愿长大。他不时地跳出来，掌控我的心灵。他不承认长成大人的我。他会站出来，说不对不对。就像我的外孙女知知，我带她散步，我说天快要黑了，我们回家吧。她说不对不对，天不会黑。当她说天不会黑时，我是相信的，我知道即使天真的黑了，她会把一个白天拿过来放在我手心。

就像此刻，我的手里除了“花地”精美的奖杯，还有我的外孙女给我放在手中的一袋没有的盐。它使我变得如此富裕。文学，或许就是让我们变得如此富裕、如此温暖、如此有滋有味、如此高尚、如此不同于别人的那件没有的东西。

一个人的时间简史

——从《一个人的村庄》到《本巴》

一

我常做被人追赶的噩梦，我惊慌逃跑。梦中的我瘦小羸弱，唯一长大的是一脸的恐惧。追赶我的人步步紧逼，我大声呼喊，其实什么声音都喊不出来。我在极度惊恐中醒来。

被人追赶的噩梦一直跟随我，从少年、青年到中老年。

个别的梦中我没有惊醒，而是在我就要被人抓住的瞬间，突然飞起来，身后追赶我的人却没有飞起来。他被留在地上。我的梦没有给他飞起来的能力。

我常想梦中的我为何一直没有长大，是否我

的梦不知道我长大了。可是，另一个梦中我是大人，梦是知道我长大的。它什么都知道。那它为何让我身处没有长大的童年？是梦不想让我长大，还是我不愿长大的潜意识被梦察觉？

在我夜梦稠密的年纪，梦中发生的不测之事多了，我在梦中死过多少回都记不清。只是，不管多么不好的梦，醒来就没事了。我们都是这样从噩梦中醒来的。

但是，我不能每做一个噩梦，都用惊醒来解脱吧，那会多耽误瞌睡。

一定有一种办法让梦中的事在梦中解决，让睡眠安稳地度过长夜。就像我被人追赶时突然飞起来，逃脱了厄运。

把梦中的危难在梦中解决，让梦一直做下去，这正是小说《本巴》的核心。

在《本巴》一环套一环的梦中，《江格尔》史诗是现实世界的部落传唱数百年的“民族梦”，他们创造英勇无敌的史诗英雄，又被英雄精神所塑造。说唱史诗的奇也称说梦者，本巴世界由奇说唱出来。奇说唱时，本巴世界活过来。奇停止说唱，本巴里的人便睡着了。但睡着的本巴人也会做梦，这是说梦者奇没有想到的。刚出生的江格尔在藏身的山洞做了无尽的梦，梦中消灭侵占本巴草原的莽古斯，他在“出世前的梦中，就把一辈子的仗打完”。身为并不存在的“故事人”，洪古尔、赫兰和哈日王三个孩子，创造出一个又一个与生俱来的好玩故事。所有战争发生在梦和念想中。人们不会用醒来后的珍贵时光去打仗，能在梦中解决的，绝不会放在醒后的白天。赫兰和洪古尔用母腹带来的搬家家和捉迷藏游戏，化解掉本巴的危机，部落白天的生活一如既往。但母腹中的哈日王，却用做梦梦游戏，让所有一切发生在他的梦中。

《本巴》通过三场被梦控制的游戏，影子般再现了追赶与被追赶、躲与藏、梦与醒中的无穷恐惧与惊奇，并最终通过梦与遥远的祖先和并不遥远的真实世界相连接。

写《本巴》时，我一直站在自己的那场噩梦对面。

像我曾多少次在梦醒后想的那样，下一个梦中我再被人追赶，我一定不会逃跑，我会转过身，迎他而去，看看他到底是谁。我会一拳打过去，将他击倒在地。可是，下一个梦中我依旧没有长大到跟那个追赶者对抗的年龄。我的成长被梦忽略了。梦不会按我想的那样去发生，它是我睡着后的生活，不由醒来的我掌控。我无法把手伸到梦中去帮那个可怜的自己，改变我在梦中的命运。

但我的小说却可以将语言深入到梦中，让一切如我所愿地发生。

写作最重大的事件，是语言进入。语言掌控和替代发生或未发生的一切。语言成为绝对主宰。所有故事只发生在语言中。语言之外再无存在。语言创始时间、泯灭时间。我清楚地知道，我的语言进入到冥想多年的那个世界中。我开始言说了。我既在梦中又在梦外看见自己。这正是写作的佳境。梦中黑暗的时间被照亮。旧去的时光又活过来。太阳重新照耀万物。那些坍塌、折叠的时间，未被感知的时间，被梦收拾回来。梦成为时间的故乡，消失的时间都回到梦中。

这是语言做的一场梦。

这一次，我没有惊慌逃跑。我的文字积蓄了足够的智慧和力量。我在不知觉中面对着自己的那场噩梦，难言地写出内心最隐深的意识。与《江格尔》史诗的相遇是一个重要契机，史诗给了我巨大的梦空间。它是辽阔大地。我需要穿过《江格尔》浩瀚茂密的诗句，在史诗时间之外，创生出一部小说足够的时间。

二

在我小时候的记忆中，时间是停住的，老人活在老年，大人活在中年，小孩活在童年。一间间的时间房子里住着不同年纪的人。我曾反复做一个梦：我穿过一间挨一间熟悉或陌生的空房子，永远没有尽头。我在那里找我奶奶，找我父亲。

我出生时奶奶就很老了，我没见过她年轻，便认为她一直是老的。父亲没活到老，他在我八岁时离世，奶奶目睹独生儿子的死，白发人送黑发人。父亲去世后奶奶活了两年，丢下我们几个未成年的孙子孙女离世了。从那时起村里老人一个跟一个开始走了，好像死亡从我们家开始，蔓延到村庄。

“我在黄沙梁还没活到一棵树长粗，已经经历了五个人的死亡。那时全村三十二户，二百一十一口人，我十三岁，或许稍小些，但不是最小的。

我在那时看见死亡一个人一个人向我这边排。”在《一个人的村庄》中我写过一棵树、一只甲壳虫、一条狗以及《韩老二的死》，还写了《我的死》，我给自己预设了好多种死法，也创生出各种逃生续命的方法。我在那时看见死亡如根盘结，将大地生灵连为一体。“任何一棵树的死亡都是人的死亡，任何一粒虫的鸣叫也是人的鸣叫。”

在更早的诗歌中，我写道：“生命是越摊越薄的麦垛，生命是一次解散。”这场“摊薄”“解散”的生命历程，穿过《一个人的村庄》，在《虚土》中扩展为人一生的时间旷野。

《虚土》是我生命恍惚的中年写的第一部小说，我刚过四十岁，感觉上到一个坡上，前后不着村店。我在书中写到一个从没见过面的父亲，他每次从远处回来都是深夜，他的孩子熟睡在月光中，他的妻子眼睛闭住，听自己的男人摸索上炕。

我对父亲的记忆很少，他是一个旧式文人，会吹拉弹唱，写一手好毛笔字，还会号脉开方子。我最早读到的书，是他逃荒新疆时带来的中医书。但我记忆最深的是后父，他在我十岁时赶一辆马车把我们家拉到另一个村庄。后父是说书人，或许受他启发，我后来成为写书人。我写过许多关于后父的文章，却极少写到亲生父亲。我把父亲丢掉了，我关于他的所有记忆都是模糊的。

多少年后我活到父亲死去的年龄，前头突然空荡荡了。那是父亲没活到的荒凉岁月。没有一个白发苍苍的老父亲在前面引路，这时我才意识到父亲又一次不在了，“我在那些老去的人中没看见他，他的老年被谁过掉了”。

这样的时间感受写在《虚土》中。

我原初的构思是写几十户人从甘肃逃饥荒到新疆，在沙漠边垦荒生存的故事，有父亲带全家逃荒的背景，它注定是一部小说。

《一个人的村庄》最初也是当小说写的，写了好几万字，才知道它不应该是小说。我不喜欢处理村庄的琐碎物事，这会让文字变俗。当散文去写时随心顺手了，我把故事和人物安顿在一个个单独的时间房子里，这些时间房子组成一个村庄的浩茫岁月。这样没写完的小说一段一段地截成散文，之前没完成的诗歌也改成散文。那个叫黄沙梁的村庄，我曾用诗歌和小说尝试书写它，最终以散文获得成功。这本使我从诗人成为散文家的书，也几乎让我把一辈子的散文写完了。

《虚土》的小说意志坚持到了结尾，尽管一些段落单独看还是散文，但也只是像我的散文，而我的散文本身像小说。那些不可能发生的事，弥漫着可能的生活气息。最真实的细节垒筑起最虚无诗意的故事。我写过十多年诗歌，写《虚土》时才找到连绵不绝的诗意。我把诗歌意象经营成了小说故事。诗人的冲动却使这部小说的主题严重走偏，原本构想的逃荒背景不重要了，故事从外向内发生，最终写了虚土梁上一群尘土般扬起落下、被时间驱赶的人。

小说中“五岁的我”，在一个早晨睁开眼睛，看见村里那些二十岁三十岁的人在过着我的青年，六十岁七十岁的人在过着我的老年，而两岁三岁的人在过着我的童年，我的一生都被别人过掉，连出生和死亡都没有剩下。这个孤独的孩子，只看见生命中的一个早晨，“剩下的全是被别人过掉的下午和黄昏”。在深陷茫茫荒野的虚土庄，每个人都像是我又都不是，所有人的故事都像是我亲身经历,但真正的我在哪里。

一个人的一生和一村庄人的一生如花盛开在荒野。

道路被埋住又挖开,房屋拆除又重建,其目的只是为了报复一个长途回家的人,让他永远找不到目的地。瞎子摸遍村庄的每一件东西,他从来不知道人们说的黑是什么。我在虚土庄尝试各种各样的活法:挖一口深井让自己走失在土中,从一个墙洞钻过去,在邻家院子寂寞地长大再钻不回来,变成一只鸟、一窝老鼠中的一只。那个赶马车在远路上迷失,老态龙钟回到村庄的人是我,“命被西风拉长”,被布满道路的每一个坑洼耽误掉一辈子的人是我。我的生命化成风、老鼠、树叶、一粒睁开眼睛的尘土,我为自己找见的所有路都不是路,我一次次回到别人家里,过着自己不知道的生活。

每个单独的时间房子,开着一扇面朝荒野的门。“我看见自己的人群”,集合在时间的旷野。每一天每一年的我,都在那里活着。我叫了不同的名字,经历各种生活,最后归入树叶尘土。

小说末尾,这个几乎过完了我一生的村庄,让我说出一个早晨,我唯一看见的早晨。他们醒来时总是中午，虚土庄的早晨被我一个人过掉了。

《虚土》写作是困难的。我要找到一种在梦与醒间自由转换或无须转换而通达的语言。我让梦呓延伸到早晨，与醒无缝连接。或者一句话的前半句在现实中，后半句已入到梦里。

我曾写过一只“醒来的左手”，它能在人睡着时伸进梦里，把梦中的财富拿到梦外，也能把梦外的东西拿到梦中。我知道这只伸进梦中的手是语言。

我用在醒和梦中通用的语言，叙述那个半睡半醒的虚土庄，弥漫在每一句的诗意，模糊了现实与梦的界限，也无所谓梦与醒，语言的特殊氛围笼罩全篇。我不屑去交代故事关联，自我气息贯穿始末。文字到达处，黑暗中的事物一一醒来。语言如灵光一路照亮，又似种子发芽，生长出虚土上不曾有的事物。

虚土庄人最恐惧的是时间。人一旦停下来，时间便变成一个坑，让人越陷越深。他们只有不断地让自己走远。但时间的坑凹布满道路，随便一件小事都可耗掉人的一生。唯有那粒睁开眼睛的尘土，高高地悬浮在时间上面。那些布满时光尘埃的文字，每一句都想飞，每一段都飞了起来，我想带着一个村庄的重，朝天空和梦飞升。就像那个梦中，我带着地上的恐惧飞起来。

“梦把天空顶高，将大地变得更加辽阔。”

三

《凿空》写一个停住不动的故事：两个挖洞人在黑暗地下担惊受怕地挖掘，和一村庄人在地上年复一年地等待。这里的生活像一声高亢驴鸣，飙到半空又落回到原地。发生了什么但又什么都没有发生。这是我曾生活其中的乡村。我懂得它的缓慢时光。我想写出时间迟缓地对人和事物的消磨。还有，跟人在同样漫长的时间里活成另一种生命的毛驴。我写了四十多万字，最后出版时删了十几万字。谁有耐心看一个停住不动的故事呢。但我有足够的耐心让那个叫阿不旦的村庄在时间里悠然停住。

我曾说过散文是让时间停住的艺术，散文的每一句都在挽留、凝固时光。我早年的散文爱用句号，每一句都让所写事物定格住，每一句都在结束。散文不需要像小说那样被故事追着跑。

但小说一定要被故事追着跑吗?

一定有另一类小说,为完全不同的另一种生活所拥有。《凿空》是我盛年倔强的书写。小说人物的孤僻不从,是那个年龄我的心性写照。这样的倔强让小说叙述更合我意。我没有在这部小说中妥协,也便不会在下一部小说中随俗。

《凿空》是我跟生活之地的一场迎面相遇。

我赶上了拖拉机和三轮摩托正在替换毛驴和驴车的时代。驴的末世到来了。眼看着陪伴人类千万年的毛驴,将从人的生活中消失。驴什么都明白的眼神中满是跟人一样的悲凉。

一种生命的消失意味着什么呢?从此人的家里再没有一双驴眼睛,时时看着人过日子。当人的世界只剩下人,人的生活只被人看见,这是多么地孤独和荒谬。可能人不需要驴来证明自己存在。但是,当那双如上帝之眼悲悯地看着人世的驴眼睛永远闭住时,人世在它的注视中便已经坍塌了。

一场浩大的人和毛驴的告别就发生在眼前,一群一群的驴在消失,随之消失的是跟驴相关的手工业,做驴车的木匠、打驴掌的铁匠、做驴拥子的皮匠,都失业了。我几乎在这一切发生的同时,写出了《凿空》。我定格了那个村庄的时间:被铁匠铺改造的拖拉机,最后变成一堆废铁回到铁匠铺;龟兹研究院的王加在阿不旦人手中的坎土曼上,窥探他们耗费的精力和时间;张旺才和玉素甫两个挖洞人,在洞中靠地上传来的动静知道天亮了。

我最喜欢写挖洞的那些文字,在黑暗地下,人四肢爬地,像动物一样往前挖掘,耳朵警觉地听地上的动静,生怕自己挖洞的行为被发现。我出生后一直住地窝子,那是一个挖入地下的洞,只有一方天窗透进光亮来。我在那个洞里听见树根扎入地下的声音,和地上所有的动静。《凿空》中那个挖洞人是早年的我,我想挖开时间的厚土,找到那间童年的地下房子。而地上的沉重生活,终究将地洞压塌。

被压塌的还有毛驴的叫声。我和毛驴有过很长的相处,写作时,它的眼睛成了我的,它最后看见的世界被我用一部书珍藏。毛驴曾用高亢的鸣叫"把人声压在屋檐下"。如今那个"一半是人的,一半是驴的"的村庄已不复存在。但驴"斜眼看人"的犟脾气,被一个写作者继承下来,并在之后的小说中,完成了对这一生命最为血性与柔情的书写。

四

有很多年我盯着这里的一个时间在看，那是公元一千年前后，我生活的土地上正发生影响深远的战争。今天这里人们的信仰现状，受那场战争结果的影响。我读那个年代的史料、诗歌，去战争所经的村庄城市，走访残存的战争遗址。当地人说起千年前的那场战争，仿佛在说昨天的事。

《捎话》回到那段惊心动魄的改变人灵魂的时间里，窥探灵魂被迫改变时人的肉体状态，或是肉体将被消灭时人的灵魂状态。小说出版后，有评论家分析《捎话》中写了许多有裂隙的生命：毗沙人的身体和黑勒人的头错缝在一起的鬼魂妥觉；从不见面但如同一人的孪生幽灵将军乔克努克……还有驴人、驴马合体的骡子。我几乎在不知觉中写了这么多分裂但又努力弥合的生命，一定是我感知到太多来自历史和现实的裂隙，它们成为我的心灵裂缝。一个地方的残酷历史，最终成为写作者的伤心往事。

《捎话》由小毛驴谢和捎话人库轮流叙述。开篇由谢和库分别交叉叙述，故事发生的时间双头并进，交合一起。到第二章库和谢的叙述扭在一起。不细心的读者会将其当全视角小说去读，当然也没问题。谢和库的叙述视角转换天衣无缝。在人物设置中捎话人库懂几十种人的语言但听不懂驴叫，也看不见鬼魂。毛驴谢能看见声音的颜色和形状，能听见鬼魂说话。小说中鬼魂妥觉的讲述都是毛驴谢一路上听到的。这头小母驴的耳朵里灌满了鬼话人话。最后，懂得几十种语言的捎话人库叫出“昂叽昂叽”的驴鸣，他终于听懂人之外另一种生命的声音。

这部小说我先写出故事结局：破毗沙国。然后回头去找它的身体。中间最重要部分“奥达”也是先写完的，所有朝结尾归拢的故事，最后找到开端。小说中哪一块天亮了，就从哪写起。语言未进入的部分是喑哑的。语言是黑暗的照亮。《捎话》也是一部写语言的书，不同语言区域的人们需要靠翻译来完成捎话，因为“所有语言里‘天亮’这个词，在其他语言中都是黑的”。但驴叫声不会改变——那是漫长时间中唯一没被改变的声音。

《捎话》写完后，我的另一部小说也已经准备充分，故事发生在二百多年前的土尔扈特东迁，回归祖国。我为那场十万人和数百万牲畜牺牲在路上的大迁徙所震撼，读了许多相关文字，也去过东归回来时经过的辽阔的历史上哈萨克族人生活的草原，并在土尔扈特东归地之一的和布克赛尔蒙古自治县做过田野调查。故事路线都构思好了，也已经写了好几万字，主人公之一是一位五岁的江格尔奇。写到他时，《本巴》故事出现了。那场太过沉重的"东归"，被我在《本巴》中轻处理了。我舍弃了大量的故事，只保留十二个青年去救赫兰齐这一段，并让它以史诗的方式讲述出来。我没有淹没在现实故事中。

让一部小说中途转向的，可能是我内心不想再写一部让我疼痛的小说。《捎话》中的战争场面把我写怕了，刀砍下时我的身体会疼，我的脖子会断掉，我会随人物死去。而我写的本巴世界里"史诗是没有疼痛的"，死亡也从未发生。

《本巴》出版后的某天，我翻看因为它而没写出的东归故事，那些曾被我反复想过的人物，再回想时依然活着。或许不久的将来，他们全部地活过来，人、牛羊马匹、山林和草原，都活过来。

这一切，有待我为他们创生出一部小说的时间来。一部小说最先创生的是时间，最后完成的也是时间。

五

《本巴》的时间奇点源自一场游戏。在“时间还有足够的时间让万物长大”的人世初年，居住在草原中心的乌仲汗感到了人世的拥挤，他启动搬家家游戏让人们回到不占多少地方的童年，又用捉迷藏游戏让大地上的一半人藏起来，另一半去寻找。可是，乌仲汗并没有按游戏规则去寻找藏起来的那些人。而是在“一半人藏起来”后空出来的辽阔草原上，建立起本巴部落。那些藏起来的人，一开始怕被找见而藏得隐蔽深远，后来总是没有人寻找，他们便故意从隐藏处显身。按游戏规则，他们必须被找见才能从游戏中出来。可是，本巴人早已把他们遗忘在游戏中了。于是，隐藏者（莽古斯）和本巴人之间的战争开始了，隐藏者发动战争的唯一目的是让本巴人发现并找到自己。游戏倒转过来，本巴人成了躲藏者，游戏发动者乌仲汗躲藏到老年，还是被追赶上。他动用做梦梦游戏让自己藏在不会醒来的梦中。他的儿子江格尔带领本巴人藏在永远二十五岁的青年。而本巴不愿长大的洪古尔独自一人待在童年，他的弟弟赫兰待在母腹不愿出生。努力要让他们找见的莽古斯一次次向本巴挑衅，洪古尔和赫兰两个孩子担当起拯救国家的重任。

这个故事奇点被我隐藏在小说后半部。

我被《江格尔》触动，是“人人活在二十五岁青春”这句诗。在那个说什么就是什么的史诗年代，人的世界有什么没有什么，都取决于想象和说出。想象和说出是一种绝对的能力和权力。江格尔带领部落人长大到二十五岁，他们决定在这个青春年华永驻。停在二十五岁是江格尔想到并带领部落实施的一项策略，他的对手莽古斯没有想到这一层，所以他们会衰老。人一旦会衰老，就凭空多出一个致命的敌人：时间。江格尔的父亲乌仲汗是被衰老打败的，江格尔不想步其后尘。

《本巴》从一句史诗出发，想写一部关于时间的书。但我不能像史诗中的江格尔汗那样，说让时间停住时间就会停住，我得找到让时间停住的逻辑。三场游戏的出现，使我找到解决时间的方法。不断膨胀的游戏空间挤出了时间。天真成为让虚构当真的力量。我给游戏设置的开端也让这部小说的故事严丝合缝。游戏将小说从史诗背影中解脱出来,我有了在史诗尽头的时间荒野中肆意言说的自由。

《虚土》中属于一个人一生的时间荒野,在《本巴》中无边无际地敞开了。这片时间荒野上我曾被人追赶惊慌奔逃,为赌"一片树叶落向哪里"跑到一场风的尽头。如今它成为几个孩子的梦之野和游戏场。以往文字中所有的孩子,也跟赫兰、洪古尔、哈日王是同胞兄弟。他们是被梦收留的我自己。

多少年后我才意识到,我写过的所有孩子都没有长到八岁。我不让他们长大。因为"我五岁的早晨",父亲还活着。只要我不长大到八岁,便不会失去父亲。我执拗地让时间停住在童年。

一部小说最深层的意识有时作家也不能全知,写作中无知的意识和悟性或最迷人,莫名其妙永远是最妙的。我垒筑在童年的时间之坝,在我六十岁时都不曾溃塌。我在心中养活一群不长大的自己,他们抵住了时间的消磨。那是属于我的心灵时间。

有一天我认出梦中追赶我的那个人，可能是长大的我自己。

我被自己的成长所追赶。一个人的成长会让自己如此恐惧。

作家最不同于他人的是与生俱来的那些东西：在母腹、童年成长的“劫难”中获知人世经验，在一场一场的梦中学会文学表达。文学是做梦的艺术。梦是培养作家的黑暗学校。把梦做到白天，将作文当做梦。梦是现实世界的另一种醒。我们在夜夜的睡眠中过着梦生活，经受梦愉悦和梦折磨。梦是封闭的牢狱，扣留童年的我们做人质，不论我们长得多么强大，梦握住我们童年的把柄。这正是梦的强大和意义。

梦是另一场劳忙。唯有漫长一生中的做梦时光，能抚慰我们劬劳的身体和心灵。唯有梦将失去的生活反转过来重新给予我们。《本巴》中乌仲汗晚年将自己的牛羊转移到梦中。老去的阿盖夫人解救出乌仲汗，老汗王梦中的牛羊，又全部地回到草原上。被梦抚慰的醒，和被醒接住的梦，一样长久地铺展成我们的一生。

梦的时间属于文学。

六

文学写作是一门时间的艺术。时间首先被用作文学手段:在小说中靠时间推动故事,压缩或释放时间,用时间积累情感等,所有的文学手段都是时间手段。作家在一部作品中启始时间,泯灭时间。故事和人物情感,放置在随意捏造的时间中。时间成为工具。大多的写作只应用时间却没有写出时间。时间被荒废了。只有更高追求的写作在探究时间本质,最终呈现时间面目。

写作者在两个时间里来回劳忙。一方面,一部作品耗用作家的现实时间。《一个人的村庄》我从三十岁写到四十岁,青年到中年的生命耗在一部书中。另一方面,我也在文字的村庄中生长出无穷的时间:经受一粒虫子的最后时光,陪伴一条狗的一生,目睹作为家的房子建起、倒塌,房梁同人的腿骨一起朽坏,在一件细小事物上来回地历经生死枯荣,每一个小片段中都享尽一生。我在自己书写的事物中过了多少个一百年。

关于时间的所有知识,并不能取代我对时间的切身感受。我在黄沙梁那个被后父住旧又被我们住得更加破旧的院子，从腐朽在墙根的一截木头，从老死在草丛的无数虫子的尸体，从我每夜都想努力飞起来的梦，从一只老乌鸦的叫声，从母亲满头银发和我的两鬓白发，从我日渐老花的眼睛，我看见自己的老年到来了。

我的六十岁，无非是田野上的麦子青了六十次，黄了六十次，每一次我都看见，每一年的麦子我都没有漏吃。

或许我在时间中老去，也不会知道它是什么。我徒自老去的生命只是时间的迹象和结果，并非时间。写作，使我在某一刻仿佛看见了时间，与其谋面，我在它之中又在它之外。

我在《谁的影子》中写了一个漫长的黄昏：父亲扛着铁锨，从西边的田野里走来，他的影子一摇一晃地，已经进了院子，他的妻子看见丈夫的影子进了家，招呼儿子打洗脸水，儿子朝影子尽头望，望见父亲弓着身，太阳晒旧的衣服帽子上落着枯黄草叶，父亲的影子像一条光阴的河悠长地流淌进院子。

而他的父亲，早在多年前便已离世。

多年后我到了坐在墙根晒太阳的年龄，想到

我的文字中那些不会再失去的温暖黄昏，夕阳下的老人，背靠太阳晒热的厚厚土墙，身边一条老狗相伴，人和狗，在一样的暮年里消受同一个黄昏。多少岁月流逝了，生活中极少的一些时光，被一颗心灵留住。我小时候遥望自己的老年，就像望一处迟早会走去的家乡。当我走到老年，回望童年时，又仿佛在望一处时间深处的故乡。

作家在心中积蓄足够的老与荒，去创作出地老天荒的文学时间。荒无一言，应该是文学的尽头了，文字将文字说尽，走到最后的句子停住在时间的断崖，茫茫然。

我时常会遭遇语言的黄昏，在那个言说的世界里，天快要黑了，所有语言将停住，再无事物被语言看见，语言也看不见语言。

但总有一些时刻突然被语言照亮。我在语言照亮的时间里活下来。

作家是一种灵感状态的人。灵感降临时异于常人，突然地置身另一重时间。这便是灵感，它经常不灵，让我陷入困顿。但我知道它存在。因为它存在，我才写作。那时时间也灵光闪闪，与我所写事物同体。我相信每个写作者都曾看见过只有在宇宙大尺度上才能目睹的时间发生与毁灭。如同一部小说的开始与终结。

宇宙大爆炸理论告诉我们,时间是被不断膨胀的空间“挤”出来的。我们每个人一生的时间也都由不断地生长所“挤”出来。生命的生长对应着宇宙膨胀,我们自母腹的膨胀中诞出,从小长大长老。每个生命都用一生演绎着那个造化我们的更大存在的一生。无数的生命膨胀坍缩之后,是宇宙的最终坍缩。在此之前,“时间还有足够的时间”让我们一代复一代地生长出新的时间来。

我曾看见一张时间的脸,它是一个村庄、一片荒野、一场风、一个人的一生、无数的白天黑夜,它面对我苦笑、皱眉,它的表情最终成了我的。我听见时间关门的声音,在早晨在黄昏。某一刻我认出了时间,我喊它的名字。但我不知道它的名字。我说的时间可能不是时间。

我用每一个句子开启时间。每一场写作都往黑夜走,把天走亮。

我希望我的文字,生长出无穷的地久天长的时间。